निधि अग्रवाल

गाज़ियाबाद में जन्मी डॉ. निधि अग्रवाल पेशे से चिकित्सक हैं। वे झाँसी में कार्यरत हैं। उनकी प्रकाशित पुस्तकें हैं—'अपेक्षाओं के बियाबान' (कहानी-संग्रह); 'अप्रवीणा' (उपन्यास); 'कोई फ्लेमिंगो कभी नील नहीं होता' (कविता-संग्रह); 'टेल्स स्टोरीज़ : गिल्लू की नई कहानी' (कथेतर)।

विभिन्न साहित्यिक पत्रिकाओं में उनकी रचनाओं का निरन्तर प्रकाशन होता रहा है। आकाशवाणी के भोपाल और छतरपुर (मध्य प्रदेश) केन्द्र द्वारा रचनाओं का प्रसारण हुआ है। भारत भवन (भोपाल), साहित्य अकादेमी (दिल्ली) जैसे प्रतिष्ठित संस्थानों और मंचों पर उन्होंने कहानी व आलेख पाठ किया है। उनकी कुछ रचनाओं का गुजराती, पंजाबी व बांग्ला में अनुवाद भी हुआ है। कहानी और कविता के अतिरिक्त वे आलोचना के क्षेत्र में भी सक्रिय हैं।

उन्हें उत्तर प्रदेश हिन्दी संस्थान, लखनऊ के 'पं. बद्री प्रसाद शिंगलू पुरस्कार', 'श्रीमती सुमित्रा देवी अवस्थी युवा रचनाकार सम्मान', 'निर्मला स्मृति हिन्दी साहित्य गौरव सम्मान', 'राष्ट्रीय संत नामदेव कहानी साहित्य पुरस्कार', 'किस्सा कोताह पुरस्कार', 'होलोकास्ट' कहानी के लिए 'प्रथम दीप स्मृति कथा सम्मान', 'शोकपर्व' कहानी के लिए 'कथा रंग सम्मान', 'अप्रवीणा' के लिए 'जयपुर साहित्य सम्मान', 'पूंछ पर पंख' कहानी के लिए 'अमलतास सृजन सम्मान', 'गिल्लू की नई कहानी' के लिए 'पेन एंड पेपर अवॉर्ड' से सम्मानित किया गया है।

ई-मेल : nidhiagarwal510@gmail.com

प्रेम एक पालतू बिल्ली

निधि अग्रवाल

राजकमल पेपरबैक्स

राजकमल पेपरबैक्स में
पहला संस्करण : 2025

राजकमल पेपरबैक्स : उत्कृष्ट साहित्य के जनसुलभ संस्करण

राजकमल प्रकाशन प्रा. लि.
1-बी, नेताजी सुभाष मार्ग, दरियागंज
नई दिल्ली-110 002
द्वारा प्रकाशित

शाखाएँ : अशोक राजपथ, साइंस कॉलेज के सामने, पटना-800 006
पहली मंजिल, दरबारी बिल्डिंग, महात्मा गांधी मार्ग, प्रयागराज-211 001
1, अनमोल सोराबजी सन्तुक लेन, धोबी तलाव, मरीन लाइंस, मुम्बई-400 002
वेबसाइट : www.rajkamalprakashan.com
ई-मेल : info@rajkamalprakashan.com

विकास कम्प्यूटर एंड प्रिंटर्स
ट्रॉनिका सिटी-201 102
द्वारा मुद्रित

मूल्य : ₹299

PREM EK PALTU BILLI
Stories by Nidhi Agarwal

ISBN : 978-93-6086-575-7

मर्मग्राही जयशंकर सर के लिए...
आदर, अनुराग और कृतज्ञता संग

क्रम

पाँचवें पुरुष की तलाश में

लेडी विथ सनफ़्लॉवर्स

ऑफ़िस में अधिक काम कब था? मन ही थका था। उस उच्चवर्गीय सोसायटी के बारहवें फ़्लोर पर लिफ़्ट रुकी और बाहर निकलते ही फ़्लैट के मुख्य द्वार से सटाकर रखी पेंटिंग को देख ताप्ती चौंक गई। हाँ, पेंटिंग ही थी। इतना तो वह उसके आकार से पहचान सकती थी। एक झोने गुलाबी कपड़े से बाक़ायदा लपेटी गई। कोई विस्फोटक सामग्री तो नहीं! वह सहम गई। इन दिनों हर मोहक वस्तु एक छलावा जो है! पर महीन कपड़े से झलकते रंगों के जादू ने मोह लिया। अतीत कैसे और क्यों, और अधिक लुभावना होकर बार-बार हमारे सामने आ खड़ा होता है! काँपते हाथों से आवरण हटाते वक़्त उसका पूरा शरीर काँप गया। माथे पर पसीना छलक आया। त्वरित गति से कपड़ा वापस ढँक दिया। चोर निगाहों से चारों ओर देखा, कहीं कोई नज़र न आया। उस मंज़िल पर यह अकेला पेंटहाउस था। ऑफ़िस बैग वहीं छोड़कर दरवाज़ा खोला और पेंटिंग को घर के अन्दर रखा। शुक्र है विक्टर उस समय घर पर नहीं था। सशंकित मन से पुनः बाहर झाँका और बिखरा हुआ सामान व बैग अन्दर खींचकर उसने ज़ोर से दरवाज़ा बन्द कर दिया। जितने सन्नाटे हमारे भीतर भरते जाते हैं उतनी ही मुखर हमारी प्रतिक्रियाएँ होती जाती हैं। सूखे होंठों पर जीभ फेरते उसने पुनः पेंटिंग को अनावृत्त किया। वही थी, बिलकुल वही—हूबहू। खुली आँखों से भी, बन्द आँखों से भी। आँखें बँद कर लरज़ती

उँगलियों से छुआ। वही, वही स्पर्श। उँगलियों को सूँघा, वही गन्ध। वह फ्रेम में भी थी, फ्रेम के बाहर भी!

कौन लाया? किसने बनाई? ये प्रश्न गौण हो गए थे उस समय। वह आत्ममुग्धता में डूबी हुई थी। पेंटिंग उठाकर ड्रेसिंग रूम में ले आई। आदमक़द शीशे के सामने खड़े होकर अक्स देखने लगी। बालों में बँधे तौलिये के पाश से मुक्त हो चलीं कुछ आवारा लटों की देह से लिपटी लज्जाहीन पानी की बूँदें, कुछ उसके माथे और कुछ उसके कोमल कन्धों को चूम रही थीं। अतीत से आकर दो भुजाओं ने उसे घेर लिया। उपत्यकाओं को अनावृत्त करने की आतुरता। जलबूँदों से कंठ भिगोने की बेचैनी! पूरे बदन में सिहरन दौड़ गई। पेंटिंग को पुनः देखा। बेडरूम की खिड़की के पास मेज़ पर रखे वास में सूरजमुखी के फूल लगाती वह! चित्रकार की खिड़की सम्भवतः उसकी खिड़की के सामने खुलती होगी। कितनी आयु रही होगी उस पल के ठिठक की! उसने याद करने का प्रयास किया। उस दिन विक्टर से लम्बी बहस हुई थी। याद ने बदन पर पड़े नील को छूकर टीस बढ़ा दी। उसने क़मीज़ उठाकर धब्बों को यूँ छुआ, गोया वहाँ उस पल का इतिहास संरक्षित हो।

विक्टर चला गया था। उसकी सुबह की फ़्लाइट थी। वह देर तक सोती रही थी। जाने से पहले विक्टर ने उसे चूमा होगा क्या? आँखों ने उत्तर 'न' माना और छलक उठीं। जब आँख खुली थी, सूरज खिड़की से अन्दर दाख़िल हो, उसका बदन सेंक रहा था। वह देर तक नहाई थी। न पानी सकुचाया था, न वह। किन्तु वह पेंटिंग! एक हाथ तौलिये पर रखे दूसरे से फूल लगाती हुई वह। अतीत का पल सजीव होकर सामने चला आया। वह बाथरूम में थी जब डोरबेल बजी। जलकणों को दो तौलियों को सुपुर्द करती वह मुख्य द्वार की ओर गई। स्पाई आई से देखा, फ़्लोरिस्ट का लड़का सूरजमुखी के फूल लिये खड़ा था! वह उमंग से भर गई थी। बुके वहीं छोड़, उसे जाने का निर्देश दिया और ज़रा-सा दरवाज़ा खोलकर फूल उठाए और बेडरूम में चली आई थी। मुरझाए गुलाब हटाकर सूरजमुखी लगा रही थी जब तौलिये की पकड़ शिथिल हो चली, बाएँ हाथ से तौलिये को साधते अनजाने नज़र खुली खिड़की पर ठहर गई। वह ठिठकी रही कोई चेहरा तलाशती। नहीं,

कोई नहीं दिखा था। उसने इत्मीनान से फूल लगाए और ड्रेसिंग रूम में चली गई।

इन्हीं पलों में किसी एक जोड़ी आँख ने उसे छुआ होगा, सहेजा होगा, उस क्षणिक अनुभूति को रंगों में घोलकर लम्बा जीवन दिया होगा। हवा में तिरती एक लचक उसे छू गई।

उसने अलमारी में से वही तौलिया निकालकर बाँधा। दर्पण में देखा। कुछ और नीचे...ढलकता हुआ...हाँ, बस इतना ही! वह सिहर गई। एक जोड़ी आँखें उसका रोम-रोम जलाने लगीं। एक जोड़ी ही थी? अनुभूति ही क़ैद हुई या तसवीर भी या वीडियो भी? अनिष्ट की जकड़न बढ़ने लगी। उसने उस पल में वापस लौट खिड़की को बन्द करना चाहा। पेंटिंग को उलट-पलटकर देखा। कहीं कोई नाम नहीं, कोई इनिशियल्स नहीं। केवल एक शीर्षक—लेडी विद सनफ़्लॉवर्स!

ठीक उसी क्षण फ़ोन बजा था। पसीना पोंछ उसने वापस कपड़े पहने। विक्टर की कॉल थी। पेंटिंग को अलमारी के पीछे कपड़ों में छुपा दिया। इतने में फ़ोन शान्त हो गया। विक्टर का मैसेज था। उसे दो दिन रुकना पड़ रहा था। ताप्ती ने राहत की साँस ली। पेंटिंग और दो दिन बाहर रह सकती थी।

हाउस ऑफ़ प्लेज़र

उसने रंगों से अपना पहला परिचय याद किया। वह एक आम-सा शहर था लेकिन ख़ास होने की चाह लिये। इस घर की ख़ास बनने की कहानी भी ख़ास है। इसे ख़ास बनाया दो अलग लोगों ने जो घर की ही तरह ख़ास होने की चाहत से भरे थे। आम से ख़ास होने की इस यात्रा में शब्दों ने मायने बदले, वरीयता के पायदान बदले और इस यात्रा में जो सहेजने योग्य था अनचीन्हा झर गया, जिसके झरने से कोई रिक्त नहीं होता, वह बचा रहा। एक अभिशप्त दास्ताँ सुनाने के लिए!

वह बिस्तर पर आ लेटी। कुछ मार्टिनी का नशा, कुछ तन को जकड़ता ज्वर, उस पर पूरे हफ़्ते की थकान! वह नींद में थी, पर अतीत की जाग लिये।

'आई फ़ील लाइक आई एम अ मिसिंग पीस ऑफ़ स्लीप...' स्टीरियो पर बजते गाने के साथ गुनगुनाते हुए गिलास ख़ाली कर पलँग पर लुढ़का दिया।

साहिल से उसका परिचय एक फूल प्रदर्शनी में हुआ था। वह फूल हाथों में लिये पलटी थी। ऊँचा क़द, समुद्री नीली आँखें, फूल उसके हाथों से अपने हाथों में लेते हुए उँगलियों पर संगीत छोड़ता बेहिचक बोला था, "में आई किस यू?"

"व्हॉट" कहते हुए खुले होंठ अजनबी स्पर्श में डूब गए। कुछ था, जाने हवा में, उसके इत्र में या उस स्वर में या कि वह उम्र ही थी बहकने की! भूला स्वाद होंठों पर तैर गया। 'बियट्रिस!' उसने होंठों पर दबाव बढ़ाते हुए कहा था। वे अलग हुए थे पुनः जुड़ने के लिए। इस बार संवाद पूरा था। लव एट फ़र्स्ट साइट? डज़ इट रियली एग्ज़िस्ट? वह अकसर ख़ुद से पूछती थी। आज उत्तर उसे तलाशता औचक चला आया था।

"बियट्रिस कौन?" ताप्ती ने उनींदे साहिल का माथा चूमते हुए पूछा था।

प्रत्युत्तर में उसने मुस्कराते हुए कहा था, "जेलस?"

वह झेंप गई थी। क्या वह शादीशुदा है? बच्चे हैं? सोचकर उसका मन काँपा। प्रेम में ऐसे प्रश्न मायने रखते हैं क्या? दिमाग़ ने दिलासा दिया।

'बियट्रिस—दांते की आत्मा का प्रवेश-द्वार!' साहिल ने उसे बाँहों में भरते कहा था। एक हफ़्ते वह उस द्वार की चाबी तलाशती रही थी। साहिल का न कोई फ़ोन आया, न सन्देश। दो बार उस बासन्ती घर की डोरबेल बजा लौट आई। उसे आश्चर्य होता कि क्या वह कल्पना में मिली थी? 'कंसीडर मी अ ड्रीम' काफ़्का से शब्द उधार लेते, ज्यों साहिल ने उसके कानों में बुदबुदाया। स्वप्न के पदचापों का पीछा करते, देह पर पड़े प्रेम-चिह्नों से उसने पूछा था, "तुम भी स्वप्न हो क्या?" आज जानती है, हर ख़ुशी एक स्वप्न है। हर आत्मिक सम्बन्ध स्वयं से छल! किन्तु स्वप्न देखते व्यक्ति की अनुभूतियाँ सच्ची होती हैं और हर सम्बन्ध एक अदृश्य लेन-देन। दृष्टि विकसित करके क्या हासिल है? भटकन का कोई हल है क्या? जितने सुख हैं, सब अज्ञानता की देन हैं। तभी तो रविवार की सुबह मिल्कमैन की जगह साहिल को दरवाज़े पर खड़ा देखकर ख़ुशी से चीख़ पड़ी थी। ताप्ती ने करवट बदलते, विगत को याद किया।

"चलो!" उसने कहा था।

"कहाँ?"

"मेरे साथ।" साहिल ने लिफ़्ट की प्रतीक्षा में एक लम्बा चुम्बन चुरा लिया।

"घर तो लॉक करने दो।" उसने भीगी आँखों से ताज़ी मुस्कान बिखेरी और बासी रात धारण किये जगमगाती सुबह में दाख़िल हो गई थी। साहिल ने कॉटेज का दरवाज़ा खोला। बोला, "रुको!"

वह चौंककर रुक गई। साहिल ने स्कार्फ़ उसकी आँखों पर बाँध दिया। आगामी क्षणों का रोमांच उसकी देह पर तरंगित हो रहा था जब साहिल ने आँखें खोलने के लिए कहा।

"साहिल!" उसने अपनी हथेलियों से मुँह ढँक लिया। आँखें बह चलीं।

"विल यू बी माइन?" वह सामने घुटनों पर बैठा था। छल्ला हाथ में लिये। 'यस, यस, यस' कहते वह लिपट गई थी। छल्ला पहनते साहिल ने बाँहों में भर लिया। आसमान ने अनगिन लड़ियाँ जलाकर उस पल को उत्सव में बदला। तारों भरी उस रात के सौन्दर्य से ताप्ती अभिभूत थी।

जो परिचय पहले मिलना चाहिए था वह पीछे मिला साहिल चित्रकार था। कई नौकरियाँ और शहर छोड़ चुका था और अन्ततः मुम्बई से आकर पणजी में अपने दोस्त के इस कॉटेज में बस गया था। समय के साथ साहिल के प्रेम का ख़ुमार बढ़ता जा रहा था और भविष्य के लिए ताप्ती की चिन्ता भी। साहिल की आमदनी का कोई स्रोत नहीं था। ताप्ती की नौकरी उन दोनों के लिए पर्याप्त थी किन्तु साहिल के लिए लम्बे पोज़ देते वह थक जा रही थी, जिसका असर उसके काम पर पड़ रहा था।

यह ख़ास दिन था। जिस दिन मन की कोई अनसुनी साध सध जाती है, उस दिन का अगले बरसों में ख़ास हो जाना दुनिया की रीत है। ताप्ती ने उस दिन को ख़ास मान कोई गुनाह न किया था। साहिल के लिए महत्त्व दिन का नहीं, पल का रहता था। हर पल पहले से अधिक तरल, अधिक सुन्दर, अधिक अवधि, अधिक सन्तुष्टि का होना चाहिए। यही मानवीय संस्कृति के उत्तरोत्तर सौन्दर्यीकरण का सूत्र है।

वह पिछले दो घंटों से अचल बैठी थी। साहिल के हाथ कैनवस पर तेज़ी से चल रहे थे। 'अब बाक़ी का कल...' उसने कहना चाहा। साहिल ने न

हिलने का इशारा किया, "चलो आज कहीं बाहर चलें।" उसने इसरार किया। साहिल ब्रश रख, आहिस्ता से पलटा, "कांट यू बी स्टिल, फॉर अ व्हाइल? यू रूइंड माय मोमेंट।"

"नो, यू रूइंड माय लाइफ़।" वह चिल्लाई थी, "और क्या बनाते हो तुम? यह टेढ़ी-मेढ़ी रेखाएँ? वीभत्स चेहरे! यह मैं हूँ? ऐसी दिखती हूँ मैं?" वह क्रोध से काँप रही थी, "यह कला है? सौन्दर्य है?"

"कला और उसमें निहित सौन्दर्य के विषय में तुम कुछ नहीं जानती मूर्ख औरत! जाने कैसे मैं तुम्हें बर्दाश्त कर रहा हूँ।" साहिल के स्वर में घुली हिक़ारत पूरे कमरे में फैल गई।

"तुम मुझे बर्दाश्त कर रहे हो? तुम?" आश्चर्य से उसका मुँह खुल गया, "तुम मुझे बर्दाश्त नहीं कर रहे। इस्तेमाल कर रहे हो। जिस कला की दुहाई दे रहे हो वह तुम्हें एक समय का खाना नहीं दे सकती। उस कला के निर्माण के लिए मॉडल तो भूल ही जाओ। तुमने मुझसे शादी की। खाना और मॉडल दोनों मिल गए।"

साहिल कुछ न बोला। रक्तिम नेत्रों से उसे घूरता हुआ सिगरेट पीता रहा। वह भीतर कमरे में आँसू बहाती रही। स्त्रियाँ केवल उपभोग के लिए हैं? अगली सुबह उठी तो कमरा फूलों से महक रहा था, मानो बदली छँट गई हो। सब कुछ खिला-खिला...किसी दैवीय स्पर्श से रोशन! सिरहाने 'सॉरी' का कार्ड रखा था। वह कार्ड हाथ में लिये बाहर आई तो साहिल ने झुककर कोर्निश की और मेज़ पर सजे नाश्ते की ओर इशारा किया। कितनी परते हैं मन पर सुख-दुख की! काश कि जीवन से भी नापसन्द परत हटाई जा सकती! उसने सैंडविच से निकालकर कैप्सिकम की स्लाइस प्लेट में किनारे रखते हुए सोचा।

"मैं बदलूँगा तुम्हारे लिए! हमारे आनेवाले बच्चे के लिए!" साहिल ने हाथ थामकर कहा, "मुझे छोड़कर मत जाना ताप्ती! *जौर्ज जेनां हैस पीओनी... अर्नेस्ट कोस्ट हैस द हॉलीहॉक...बट आई हैव यू...ओनली यू।"

वह अभी अधिक नशे में है या कल शाम था? उत्तर अनिर्णीत रहा, "आई लव यू! एक अवसर और दो। आख़िरी अवसर।"

वह रो पड़ी, "कला अपनी जगह है। जीवन की ज़रूरतें अपनी जगह। पूरक हो सकते हैं, विकल्प हरगिज़ नहीं। कोई नौकरी देखो।"

"मन नहीं लगता। हर वक़्त रंग घेरे रहते हैं। रेखाएँ संवाद करती हैं। हर दृश्य में सम्भावनाएँ—एक नया द्वार, एक नया दृष्टिकोण!" उसके अन्दर की छटपटाहट स्वर के साथ बाहर चली आई।

ऐसा नहीं कि वह साहिल की उलझन और बेचैनी न समझती हो। ऐसा नहीं कि एक चित्रकार की प्रेरणा होना उसे भाता न हो। ऐसा नहीं कि उसके मन में निर्बाध बहते जाने की चाह न हो। किन्तु सब उड़ेंगे तो सिरा कौन थामेगा? क्या सम्भव नहीं कि थोड़ा साहिल थिर हो जाए, उड़ने की थोड़ी मोहलत ताप्ती को भी मिल जाए! घर सँजोने का ख़याल भी साहिल को किसी जुनून की मानिन्द आया था। वह दर-ओ-दीवार सजाने में जुट गया था। उसे कैसे समझाए कि घर दीवारों को सुन्दर तसवीरों से सजाने से नहीं, मन पर सुन्दर स्मृतियों के अंकन से बनते हैं—बचते हैं!

सूरजमुखी फ़र्श से अर्श का सफ़र

उसी समय इब्राहिम का औचक प्रवेश हुआ था। साहिल ने उसे आमंत्रित किया था। उसके साथ कुछ प्रोजेक्ट्स में साझेदारी करना चाहता था। इब्राहिम प्रभाववादोत्तर शैली का अनुयायी था। जितना वह समझ पाई थी, इम्प्रेशनिस्ट स्कूल की बनिस्बत पोस्ट इम्प्रेसनिज़्म की अवधारणा उसे अधिक उचित प्रतीत होती थी। कला आम जीवन को पृथक और नई दृष्टि से देखना ही तो है, किन्तु अधिकतर चित्रकार जाने किस प्रकाश में संसार को देखते हैं कि उनकी बनाई कृतियाँ किसी अन्य ही संसार की प्रतीत होती हैं उसे!

उस छोटे से कॉटेज में एक ही बेडरूम था। इब्राहिम ने बिना किसी शिकवे के गैराज को अपना बसेरा बना लिया। चित्रकारों का एक गाँव बसाना साहिल की महत्त्वाकांक्षी परियोजना में शामिल हो गया। इब्राहिम बसन्त की महक लिये आया था। घर की उकताहट उसके क़हक़हों से धुलने लगी। वे साथ बैठते, हँसते और वीकेंड पर पिकनिक जाते। साहिल और ताप्ती खोए

हुए लम्हों की भरपाई करते और इब्राहिम उन लम्हों को क़ैद करता। उस दिन बाग़ीचे से लाए सूरजमुखी के फूलों को वास में रखते ही साहिल ने गुनगुनाते हुए ब्रश उठा लिया था। वह और इब्राहिम साथ बैठे विमर्श करते रहे कि यह पेंटिंग किस दीवार और किस रंग के साथ बेहतर लगेगी! ताप्ती के ज़ेहन में बाग़ीचा और खुली धूप घूमती रही।

मौसम अचानक बदल गया था। रात-भर बारिश हुई थी। इब्राहिम अपने एक दोस्त से मिलने गया था और अभी लौट नहीं पाया था। गैराज में पानी भरने का संशय लिए, इब्राहिम का सामान भीगने से बचाने वे दोनों भागे थे। वहाँ जो देखा कल्पनातीत था। साहिल कैनवस फाड़ता हुआ चिल्लाने लगा, "कब? कहाँ? बताओ?"

प्रश्नों के उत्तर उसके पास कब थे? एकतरफ़ा आकर्षण की उसे कोई ख़बर न थी। "सच बताओ।" चिल्लाते हुए साहिल ने उस पर हाथ उठाया। वह सँभल नहीं पाई और ज़मीन पर रखे सूरजमुखी के फूलों पर गिर पड़ी। साहिल चिल्लाता रहा और वह एकटक उन फूलों को देखती रही। कितना सफ़र तय कर पाएँगे ये? यूँ ही मुरझा जाएँगे या ज़मीन से उठेंगे और किसी वास में क़ैद? क्या यही नियति है?

"प्यार करती हो उससे?" साहिल के नाख़ून उसकी बाँहों में गड़ रहे थे। आँखों से निकलता ताप चेहरे को झुलसा रहा था।

वह मौन, प्रश्न का उत्तर तलाश रही थी। प्रश्न ज़रूर अलग था। क्या वह साहिल से प्यार करती है? साहिल के विषय में उसे विश्वास हो चला था कि प्रेम उसे मात्र अपनी कला से है, ताप्ती से सम्भवत: अधिकार का सुख!

इब्राहिम और सूरज साथ-साथ लौटे। अपना सामान बाहर पड़ा देख उसने आँधी को दोष दिया होगा लेकिन भीतर की हवा ने बताया कि दोष उसके ही नाम दर्ज था। साहिल एक शोल्डर बैग में सामान लेकर जा रहा था। इब्राहिम सिर झुकाए खड़ा रहा। न ताप्ती ने रोका, न कोई सफ़ाई दी। न इब्राहिम ने सफ़ाई दी, न ही रोका। ज्यों कि आँधी का आना और जाना, सब विधि के हाथ। हम केवल मूक दर्शक!

"क्यों किया तुमने ऐसा?" इब्राहिम से पूछते हुए ताप्ती के स्वर में

एक शिथिल जिज्ञासा थी। एक मित्रवत शिकायत तक नहीं और आक्रोश तो बिलकुल ही नहीं।

"सृजन से भी ज़्यादा ख़ूबसूरत है सृजन की प्रक्रिया वह तुम्हें रच रहा था। मैं अभिभूत देख रहा था। उसे ही तो उकेरा है मैंने।" समतल स्वर झूठ के बोझ से, अन्त तक दम तोड़ गया था। ताप्ती ने पाया, तीन तसवीरों में अकेली वह है एक में साहिल के साथ। पाँचवीं तसवीर में वह एक अन्य पुरुष के साथ, जिसका चेहरा छुपा है किन्तु उस तसवीर में पुरुष के कन्धे पर पोरों से कुछ लिखते, ताप्ती के चेहरे पर शब्दातीत ओज है! उसने पढ़ना चाहा, पर लिपि अनजानी थी। क्या इसे ही साहिल ने इब्राहिम माना? इब्राहिम ने क्या माना? उत्तर तलाशती हुई उसकी नज़र इब्राहिम के चेहरे पर टिक गई। उसने आँखों से पूछा, "क्या?"

"किसी युगल की निजता में सेंध लगाना कला है?" उसने प्रश्न बदल दिया। स्वर में उकताहट थी, शिकायत अब भी नहीं। शिकायत की अनुपस्थिति मानो तस्दीक कर रही हो कि उस फ्रेम में उपस्थिति से वह आनन्दित है!

वह मौन रहा—केवल कुछ क्षण। शब्द व्यवस्थित करता हुआ। "कलाकार के लिए निजता बेमानी है। वह मुझसे या तुमसे नहीं स्वयं से खफ़ा है।" पेंटिंग के फटे हुए सिरों को हथेली से सहारा देकर मिलाता हुआ बोला, "तुम्हारे चेहरे पर कैसा सन्तोष है एक दिव्य आलोक! तुम इस फ्रेम में हो क्योंकि तुम उस पल में थी, उसे जी रही थी। साहिल उन पलों से उगाही की कल्पना में था। वह उन पलों के आनन्द में था ही नहीं।" वह उन पलों में थी या नहीं, किन्तु इन पलों में हैरान थी। अर्धविक्षिप्त कलाकारों का यह आत्मकेन्द्रित संसार!

"इसमें है साहिल?" उसने पाँचवीं तसवीर को इंगित करते हुए पूछा।

इब्राहिम कुछ क्षण तसवीर पढ़ता रहा फिर क़रीब आ उसकी आँखों में झाँकते हुए विश्वास के साथ बोला, "जो यह साहिल होता तो क्या तुम उसे न रोकतीं? मैं उसे न रोकता।" ताप्ती सच्चाई सुनने के लिए तैयार नहीं थी। खिड़की के बाहर नीरव आकाश में कोई तारा तलाशती रही।

"मैं रुकूँ?" इब्राहिम ने पूछा था।

"नहीं।"

"तब तुम चलो साथ।" स्वर में निर्णय भी था विनय भी, किन्तु यह एक पुरुष का नहीं मित्र का आमंत्रण था।

"नहीं।" उसने आँसू रोकते हुए दृढ़ता से कहा था।

इब्राहिम के जाने के बाद दो फ़ोन आए थे। क्रम उसे याद नहीं। दोनों पर उसने 'ठीक है' की समान प्रतिक्रिया दी थी। एक फ़ोन ऑफ़िस से टर्मिनेशन की इत्तिला देने के लिए आया था। दूसरा विक्टर का, घर की चाबी के लिए। साहिल ने घर छोड़ने की सूचना दी थी उसे। अगली सुबह अपना सामान पैक कर, अख़बार में नई नौकरी तलाश रही थी जब विक्टर ने प्रवेश किया।

"जब तक तुम चाहो रह सकती हो यहाँ।" उसने पैक रखे सामान को लक्षित कर कहा, "इब्राहिम ने बताया सब।" आगे धीमे स्वर में बोला। मानो सब दोष उसी का हो। अपने लिए बनाई कॉफ़ी दो मग में लाई और एक विक्टर की ओर बढ़ा दिया।

"घर नहीं नौकरी चाहिए।" उसने गहरी साँस लेते हुए कहा।

"कब तक टेम्परेरी नौकरियाँ करोगी? परमानेंट के लिए क्या कहती हो?" उसने सवालिया नज़र ताप्ती पर टिका दी।

सब इतनी जल्दी में क्यों हैं? रिश्ते ज्यों दुकानों में सजा सस्ता शो पीस हों। पसन्द आया...घर सजाया। मन भर गया, टूट गया, कोई चिन्ता नहीं। कुछ नया और बेहतर और ट्रेंडी आ गया होगा। उसने समय माँगा था। द्वंद्व की सूई 'हाँ' पर स्थिर हो चाहे 'न' पर, इसकी प्रतीक्षा किये बिना उसने साहिल से अपने रिश्ते की आख़िरी निशानी से अवश्य निजात पा ली थी। उन दवाइयों को निगलते उसके हाथ नहीं काँपे थे। सृजन का सुख! साहिल कहता है। इब्राहिम भी। उसने अपने पहले सृजन को अनदेखे ही विसर्जित कर दिया था। तन से रिसते रक्तस्राव के साथ क्या उसके मन की तरलता भी जाती रही? क्या वह पाषाण हो गई है? स्वयं से प्रश्न अवश्य किया, पर उत्तर से आँखें मिलाने का न साहस था, न समय।

जाने वह विक्टर का सतत प्रेम निवेदन था या वैभव जिसने उसे मोह लिया था या यह सन्तुष्टि कि वह कलाकार नहीं है, जुमले नहीं जानता। भविष्य सुरक्षित है उसके साथ। शादी धूमधाम से चर्च में हुई थी। जिसमें इब्राहिम एक

मूक दर्शक की तरह बिना उमंग सम्मिलित हुआ। साहिल अनुपस्थित रहा।

इब्राहिम ने चार दिन बाद फ़ोन पर बताया कि साहिल ने बार-मालिक से हाथापाई की और रक्तरंजित अवस्था में बार के बाहर बेहोश मिला। उसे रिहैबिलिटेशन सेंटर ले जाया गया है। वह मिलने जाना चाहती थी किन्तु इब्राहिम और विक्टर दोनों ही ने इसे साहिल के लिए अहितकारी पाया। कला और कलाकारों के प्रति ताप्ती के मन में अनजाने चली आई विरक्ति के पश्चात भी जाने क्यों विक्टर के मन में संशय बना रहा। कला-प्रेमी न होने के पश्चात भी वह साहिल और इब्राहिम के काम पर नज़र बनाए रखता जबकि वह साहिल को बहुत पीछे छोड़ आई थी। किसी दुर्लभ खगोलीय घटना की तरह इब्राहिम ज़रूर अचानक प्रकट होकर अचम्भित कर जाता। वह अपने आगामी प्रोजेक्ट्स के बारे में बताता। विक्टर पीछे छूटे उसके प्रेम-सम्बन्धों के बारे में। दोनों तसवीरों में कोई साम्य न था। वह ख़ुशनुमा तसवीर फ्रेम कर लेती। दूसरी को चिन्दी-चिन्दी कर जला देती।

यथार्थ भी तो जलाने लगा था उसे। वह अपनी छोटी नौकरी छोटी पहचान को याद करती। विक्टर के आभामंडल में उसने अपनी पहचान खो दी थी। घर से उकताकर ऑफ़िस चली जाती। ऑफ़िस से उकताकर घर आ जाती। दोनों ही जगह उसकी उपस्थिति-अनुपस्थिति महत्त्वहीन थी। विक्टर की सपाटबयानी, सुरक्षित भविष्य सबसे ऊबने लगी थी। थोड़ा रोमांच, थोड़ा रोमांस नीरसता से बचाए रखते हैं शायद! कलाकारों की विक्षिप्तता, उनका जुनून, उनकी बेचैनी, उनकी दृष्टि—वह क्यों वही सब पुनः तलाशने लगी थी!

इब्राहिम कहता है, "तुम्हारे सौन्दर्य को एक कलाकार की दृष्टि ही देख सकती है। विक्टर इसे नहीं देख सकता। तुम देखना नहीं चाहती किन्तु तुम्हारी अन्तर्दृष्टि उसे प्रतिपल देखती है, तभी तो तुम्हारे इर्द-गिर्द एक सम्मोहित करता औरा निर्मित हो जाता है। तुम कला हो—ईश्वर रचित!"

"हर कला कामोद्दीपक है।" कहकर वह तंज़ से मुस्कराई तो होंठ तिरछे हो गए, "यही कहते हैं न तुम्हारे गुस्ताव क्लिम्ट?"

इब्राहिम शान्त खड़ा उसे देखता रहा। उसकी निरुद्वेग छवि सदा ताप्ती को उद्वेलित करती है। वह हौले से पास चला आया था। इतना पास कि दीवार पर

गिरती दोनों की छाया एक हो गई। माथा चूमते हुए बोला, "कला को इतना सीमित क्यों करना चाहती हो? उद्दीपन तन का हो, मन का हो, विचारों का हो, वह जड़ता को समाप्त करता है। यही कला का उद्देश्य है, यही जीवन का भी।"

इब्राहिम से मिलने के बाद कई दिनों तक वह स्वयं को तलाशती है, खँगालती है। विक्टर झल्लाता है। कमी क्या है? ख़ुश क्यों नहीं? उसे लगता है वह जड़ हो गई है। सुविधाओं की सतत थकान है। साहिल के साथ के कष्ट अपने थे, संघर्ष अपने थे। अब देखती है जो कुछ है, सब पर विक्टर की छाया है। उसके हिस्से की धूप कहाँ है? धूप की तलाश न हो तो छाया में क्या दुख है? इब्राहिम क्यों उसे सूरज का पता बताना चाहता है?

...और अब यह पेंटिंग! उरभूमि में गहरे दबे चाहत के बीजों को सम्भवत: इस पेंटिंग ने अंकुरित कर दिया था। क्या वह स्वयं को कलाकार की दृष्टि से देखना सीख गई थी? वह पेंटिंग निरखते सोचने लगी। यह साहिल न था, इब्राहिम न था। उसने स्वयं को पुन: खिड़की पर खड़ा पाया।

कुछ छह माह रिहैबिलिटेशन में रहने के पश्चात साहिल ने एक पार्सल ताप्ती के नाम भेजा था। यह आड़ी-तिरछी रेखाओं में दर्ज वीभत्स सत्य न था। यह भरी-पूरी रेखाओं में सुन्दरता और मोहकता को अक्षुण्ण रखने की चाह लिये एक ईमानदार प्रयास था। चित्रकार की मन:स्थिति के अनुरूप उस पेंटिंग की स्मृतियों का रंग उन्माद भरा था। तीव्र स्ट्रोक्स द्वारा रंगों की गहरी परत, जिनके तले अनुभूतियों की प्राणवायु अवरुद्ध हो जाती और आज यह पेटिंग थी एक महीन उदासी ओढ़े, श्रद्धा के रंगों में रँगी हुई। मानो ईश्वर से प्रार्थनारत हो कोई; प्रार्थनाएँ सुनी नहीं जातीं की पुख़्ता अवधारणा लिए। ईश्वर किसकी रक्षा करेगा, उसके विश्वास की या प्रार्थना की? कौन है यह अपरिचित कलाकार? क्या इसे ही इब्राहिम ने पाँचवीं तसवीर में उकेरा था? इस पाँचवें पुरुष की तलाश में कब तक भटकेगी वह? साहिल का क्या दोष था? उसकी वरीयता कला थी। वह कल्पना के अन्तहीन आकाश में विचरता था। उसे पकड़ने के प्रयास में थककर वह उससे दूर हो गई थी। दूर न भी होती तो मोहभंग उसकी ओर से हो जाता। कलाकार नई तसवीर और नये सम्बन्ध को पुरानी स्मृतियों

के बोझ तले नहीं बनाता। क्या जटिलता से ही रचनात्मकता संचालित होती है? सफल लेखक, कलाकारों ने प्राय: रिश्तों की असफलता का त्रास झेला है। उनका महत्त्वाकांक्षी कल्पना-जगत यथार्थ को यूँ ढक लेता है कि कोई आमजन उससे सामंजस्य नहीं बिठा पाता। स्वयं से पूछा—तुम्हारी कोई महत्त्वाकांक्षा नहीं क्या? तुम क्या चाहती हो? प्रेम? सुरक्षा? स्टेटस?

विक्टर का क्या दोष? वह यथार्थ की ऊबाऊ सख़्त ज़मीन पर खड़ा है उसके इतना समीप कि वह हवा को तरस जा रही है। इब्राहिम? कहीं इब्राहिम ही तो नहीं वह पाँचवाँ पुरुष? नहीं, नहीं, यह प्रश्न तो जाने कितनी बार विक्टर की आँखों ने पूछा है। उसने भी पूछा है स्वयं से। उत्तर सदा 'नहीं' ही पाया है। उससे मन बाँटा जा सकता है, तन नहीं। सम्भवत: विशेष पलों में हम अपनी चाहतों के अनुरूप रिश्तों में बँधते जाते हैं। ज़रूरत बदलती है, रिश्ते बदल जाते हैं। रिश्तों से अधिक हमारी चाहतें अस्थायी हैं! विचारों के अतिक्रमण से आहत वह आराम कुर्सी पर बैठ गई। आँखें मुँद गईं। कमरा रोशनी से भर गया।

पहले कमरे की दीवारें ढहीं, फिर छत ग़ायब हुई। सुदूर आकाश से मानो एक प्रकाश-पुंज उसे पुकार रहा था। वह सूरजमुखी बन ऊपर उठती गई। ऊपर और ऊपर—इतना ऊपर कि समस्त सृष्टि उसके समक्ष लघु प्रतीत होने लगी। प्रकृति आश्रिता बन उसकी गोद में सिमट गई। उसने दोनों हाथ फैला दिये। बाँसों के झुरमुट से गुज़रती शीतल हवा के स्पर्श के साथ उसने गाया, "द विंड इज़ ब्लोइंग ब्रिस्कली टुवॉड्‌र्स माय होम..." गीत के स्वर उसके भीतर भरते जा रहे थे।

सूखे हुए सूरजमुखी

विक्टर, होटल से चेकआउट कर रहा था, जब उसे यह ख़बर मिली। किसी ने पुलिस स्टेशन फ़ोन करके ताप्ती की गुमशुदगी की रिपोर्ट लिखवाई थी। फ़ोन करनेवाले ने अपना नाम नहीं बताया। विक्टर ने ताप्ती को फ़ोन मिलाया जो अनुत्तरित रहा। ऑफ़िस फ़ोन मिलाया तो पता चला कि दो दिन से ताप्ती का ऑफ़िस से कोई सम्पर्क नहीं हुआ है। परेशान विक्टर जब घर पहुँचा तो

पुलिस ऑफ़िसर सगारे भी लिफ़्ट के बाहर ही मिल गए। दरवाज़ा खोला। सब वैसा ही जैसा दो दिन पहले था। ताप्ती को पुकारा। कोई उत्तर नहीं। भीतर बेडरूम में रखी आरामकुर्सी सूरजमुखी के मुरझाए फूलों से भरी थी। मेज़ पर रखी थी—'लेडी विद सनफ़्लॉवर्स'। वह पेंटिंग पर कलाकार का नाम तलाश रहा था, जब दूर किसी खिड़की पर एक साया लहराया। इसी समय इंस्पेक्टर सगारे के पास फ़ोन आया। कॉल ट्रेस हो गई थी।

"उस टेलीफ़ोन बूथ का पता चल गया है जहाँ से गुमशुदगी की रिपोर्ट लिखवाई गई थी। बूथ की दीवार पर मुरझाए सूरजमुखी की तसवीर बनी है। इस चित्रकार को ढूँढ़ना होगा।" सगारे पंजों पर उचकते हुए बोले।

"यह किसी एक चित्रकार का काम नहीं है।" विक्टर ने ठहरे स्वर में कहा।

"आप कैसे कह सकते हैं? आपने वह तसवीर देखी है? सस्पेक्ट के नाम जानते हैं?"

विक्टर ने पेंटिंग को एहतियात से मेज़ पर रखा। एकबारगी नज़र आरामकुर्सी पर रुकी। एकबारगी सामने की खिड़कियों पर। मन का बोझ चेहरे पर परिलक्षित हो रहा था। क्या है जीवन? मृत्यु का लम्बा अभ्यास? कहते हैं मृत्यु पूर्णविराम नहीं, बस अल्पविराम है। चोला बदलेगा और नया जन्म। तब नये जन्म की पूर्वसंध्या पर क्या नये साल से भी अधिक रौनक़ नहीं होनी चाहिए? ओहो ताप्ती! बिना जिए, बिना अपनी ख़ुशबू बिखेरे, बिना अपने रूप पर मोहित हुए पुष्पों को मुरझाना नहीं चाहिए। नये जन्म की आस में घुटते हुए मिटना नहीं चाहिए। एक हूक उठी। वह शब्दों को तोलता हुआ बोला, "सस्पेक्ट तो पूरा समाज है।" फिर फूलों को वास से बाहर रखते हुए वह रुका। वास का पानी बदलकर लौटा, मुरझाई पत्तियों को हटाया, फूलों के डंठल ट्रिम करके उन्हें पुनः वास में लगाया। आगे कहा, "आपको क्या लगता है इन सूखे फूलों को अनुकूल मिट्टी में रोप देने से ये जी उठेंगे?"

सगारे की आँखों का आश्चर्य कमरे में फैल गया, "सस्पेक्ट?" उसने विषय याद दिलाया।

"मैं बस तीन नाम जानता हूँ..." निराशा में डूबा क्लान्त स्वर, "उनमें से एक आपके समक्ष अपना गुनाह क़ुबूल कर रहा है।" और विक्टर ने अपने हाथ

गिरफ़्तारी के लिए आगे बढ़ा दिये। सगारे हतप्रभ खड़ा प्रतिपल जटिल होती इस गिरह का सिरा तलाशने का प्रयास कर रहा था। इसी समय सामने की खिड़की पर खड़ा चौथा गुनाहगार पर्दे की ओट में किसी और खिड़की की ओर मुख़ातिब था।

सूरजमुखी का बाग़ीचा

'माय होम' में प्रवेश करते, ताप्ती ने आहिस्ता से आँखों को खोला। एहसास हुआ कि जितना वह ऊपर उठी है उतनी ही गहरी उसकी जड़ें पहुँचती जा रही हैं या यह विपरीत क्रम में हुआ? उसने हौले से उस प्रकाश-पुंज को छुआ और पाया कि अब वह सूरज पर निर्भर नहीं है। धूप न तलाश रही है। वह प्रकाश-पुंज आत्मचेतना का अंश है। वह आकाश को न देख अपनी बाँहों की परिधि में अठखेली करती सृष्टि को गर्व से निहार रही है। सृष्टि सखी बन गई है। सारी रिक्तताएँ भर गई हैं। सूरजमुखी को नया नाम दो। वह अब सूरज को नहीं तकना चाहता। वह रात में भी खिलना चाहता है, बरसात में भी। वह अपनी दिशा स्वयं निर्धारित करना चाहता है। अपना सारथी स्वयं बनना चाहता है।

पाँचवीं तसवीर में पुरुष के कन्धे पर लिखी लिपि अब अबूझ न रही थी। इसी बोध के साथ सृष्टि का प्रत्येक पुरुष पाँचवाँ पुरुष बन गया था।

पेड़ों पर उगी प्रतीक्षित आँखें

वह हाथ आँगन की सरहद बेधड़क पार करके खिड़की से होता हुआ आज रात पुनः कमरे के भीतर दाख़िल हो गया। मेरे गले पर उसका दबाव बढ़ता जाता था। मैं चिल्लाना चाहता था। कहना चाहता था, "मुझे माफ़ कर दो!" ख़ौफ़ज़दा गले से घुँ-घुँ के सिवाय कुछ न निकलता था। मेरी फटी आँखों पर अपनी आँखें जमाए वह कह रहा था, "मेरी अमानत वापस करो!" घर के बड़े अहाते में लगे सभी पेड़ मैंने कटवा दिये थे लेकिन यह वटवृक्ष माँ की ज़िद के कारण बचा रह गया। पेड़ों का कटना दुर्भाग्य लाएगा, माँ कहती। वह नहीं जानती दुर्भाग्य के पास हर ताले की चाबी है। वह किसी भी दरार से रिस सकता है। साबुत दीवार से प्रवेश कर सकता है। जब दुर्भाग्य आता है तो पेड़ स्वयं दैत्य बन जाते हैं। जीवनदायनी नदी विपदा की आग उगलने लगती है।

अहाते की ओर खुलती इस खिड़की को मैं यथासम्भव बन्द रखता। पेड़ के क़रीब से गुज़रते हुए, साँस रोक उस पर लटके सायों को देखता रहता। साये हर दिन दोगुने हो जाते। वह अचल रहते और मेरे पास पहुँचते ही धप्पा करते मेरी और दौड़ पड़ते। मैं पसीने-पसीने हो जाता। हड़बड़ाकर दौड़ता। कितनी दफ़ा गिर जाता। हाथ-पैर छिल जाते और उनका क्रूर अट्टहास मेरी पीठ से चिपक जाता। मेरी अवस्था देख माँ विनी से कहती है, "हो न हो, स्वप्निल पर कोई प्रेतबाधा है बहू।"

सच यह है कि इन दिनों माँ मेरे लिए स्वयं प्रेत बन चुकी है। न गाँव जाने को राज़ी कि उसकी अनुपस्थिति में यह पेड़ कटवाया जा सके। न गाँव का घर बेचने को राज़ी कि उसे बेच कहीं और घर लिया जा सके, जहाँ आसपास

कोई पेड़ न हो। वह तिरस्कृत भाव से मुझे देखती है और कहती है—"बिन पेड़ों के दम घुट जाएगा।"

"वही तो मैं समझाती हूँ इन्हें," विनी समर्थन करती है। मैं गहरे आश्चर्य के साथ विनी की ओर देखता हूँ। वह निर्लिप्त भाव से हाथ का काम करती रहती है। एक ठंडी पीड़ा मेरी नसों में दौड़ जाती है। माँ न भी समझे, पर विनी तो जानती है कि पेड़ों पर सड़े हुए शव हैं। उसे कैसे बताऊँ कि उन पर चील-कव्वे नाचते हैं। शोर मचाते हैं। यह वीभत्स दृश्य मुझे पागल करता है। रात होते ही पेड़ों के पत्तों पर चमकदार आँखें उग आती हैं। इनकी समवेत दृष्टि मेरी ओर देख आग उगलती है। आँखों से आदेश पारित होते हैं और पेड़ के बढ़ते हाथ मेरी गर्दन तक पहुँच जाते हैं। वे मुझे खींचकर अपनी दुनिया में ले जाना चाहते हैं। मेहमान चील को मेरा गोश्त देना चाहते हैं। पेड़ के शीर्ष पर बैठी मेहमान चील, लोलुप निगाहों से मुझे देख मुस्करा रही है। विनी कमरे में दाख़िल होती है और साये साँस रोक, दीवार में समा जाते हैं।

मैं चिल्लाता हूँ, "खिड़की बन्द कर दो।"

"कितनी तो उमस है!" वह साड़ी के पल्ले से अपना माथा पोंछते कहती है, "कमरे में कैसी महक है!" विनी सूँघते हुए अप्रसन्नता जताती है।

"जानती हो, मेरे फेफड़ों में भरा पानी सड़ गया है। मछलियाँ मर रही हैं। मैं उन्हें कैसे बचाऊँ?" मेरी आँखें अनायास भीग उठीं।

रूम फ्रेशनर स्प्रे करते उसके हाथ रुक जाते हैं। वह घबराकर मेरे पास आती है, "तुम ठीक तो हो? तुम्हारी साँस क्यों ऐसे चल रही है?" वह चिन्तित स्वर में पूछती है। मुझसे नहीं। अपने-आप से ही। इन दिनों मुझसे कोई उत्तर की आस कब रखता है!

"वे सब ऑक्सीजन चुराकर ले गए।" मैं खिड़की के बाहर इशारा करते उसे सूचित करता हूँ। विनी डॉक्टर को फ़ोन मिला रही है। कुछ ही देर में डॉक्टर का लम्पट कम्पाउंडर आएगा। मुझे नींद का इंजेक्शन देते उसकी नज़रें विनी पर होंगी। विनी उससे गुज़ारिश करेगी, "भैया ध्यान से, ज़्यादा दर्द न हो।" और आँखें बन्द कर मुँह फेर लेगी। नज़र फेर लेना दर्द से बचने का सरल-सुलभ उपाय है।

मुझे लगे इंजेक्शन का असर है। सब सो गए हैं। पेड़ों पर लटके साये भी ऊँघ रहे हैं। चीलों के लिए यह डोज़ ज़्यादा है। वे बेहोश होकर पके फलों-सी आँगन में टपक रही हैं। रुकी हुई बारिश की छत से टपकती बूँदों के साथ टप-टप...टप-टप। ज़मीन को स्पर्श करते ही छोटी-सी बूँद फैलकर बड़ा घेरा बना लेती है। आँगन अनगिनत लाल घेरों से भर गया है। ज्यों अनेक विधवाओं ने अपने माथे से बिन्दी उतार आँगन में चिपका दी हो। एक बिन्दी उठाकर मैंने विनी के माथे पर चिपका दी है।

बारिश ने गेयर बदला और बिन्दी की लाल बत्ती को धता बताते बादलों ने सिग्नल तोड़ दिया। स्मृतियों की आँख में भय का तिनका तड़कने लगा। तिनके को बहाने, बारिश बढ़ती जा रही है। बारिश के साथ मंत्रों का शोर भी। पवित्र गन्ध वातावरण में तैर रही है। जोश बढ़ता जाता है। भीगे तन सन्तृप्त मन से सब सोए हैं। बारिश की बूँदों के कोमल स्पर्श से अचानक किसी की वर्षों की तन्द्रा टूट गई। पानी ने पानी का तन चीर दिया। हिंसक व्यक्ति अपनी जाति के प्रति भी असहिष्णु हो उठता है। एक चीत्कार वादियों में गूँज गई और जल की प्रत्येक बूँद ने विनाश के सन्धि-पत्र पर हस्ताक्षर कर दिये। बदला हवाओं में तैरने लगा। कोई भी गुनाह क्षम्य नहीं होता। दंड मिलता है। भले ही अगली पीढ़ी को। कुछ वसीयत प्रकृति गुपचुप लिखती रहती है। जब नींद टूटी तो हर ओर विनाश था। अपने सीने पर निर्मित हर अवैध निर्माण को जल बहा ले जा रहा था। क्रोध से फुफकारता जल, विवेक त्याग, द्रुत गति से आगे बढ़ रहा था। इंच-इंच पर अपने अस्तित्व की मोहर लगा दहाड़ता—'मह्यम् स्वाहा। इदं मम्।'

हर ओर पुकार थी। पुकार का जवाब कहीं नहीं। मैं किसको पुकारूँ? अकेला आया हूँ। आकाश, पाताल हर ओर बढ़ते जल तत्त्व के अस्तित्व को देख सोचता हूँ, सम्भवत: बिना किसी से कुछ कहे-सुने अकेले ही चला जाऊँगा। भीड़ के रेले में से किसी का धक्का लगा है। मैं अचकचा के आगे बढ़ जाता हूँ। पीछे से कोई बच्चा चिल्लाया—"पापा, मम्मी!" मैं एक क्षण ठिठकता हूँ और दूसरे क्षण आगे बढ़ जाता हूँ। सब दौड़ रहे हैं। अपनी क्षमता से कई गुना अधिक गति से। जो गिर गए, उन्हें उठानेवाला कोई नहीं। नदी

पर बने सँकरे पुल के ऊपर से पानी बह रहा है। नीचे बहती नदी की गर्जना से पैर काँप रहे हैं। पुल पार कर, पलटकर देखता हूँ। पानी के दैत्य ने अपनी बड़ी जीभ निकाली और देखते-ही-देखते पुल और उस पर जीवन की आस में दौड़ते लोग अदृश्य हो गए। भय ने सबको पल-भर के लिए जड़ किया और फिर शोर उठा—'पीछे मत देखो, आगे बढ़ो।' पैरों में साँप लिपटे हैं। उन्हें साथ ही लिये आगे बढ़ता हूँ। ठंड से बदन काँप रहा है या अनिष्ट शंका से! पहाड़ी पर पर्याप्त ऊँचाई पर चढ़, सब ठहर गए हैं। एक चाय की दुकान है। वह कहता है, "जिसे जो लेना है ले लो। बचाकर क्या करूँगा? पता नहीं मैं स्वयं बचूँगा या नहीं।" निमिष में दुकान लुट चुकी है। दुकानदार को भरोसा हो या न हो। अनेक लोगों को कल का भरोसा है। उन्होंने सामान इस विश्वास के साथ भर लिया है कि कुछ दिन उसके सहारे गुज़ारे जा सकेंगे। मैं बिस्किट का एक पैकेट हाथ में लिये पर्स निकालता हूँ। पर्स में माँ की दवाई की पर्ची है।

दो औरतें एक अन्य औरत को ढाढ़स बँधा रही हैं। उसका पति और बच्चा पुल के साथ बह चुके हैं। पीछे लौटा नहीं जा सकता और आगे बढ़ने के लिए कुछ शेष नहीं है। बारिश का प्रकोप जारी है। मोबाइल पर दिल दहलानेवाले वीडियो आने लगे हैं। जिस विध्वंस की आँखें साक्षी रहीं उससे अधिक भयावह, ख़बरों के माध्यम से अब पहुँच रहा है। जिस पहाड़ की ओट में थके तन-मन लेटे हैं, वह कभी भी कुपित हो पत्थर बरसा सकता है। बरसात सदा रूमानी नहीं होती। अन्धकार की चादर पसरी है। सिर पर मौत लहरा रही हो तो भयभीत नींद छिटककर दूर खड़ी तमाशा देखती है। कब बारिश हुई, कब रुकी, किसे याद! शरीर और स्मृति दोनों सुन्न। सुबह किसी ने सामनेवाली पहाड़ी पर बाघ देखा है। मौत आनी है तो एक बार में क्यों नहीं आ जाती? दुकानदारों ने घोड़ों के लिए रखा गुड़-चना लोगों में बाँट दिया। एक घोड़ेवाले का घोड़ा बिछड़ गया है, वह उसे ढूँढ़ने वापस जाना चाहता है। बाक़ी साथी उसे पकड़े हुए हैं। बिछड़ा हुआ घोड़ा अपने मालिक को ढूँढ़ रहा होगा। उसके साथी उसे रोक नहीं पाएँगे। दिन के उजले का रंग रात से अधिक स्याह है।

"पीछे मत देखो।"

"नीचे मत देखो।"

"मिलिट्री आनेवाली है।"

अस्पष्ट आवाज़ें साँसों को साध रही हैं। एक निजी हेलीकॉप्टर उतरा है। वह अपने मालिकों को चिह्नित कर, ले गया। पीछे पैसे की ताक़त पर जिरह छोड़ गया। एक माँ अपने बच्चे के अकड़े तन को सीने से लगाए है। अपने बेटे के कन्धे से टिकी अम्मा अचानक लुढ़क गई। बेटे ने मृत शरीर पहाड़ से नीचे धकेल दिया और पत्थरों पर अपना सिर मारने लगा। माँ ने अपने बच्चे को और कसकर आँचल में भींच लिया। कोहरे के बीच हेलीकॉप्टर की गड़गड़ाहट के साथ दुपट्टे और क़मीज़ें हवा में लहराने शुरू हो गए। एक इन्द्रधनुष धरती पर उतर आया जिसे देख कोई पुलक नहीं उठती। हेलीकॉप्टर किसी चट्टान से टकरा, क्षतिग्रस्त हो वापस लौट गया है। काल को अपने काम में दख़लअन्दाज़ी पसन्द नहीं। निराश लोग थककर बैठ गए। कुछ लोग मिलकर भजन गा रहे हैं। कुछ मन-ही-मन अपने इष्ट को याद कर रहे हैं। क्या मैं अकेला ईश्वर के अस्तित्व पर संशय कर रहा हूँ? एक और हेलीकॉप्टर आया है बच्चों और स्त्रियों को बिठाया गया। वे पीछे छूटे परिजनों को 'शीघ्र मिलना होगा' का आश्वासन माँगती दयनीय नज़र से देख रहे हैं। आर्मीवाले कह रहे हैं, "सब बचेंगे। धैर्य रखें। हौसला बनाए रखें।" बारिश फिर बढ़ गई। फ़ोन डिस्चार्ज हो चुके हैं और जीने की आस भी। दूसरी रात सब सो गए। मौत, मौत के भय से अधिक भयंकर तो न होगी। चिन्ता व्यर्थ है। सुबह एक बच्ची रो रही है। वह पूरी रात अकेली चलती यहाँ पहुँची है। एक बुज़ुर्ग उसके सिर पर हाथ फेरता है। एक स्त्री आगे बढ़ उसे अपने पास खींच लेती है। 'हमारे साथ रहो।' समझाती है। ख़बर मिली है कि हेलीकॉप्टर यहाँ से चार किलोमीटर आगे उतरेगा। सब आगे बढ़ चले हैं। नीचे झाड़ियों और पेड़ों पर कहीं बैग फँसे हैं। कहीं बेसुध तन और कहीं मदद के लिए गुहार लगाते ज़िन्दा लोग। असहाय लोग नज़र फेर आगे बढ़े जा रहे हैं। एक हाथ ने पीछे से मेरी शर्ट पकड़ ली है, "बचा लो! कोई तो बचा लो! मेरे पति..." वह गिड़गिड़ाती हुई नीचे की ओर इशारा कर रही है। यहाँ गिड़गिड़ाहट का न कोई लिंग है न उम्र। कौन किसे बचाएगा? हर कोई स्वयं आश्रय तलाश रहा है। वह चिल्लाती है,

"अमर!" बहुत नीचे किसी पेड़ की डाली पर कोई साया लटका है। नीचे घाटी की ओर विस्मय से देखता, मैं बुत बना खड़ा हूँ। वह मेरे पैरों में लिपटी है। हिचकी मिश्रित अस्पष्ट स्वर में कुछ कहते, हाथ का कंगन मेरी ओर बढ़ाती है। पसीना मेरे माथे से चू रहा है जिसे बारिश धो नहीं पा रही। पेड़ की ओर से एक हाथ मदद की आस लिये ऊपर उठता है। हर ओर से निराश वह स्वयं नीचे उतरने का प्रयास करती है और रपट जाती है। कुछ अन्य लोगों के साथ हाथ पकड़कर उसे ऊपर खींच लेता हूँ। ठीक इसी क्षण पेड़ पर लटका एक जीवन फिसल गया है। स्त्री का काँपता बदन मुझसे लिपटा बिलख रहा है। मैं स्वयं काँप रहा हूँ। हेलीकॉप्टर के शोर ने कई रुदन को मन्द कर दिया है। मैं स्त्री का हाथ पकड़कर दौड़ रहा हूँ। स्वयं को रोकने की भरसक चेष्टा करती वह घिसट रही है। अन्य स्त्रियाँ उसे अपने साथ हेलीकॉप्टर में बिठाना चाहती हैं, पर वह न जाने पर अड़ी है। इस पहाड़ी पर आख़िरी स्त्री को पीछे छोड़ हेलीकॉप्टर वापस लौट गया।

घाटी में पेड़ों की जगह दैत्य उग आए हैं। यह तीसरी रात है। पेड़ों का क़द बढ़ना शुरू हो गया है। वह पहाड़ पर सोए हर व्यक्ति की बलि चाहते हैं। शाखाओं के नाख़ून पैने हो गए हैं। पेड़ पर लटके शव उन्मुक्त नाच रहे हैं। अगली सुबह मौसम साफ़ है। वह मेरे कन्धे पर टिकी हुई है। सर्द चेहरे, बिखरे बाल, नीले होंठों में हर व्यक्ति ज़ॉम्बी प्रतीत हो रहा है। उसकी आँख खुलती है और बिजली की गति से पुनः घाटी की ओर दौड़ती है। हम उसे पकड़ने पीछे जाते हैं। वह पुकार रही है, "अमर! अमर लौट आओ! अपनी विनी के लिए लौट आओ!" पेड़ बहरे हो चुके हैं। आज हेलीकॉप्टर का यह तीसरा राउंड है। पाँच लोगों को बिठाने के बाद किसी तरह बलपूर्वक स्त्री को बिठाया गया है। भयग्रस्त आँखों से मुझे तलाशते हुए, कंगन वाला हाथ अधीरता से मेरी ओर बढ़ता है। यह लक्षित कर एक बलिष्ठ भुजा मुझे भी ऊपर खींच लेती है। पीछे छूट गए विपद के साथियों से आँखें चुराता हुआ मैं देखता हूँ कि हेलीकॉप्टर के पिछले पहिये से एक साया लिपटा है। इस साये की शक्ल अहाते के पेड़ के सायों से मिलती है। आग उगलती इन आँखों का ताप मैं झेल नहीं पाता। स्त्री के बराबर बैठते हुए मैं आँखें मूँद लेता हूँ।

मेरे बदन की थरथराहट से वह भी सिहर उठी है। वह मेरी हथेलियाँ अपने हाथों में ले लेती है।

अनाम भय से मेरी नींद पुनः उचट जाती है। उनींदी अवस्था में, मैं पेड़ों पर लटके साये अपनी ओर बढ़ते देख रहा हूँ। वे विनी की ओर इशारा करते, मुझसे कह रहे हैं—'मह्यम् स्वाहा। इदं मम्।'

शोकपर्व

"ज़बान देखो..." क्रोध से माँ की समूची देह काँप रही थी। आग उगलती आँखों से उसे घूरती वह क्षण-भर मौन हो गई, "कमाया धेला नहीं और ज़बान गज-भर की कर लाया।" दराँतो से सरसों काटती हुई आगे चिल्लाई। ध्यान हटा तो दराँती ने सरसों के संग उँगली भी काट दी। वह सी-सी करती पल्ला उँगली में लपेट दूसरे हाथ से उसे दबाए बैठी रही। आँखों में नमी तैर गई। उसकी आँखों में नहीं, माँ की आँखों में। वह और बाबा तो वैसे ही अविचलित बैठे रहे। स्त्री की चोट पुरुष के मन को स्पर्श कब करती है? सच कहा जाए तो एक सन्तुष्टि का अनुभव किया उसने। अपनी बेइज़्ज़ती पर मूक-बधिर बनी बैठी रहनेवाली माँ, बाबा को एक शब्द कहने पर तिलमिला जाती है। उसका मन हुआ कहे—देख लो अपने परमेश्वर की हक़ीक़त।

माँ अब तक हल्दी की पट्‌टी उँगली में लपेट फिर से साग काट रही थी। उसके कष्टों के प्रति विरक्ति की सज़ा किसी दिन इसी दराँती से वह उन दोनों की गर्दन काटकर क्यों नहीं देती? वह अपलक माँ को देखता रहा।

यह कोई पहली नौकरी नहीं थी जो वह छोड़ आया था। इसके पहले चार साल में कोई बीस नौकरी आज़मा चुका था। उदासी इसलिए गहरी थी कि इस बार नौकरी के साथ छोकरी से भी हाथ धोना पड़ा था।

"सेठ की लड़की को फँसाएँगा तो देर-सवेर जूत्ते ही खाएँगा।" बाबा ने हिक़ारत से कहा था, "पढ़-लिख लेता कुछ तो कहीं ढंग की नौकरी मिल जाती। अब करता रह ग़ुलामी।"

"क्या फ़ायदा पढ़कर! पढ़े-लिखे लोग तुम जैसों के पैर पड़ते हैं।"

वह वैसा ही शिथिल पड़ा, जम्हाई लेता हुआ बोला था। इस जवाब पर माँ तिलमिला गई थी।

"और कितनी देर है खाने में! दो बजे गद्‌दी पर बैठना है। कोई काम समय से नहीं कर पाती यह औरत।" बाबा का बड़बड़ाना चालू है।

अब वह उनकी लम्बी नुकीली जीभ को दराँती पर टँगा देख रहा था। माँ के सधे हाथ बिना देखे ही चलते जा रहे हैं। छोटे-छोटे रक्तरंजित टुकड़े जूट की बोरी पर इकट्‌ठे हो रहे हैं। बहते हुए रक्त की धार का छोर उसे स्पर्श करने ही वाला था जब माँ का थका हुआ मरियल स्वर उसे इस वीभत्स दृश्य से बाहर खींच लाया।

"खाना तैयार है। आ जाओ दोनों।" माँ के स्वर का ठंडापन उसकी रीढ़ की हड्‌डी में सिहरन पैदा कर गया।

इस दृश्य की वीभत्सता से अधिक भयावह यह सम्भावना थी कि बाबा के बाद अगली जीभ उसकी हो सकती थी। उसने थूक निगला। मुँह का स्वाद कड़वा था। उसने पानी का लोटा उठाकर एक बार में ख़ाली कर दिया।

"एक चपाती तो और ले लो!" बाबा से माँ ने कहा।

उसने आँखों की कोर से बाबा को 'न' में गर्दन हिलाते देखा।

वह मुँह पोंछता थाली के पास बैठा। माँ एक चपाती बाबा की प्लेट में रखती हुई बोली, "छोटी-सी है। खा लो।"

बाबा गुर्रा रहे हैं, "मना किया न, फ़ालतू ज़िद करके दिमाग़ ख़राब करती है यह औरत।"

माँ इसरार कर-करके भूख से अधिक खिला देने में निपुण है। उसके अन्नपूर्णा नाम के कारण उसने अपने जीवन का लक्ष्य बाबा की क्षुधा शान्त करना बना लिया है। क्षुधा से उसे ऊषा याद आ गई। कल इसी समय वह उसकी देह चख रहा था। तृप्ति से क्षण-भर पूर्व ही सेठ अचानक घर आ गया था। विवस्त्र बेटी को खींचकर अलग कर दिया और बिना बक़ाया दिये उसे काम से निकाल दिया। आदिम भूख उसके शरीर पर रेंगने लगी। वह थाली छोड़कर खड़ा हो गया।

"बरसाती वाले किरायेदार हैं क्या अभी भी?" बेध्यानी में माँ से पूछा।

"नाबालिग़ लड़की पेट से हो गई थी। पिछले साल ही मुँह काला करवाकर चले गए।" जवाब बाबा ने दिया।

उसे अपने हाथों में लड़की का गदराया बदन महसूस हुआ। उसकी देहगन्ध नथुनों में भर गई। उम्र में लड़की उससे कुछ साल छोटी थी। कोई-न-कोई सबक़ समझने के बहाने उसके पास चली आती। उस बरस कहानी की किताब उसे पढ़ाते कितनी ही कविताएँ उसके शरीर पर लिखी थी। लड़की की देह को जानने के लिए जितना उत्सुक वह रहता, उससे अधिक वह लड़की आतुर रहती। उसे दुख हुआ कि बाबा की किसी बात पर बिगड़कर घर छोड़ गया था। रुका रहता तो वह बच्चा उसका दिया हुआ होता। वह अनजाने लड़की के बड़े हुए पेट पर हाथ फेरने लगा। सेठ की गद्दी के नीचे रखी पत्रिका में पढ़ा था कि गर्भावस्था में कुछ स्त्रियों की प्यास और बढ़ जाती है। वह तो थी ही रेत की नदी।

बाबा ने थाली सरकाई। बर्तनों की झनझनाहट कमरे में तैर गई। उन्होंने बनियान के ऊपर कुर्ता पहना। साफ़ धोती के लिए माँ को पुकारा। वह रसोई छोड़ धोती लाने नंगे पाँव दौड़ गई।

"सुबह निकालकर क्यों नहीं रख देती? रोज़ माँगनी पड़ती है।" बाबा का बड़बड़ाना जारी। बात-बात पर उफन पड़नेवाला यह इनसान दुनिया को शान्ति बाँटने का दावा करता है। घोर आश्चर्य!

2

पाँचवीं की कक्षा का पहला दिन था। नये आए मास्टर जी सबका परिचय पूछ टाइम खोटी कर रहे थे। लड़कों का नाम पूछते, साथ ही पिता का व्यवसाय। असली मक़सद पिता का व्यवसाय जानना था ताकि उचित दोहन कर सकें।

वह खड़ा हुआ, "गौतम प्रताप शर्मा।"

"पिता क्या करते हैं?"

"..."

"क्या करते हैं?"

"पूजा करते हैं।" हकलाते हुए बोला।

"पंडित हैं?"

"तांत्रिक हैं तांत्रिक। मरघट के भूत से बात करते हैं।" साथ बैठा सुरेश अपनी बात पर स्वयं ही हँसे जा रहा था। उसका चेहरा ग़ुस्से में लाल।

"बिन बच्चोंवालियों को बच्चा भी देते हैं, मास्टर जी!" विकास ने जैसे आँखों में रंग भरते हुए कहा। उसकी मुट्ठियाँ तन गई थीं। उसे अधमरा करके ही दम लिया।

मास्टर साहब ने क्लास से बाहर खड़ा कर दिया। शहर में इस उम्र के बच्चे समझते हैं कि बच्चे अस्पताल में मिलते हैं, पर यहाँ गाँव-देहात के बच्चे वयस्कों को मात देने की क्षमता रखते हैं। वह हाथ ऊपर किये बड़बड़ाता रहा, फिर स्कूल से भाग आया। 'सब कर्मों का फल है' कहनेवाले बाबा एक रात शाहदरा के पुश्तैनी घर से सब सामान समेट यहाँ खंडवा चले आए थे। देर रात तक भीड़ के दरवाज़ा पीटने की कुछ धुँधली स्मृतियों और माँ के अस्पष्ट संवादों से उसे लगता है कि बाबा के उपचार ने किसी के प्राण ले लिये थे और उसी से उपजे बवाल के कारण भागना पड़ा। पीछे छूट गए अपने कर्म को बाबा कभी भूले से भी याद नहीं करते। माँ वहाँ छूट गए आँगन-दालान याद करती है, पर उसे सबसे ज़्यादा मलाल अपने दोस्त छूट जाने का है। नई मिट्टी हर पौधे को कब अपनाती है? स्कूल के बच्चे उसे 'बाहरी' मानते थे। दिन-भर नर्मदा के शीतल जल में पैर डुबाए बैठा रहा, सूरज छुपे घर पहुँचा तो बाबा ने कान उमेठ दिये। वह दर्द और क्षोभ से चिल्ला उठा।

"कुछ और काम नहीं कर सकते क्या आप? पूरे स्कूल में किसी के बाबा झाड़-फूँक नहीं करते, तंत्र-मंत्र नहीं करते। कुछ नहीं आता तो भीख माँग लो। पर यह गद्दी समेट लो।"

माँ ने चटाक! चटाक! कितने ही तमाचे बिन गिने रसीद कर दिये थे। बाबा पीटते थे तो गाय बन जाती थी। उनकी लातें खाते सिसकती तक नहीं। एक बार नानी से कह रही थी कि शराब पीकर राक्षस हो जाता है यह आदमी। उसी राक्षस के मान के लिए अपने पेटजाए को पीटने में इस औरत ने कभी संकोच नहीं किया।

माँ के हाथ पर दाँत गड़ा वह भाग खड़ा हुआ था। कहाँ गया था? वीरे के बाड़े में? उसके अलावा और था ही कौन उसका। वहाँ पुआल के ढेर पर पड़े दोनों बीड़ी पीते रहे थे। वीरे ने कहा था, "तू अपने बाप का ख़ून करके माँ से शादी कर ले। तेरी बीवी बनकर फिर कभी हाथ नहीं उठा पाएगी। हमेशा डरकर रहेगी।"

"भक्क, माँ से भी कहीं शादी होती है क्या! तुम ससुरा गधा ही रहोगे।" वह हँसते-हँसते दोहरा हो गया था। वीरे सच में मन्दबुद्धि है, तभी तीन साल से एक ही कक्षा में है।

माँ न सही पर किसी से तो शादी होगी। कोई एक है इस दुनिया में जिस पर वह भरपूर रौब जमा सकेगा। बाबा और माँ के हिस्से के सब तमाचे उसे रसीद कर सकेगा। "वीरे एक कॉपी बना लेनी चाहिए। उसमें हर दिन का हिसाब लिख। शादी होने तक भूल जाने का ख़तरा है।"

"क्या लिखना, क्या गिनना! जी-भर मारना। औरत ज़ात होती ही पिटने के लिए है।" वीरे मुँह से धुआँ छोड़ता दार्शनिक अन्दाज़ में बोला। वह आगे और ज्ञान देता। तब तक वे दोनों ढूँढ़ लिये गए थे और फिर बिना गिने ही लतियाते हुए घर की ओर धकेल दिये गए थे।

बाबा गद्दी से वापस आते तो किसी से बात करना पसन्द नहीं करते। दुनिया की दुख-तकलीफ़ सुननेवाले के पास अपने परिवार को सुनने का समय कैसे मिले! वह अपने कमरे में चले जाते। भीतर से कमरा बन्द। कमरे में केवल बाबा के कुछ क़रीबी अनुयायियों और माँ को जाने की अनुमति थी। उसने एक बार झाँका था। काली माँ की जीभ निकाले हुए, रौद्र रूप की आदमक़द तसवीर देख वह काँप गया था। कई रात नींद नहीं आई थी। बाबा कमरे से निकलते तो आँखें लाल होतीं। माँ कहती, उपासना से ही सिद्धि मिलती है। वह ऐसा सिद्ध पुरुष बनना नहीं चाहता था। शुक्र है बाबा ने भी कभी नहीं चाहा। वह उसे किसी सरकारी नौकरी में देखना चाहते थे पर पढ़ने में उसका मन जमता नहीं। कई छोटे-मोटे कोर्स किये, अधूरे छोड़े। यही हाल नौकरी का भी, और लड़कियों का भी। एक जगह ठहर क्यों नहीं पाता मन?

उसे सिगरेट की तलब हुई। यहाँ घर में नहीं पी सकता। बाहर किसी ने

पीते देख लिया तो बाबा की साख को ख़तरा। हुँह, उसने मुँह बनाया। उसे पूरा यक़ीन है—बाबा गाँजा पीते हैं। मूर्ख जनता!

वह उठकर बाहर जाने लगा तभी बाबा कमरे से निकल आए।

"कल से गद्दी पर बैठना है तुम्हें। बोलना नहीं कुछ। बस जो मैं कहूँ लिखते जाना। और ये जीन्स-बुशर्ट नहीं चलेगी। कल से धोती-कुर्ता पहनना होगा। इन्तज़ाम कर लेना।" कहकर बाबा फुफकारते हुए चले गए।

वह हतप्रभ खड़ा रहा। उनसे कुछ न कह पाया। माँ को घेर लिया।

"कह देना इस आदमी से। दादागिरी मुझ पर नहीं चलेगी। मैं नहीं बैठूँगा गद्दी पर। मुझे तांत्रिक नहीं बनना।"

"क्या बनना है, कलेक्टर? चार साल से मारा-मारा फिर रहा है। कभी हज़ार रुपये भी घर भेजे? मँगाता ही रहा। इसी गद्दी से घर में रोटी बनती है। पक्की छत है। तेरी फटफटिया आई है और जो गुल हर नौकरी में खिलाता है, उनके मुँह बन्द रखने के लिए भर-भर नोट भी इसी गद्दी से दिये जाते हैं।" माँ ओखली में धनिया नहीं उसे ही कूट दे रही थी। वह बस आग्नेय नेत्रों से घूरता रहा।

"मेरा ही बहीखाता बनाई हो या अपने पति परमेश्वर का भी? उनके गुल कहाँ-कहाँ खिले हैं यह नहीं पता तुम्हें?"

"तू अपने काम से काम रख। मेरी चिन्ता न कर। कुछ और कर सकता है तो हफ़्ते-भर में जुगाड़ कर ले। वरना गद्दी सँभाल।" माँ साड़ी झाड़ती उठ खड़ी हुई।

पहले गद्दी और मन्दिर घर के ही एक कमरे में सीमित था, पर इन बीते सालों में घर ने अपने आसपास के दो घर जाने किस प्रकार निगलकर अपना क्षेत्रफल और साख़ दोनों बढ़ा ली थी। पुराने घर की कुठरिया तुड़वाकर नये बड़े हवादार कमरे बनवाए गए थे।

बड़ी बैठक को पर्दा लगाकर दो भागों में बाँट दिया गया है। बाहर भक्तगण अपनी बारी की प्रतीक्षा करते हैं। बाबा के क़रीबी अनुयायी अन्दर के भाग में भजन गाते हैं। काली माँ, शिव जी और हनुमान जी की पुरानी प्रतिमाएँ वहाँ लगी हैं जिनके आगे बड़े दीपक जलते रहते हैं। भीतर के एक छोटे कमरे

में एक दीवान पर गद्दी डालकर बाबा बैठते हैं। एक स्टूल पर जिल्द चढ़ी कई किताबें और पंचांग रखे हैं। एक मोरपंखों की बनी झाड़ू, एक पंखा, मिट्टी के एक सकोरे में भभूत और एक में रोली। यहाँ अपेक्षाकृत अन्धकार है और एक छोटा लाल बल्ब कमरे में रहस्यमयी मद्धिम प्रकाश बिखेरता रहता है।

नीचे बिछी दरी पर ओझा बैठता है। उसका असली नाम कोई नहीं जानता। जाने क्यों सब ओझा ही कहते हैं। वह भक्तों के नम्बर लगाता है। बारी-बारी पुकारता है। बाबा के इशारे वह तुरन्त समझ लेता। है। उसे ओझा से एक बेमानी-सी ईर्ष्या हुई। वह बेटा होकर बाबा की कही बातें बहुधा समझ नहीं पाता।

'बाहरी' होने के कारण बाबा की अन्य गुरुओं से अधिक प्रतिष्ठा है। बाहरी व्यक्ति को स्नेह नहीं दिया जा सकता, पर उसे मान देकर सिंहासन पर बिठाया जा सकता है। उसके स्कूल के दोस्तों ने कभी उसे गले नहीं लगाया, पर यहाँ प्रतिदिन कम-से-कम सौ आदमी आकर बाबा के पैर श्रद्धापूर्वक छूते हैं। ईर्ष्या के बावजूद कहीं-न-कहीं वह गर्वित होता है। बाबा और उसके मध्य कटुता कम हो रही है। लोग अपनी परेशानी बताते हैं। बाबा कुछ अतार्किक समाधान। बहुत से लोग बाबा का आशीर्वाद फलने पर महँगे उपहार और मिठाई लेकर आते हैं। बाबा चढ़ावे की ओर कभी नहीं देखते।

"लालच मन में भले हो, आँखों में नहीं दिखना चाहिए। जितना चढ़ावे से मोह कम रखोगे लोग उतना अधिक देंगे। तुम मुँह खोलकर माँगोगे तो वे तुम्हें लालची समझकर दूर हो जाएँगे। यह श्रद्धा और आस बचाने का व्यवसाय है।"

"सात शनिवार तेल चढ़ाने से नौकरी मिल जाती है क्या बाबा? मुझसे क्यों नहीं चढ़वाया?"

वह मुस्कराए, "जो मन से प्रयास करता है उसे सात क्या चार शनिवार बाद भी मिल सकती है। तुम्हें बस प्रयास करने की जिजीविषा को जगाए रखना है। नज़र रेखाओं और ग्रहों के आकलन में उलझी हो पर, पढ़ना सदा मन।"

बाबा के सामने निर्धन, अमीर, नेता, अधिकारी सब एकसमान हैं। सब एक-जैसे दयनीय और लाचार दिखते हैं। पढ़े-लिखे दिखनेवाले लोगों को ओझा जाने कैसे देर से आने पर भी जल्दी का नम्बर दे देता है! ऊँची सामाजिक

प्रतिष्ठा वाले बड़े लोगों को समय देकर बाबा अपने कमरे में मिलने बुलाते हैं। अब उसे भी इस कमरे में बाबा के साथ बैठने की अनुमति बिन माँगे मिल गई है। काली माँ की प्रतिमा को देख वह अब भी सहम जाता है।

बाबा के सामने बैठा व्यक्ति बहुत डरा हुआ है। वह बता रहा है, "पिताजी की मौत तक सब ठीक था। उनके जाने के एक साल पीछे ठीक उसी तिथि को माताजी की हृदयाघात से मृत्यु हो गई। चार महीने बाद बड़ी बहन का जवान बेटा नये साल पर अपने हॉस्टल के कमरे में मृत मिला। मारपीट, आत्महत्या, ज़हर कोई निशान नहीं। तीन महीने बाद बड़े भाई का पूरा परिवार दुर्घटनाग्रस्त हुआ। ड्राइवर को दिन में ही झपकी आई और गाड़ी डिवाइडर पर चढ़ा दी। गाड़ी पलट गई और उनके इकलौते बेटे की मौक़े पर ही मौत। बाक़ी सबको फ्रैक्चर हुए बस। इसके छह महीने बाद मझले भाई के विवाहित बेटे ने रेल की पटरी पर जान दे दी। बिज़नेस सही चल रहा था। बीवी बिलकुल गऊ। आत्महत्या का कारण कोई नहीं समझ सका। पन्द्रह दिन पहले छोटे भाई का बेटा मुम्बई लोकल से गिरकर मर गया। न किसी ने धक्का दिया, न वह ख़ुद कूदा। देखनेवालों ने कहा जैसे किसी अदृश्य हाथ ने उसे खींच लिया। वह मुस्कराता हुआ चला गया। चिल्लाया तक नहीं।" बताते हुए भय से उस भक्त का पूरा बदन काँप रहा है। माथे पर पसीना चू रहा है।

"महाराज, भरे-पूरे परिवार में से चुन-चुनकर बेटे उठा लिये भगवान ने। अब केवल मेरे दो बेटे बचे हैं। हर सुबह घर छोड़ते हुए मन काँपता है। लगता है लौटूँगा तो जाने..." भक्त फूट-फूटकर रो रहा था।

भक्त न रोता तो वह इसे किसी मनगढ़न्त भूतिया फ़िल्म की पटकथा समझता, पर उसके रोने में सच्चाई थी। उस सज्जन की आँखों का भय उसकी आँखों में भी पसर गया। अब बाबा क्या कहेंगे? उनके बेटों के जीवन-रक्षा का सूत्र जानते हैं क्या बाबा?

बाबा आँखें मूँदे सोचते रहे। उस सज्जन की आँखें अब बाबा के चेहरे पर टिकी थीं। सीना काँप रहा था।

"दिक़्क़त तो दिख रही है।" बाबा आँख खोलते हुए बोले, "रुष्ट है माँ। बदले की भावना से भरी है। अपने पोतों के मोह में अन्धी हो चुकी।"

"हाँ, पोतों से बहुत प्यार था उन्हें। लड़कियों को कभी पास नहीं बैठने देती थीं।"

बाबा ने कुछ बेतुके सवाल पूछे। एक फूल का नाम, एक से दस के बीच का कोई अंक, एक फल का नाम और कुछ गणना उँगलियों पर की। गहरी साँस छोड़ते, माथा रगड़ते हुए बोले, "दादी, पोतों को तुमसे दूर करे उससे पहले तुम ही उन्हें अपने से दूर कर दो।"

भक्त का चेहरा सफ़ेद पड़ गया, "महाराज!" स्वर काँप गया।

"समझो बात को। बेटों को गोद दे दो। कोई तो दोस्त, रिश्तेदार ऐसा होगा जिसको गोद दे सको। बस काग़ज़ी कार्यवाही करनी है। रहेंगे तो तुम्हारे ही पास।"

दादी की आत्मा स्टाम्प पेपर पढ़ेगी। भले ही दादी अनपढ़ हो। उसने मन में सोचा।

"पर महाराज, क़ानूनी पेंच हो जाएगा। वे दोस्त की सम्पत्ति के अधिकारी हो जाएँगे। कितना भी क़रीबी दोस्त हो, वह तैयार नहीं होगा।"

विपत्ति में भी सम्पत्ति के दाँव-पेंच समझने का विवेक बचे रहने पर उसे आश्चर्य हुआ। बाबा पुनः सोच में थे। आज गद्‌दी गई। उसे पूरा विश्वास था।

"माँ को अर्पित कर दो। माँ की गोद में सुरक्षित रहेंगे।" बाबा ने काली माँ की प्रतिमा की ओर इशारा किया।

व्यक्ति के चेहरे पर आश्वस्ति तैर गई। "आप बता दीजिए क्या करना होगा और कब! जल्दी करवा दीजिए महाराज।"

बाबा अनुष्ठान के लिए सामान और समय समझाने लगे और वह पहली बार काली माँ की आँखों में आँखें डालकर उनकी शक्ति का आकलन कर रहा था। क्या सच ही बचा पाएँगी?

भक्त पैर छूकर चला गया। उसके चढ़ाए नये नोट बाबा के पैरों के क़रीब अनदेखे रखे रहे।

"सुरक्षा की क्या गारंटी है?" उसने पूछा।

"जीवन की गारंटी कोई दे सकता है क्या?" कहते हुए पीड़ा की अनगिन रेखाएँ बाबा के चेहरे पर तैर गईं।

"फिर?"

"होगा वही जो राम रचि राखा। हमारा काम आँचल में आस बाँधना है। बुरा नहीं भी होना होगा तो यह अनिष्ट आशंका की दहशत से अधमरा हो जाएगा।"

आनेवालों में अधिकतर औरतें आतीं। किसी का पति सास के कहने में था तो किसी का पड़ोसन के वश में। किसी औरत को उसके घरवाले पकड़कर लाते। उस पर पीपल की चुड़ैल चढ़ी होती थी। किसी औरत का दुख बिगड़ी हुई औलाद थी तो कोई औलाद न होने से दुखी। बाबा झाड़ा लगाते। सिन्दूर और भस्म की पुड़िया बाँधकर देते। किसी को सोमवार तो किसी को मंगल, या शनि के व्रत बताते।

सामने नवजात शिशु को गोद में लिये अधेड़ औरत के साथ पूरा परिवार बैठा था। सास तो बाबा के दस बार पैर छू चुकी थी। बीस बार काली माँ का शुक्रिया कह चुकी थी।

"पति के तकिये के नीचे ताबीज़ रखने से, चाय में भभूत डालने से बच्चे कैसे हो सकते हैं?" उनके जाने के बाद पूछा।

"कभी नियति तरस खा जाती है कभी कोई पड़ोसी, रिश्तेदार।" बाबा एक रहस्यमयी मुस्कान देते हुए बोले, "सच जानना हमारा काम नहीं। हमें बस श्रेय लेना है।"

वह बाहर जाकर बच्चे की शक्ल उसके माँ-बाप से मिलाना चाहता था।

चार घंटे लोगों के दुख सुनना आसान नहीं। लोग उसे नहीं सुनाते। बाबा से संवाद करते हैं, पर जाने कैसे उनकी देह से उतरी उदासियाँ उसे ग्रस लेती हैं। खर-पतवार-सा दुख कैसे हर जगह स्वतः उग आता है! वह अचम्भित होता। बरसाती में लेट, दिन में आए लोगों के बारे में सोचता रहता है। सौ में से कुछ चेहरे ऐसे भी होते हैं, जो ख़यालों में अनचाहे शामिल हो जाते हैं। जैसे दूर गाँव से आनेवाली वह औरत। माँ-बाप ने पैसे के लालच में दुहाजू से ब्याह दिया। प्रतिरोध नहीं कर पाई, पर शादी के बाद तन और मन दोनों विद्रोही हो उठे। कुछ दिन के लिए घर आए देवर के साथ हमबिस्तर होने की ग्लानि ओढ़े कुम्हलाई हुई आई थी। बहुत देर रोती रही। बहुत पूछने पर बस इतना बोली, "पाप किया है, प्रायश्चित चाहती हूँ।" उसके काँपते बदन को

कितनी ही बार चूम लेना चाहा था उसने, पर बाबा तटस्थ बैठे रहे। सिर पर हाथ फेर झाड़ा लगाया। सोमवार के निर्जल व्रत रखने का निर्देश दे, पूजा की सामग्री काग़ज़ पर लिखकर पकड़ा दी।

उसके जाने के बाद बोले, "पाप से डरकर नहीं रोती, प्यार को याद कर रोती है।"

"तब क्या साथ न सोएगी दुबारा?"

"ज्यों निर्जल उपवास साध लेगी तो तन की प्यास भी नहीं भटकाएगी। इच्छाओं पर अंकुश लगाना सीख जाएगी।"

वह उसकी प्यास के लिए नदी बन जाना चाहता है।

आज खाने में माँ ने दो बार नमक डाल दिया। खारी सब्ज़ी होने पर भी बाबा ने थाली नहीं फेंकी। दही से रोटी खाकर उठ गए उसे आश्चर्य हुआ। बाबा इन दिनों कम चिल्लाते हैं। अभी तक क्या उसके कर्मों की सज़ा माँ को देते रहे थे। शाम वह खेत की ओर निकल आया। पगडंडी पर ही वीरे मिल गया। ज़बरदस्ती घर ले गया। बहन को आवाज़ दी चाय बनाने के लिए।

चाय लेकर जो लड़की आई उसे देख चौंक गया। नाक बहाती हुई रिबनवाली लड़की पर कभी यूँ झूमकर यौवन उतरेगा, कौन सोच सकता था!

चाय के कप रखने झुकी तो दो ताज़े कमल नज़र में तैर गए।

वीरे को किसी ने पुकारा। वह बाहर गया। लड़की उसके सामने बैठ गई। मुस्कराती हुई—आमंत्रित करती हुई!

"पहचाना?" उसने पूछा।

"हाँ, भैया के साथ कितनी बार तो पतंग उड़ाई आपने! मैं ही चरखी पकड़ती थी।"

लड़की की स्मृतियों में बसे रह जाना उसे अच्छा लगा। बहुत चाहकर भी नाम नहीं याद कर पाया। बस कुछ धुँधली तसवीरें समक्ष आ खड़ी हुईं।

"ट्यूबवेल में साथ नहाए भी तो हैं।" उसने सबसे उज्ज्वल तसवीर हवा में उछाली। शायद उसकी तरह लड़की ने भी ट्यूबवेल में साथ नहाने की कल्पना की। लज्जा से सींझी एक मुस्कान उसके चेहरे पर क्षण-भर को चमकी और वीरे के क़रीब आते पदचाप सुन वह भीतर चली गई।

रात वह कमलों से भरे ट्यूबवेल में डूबा हुआ था, जब माँ ने उसे झिंझोड़कर उठाया।

"बाबा की तबियत ठीक नहीं। अस्पताल लेकर चल।"

ओझा पहले ही आ चुका था। दोनों ने मिलकर बाबा को कार की पिछली सीट पर लिटाया। माँ उनका सिर अपनी गोदी में लेकर बैठी। पेटदर्द और वमन के कारण बाबा बार-बार उठ बैठते। पूरी रात अस्पताल में बिताकर वह अगली सुबह घर लौटे। माँ ने कहा, "झाड़ा लगा दे बाबा को।"

उसने अचम्भे से माँ को देखा ज्यों पूछ रहा हो—यही करना था तो अस्पताल में रात काली करने क्यों गए थे! ओझा ने झाड़ा लगाते हुए कहा, "सबकी विपदा अपने सिर ले लेते हैं महाराज। कोई बड़ा प्रेत ज़िद पर अड़ा है।"

दोपहर में पूर्ववत बाबा गद्‌दी पर बैठे। चेहरा उतरा है, पर आवाज़ में वही जोश। बीच-बीच में दर्द की एक लहर ज़रूर चेहरे पर उभर आती।

"बड़े भइया बिलकुल संत इनसान हैं महाराज। न शादी की, न कभी कोई और व्यसन। बाल ब्रह्मचारी। गुरु भाइयों के अतिरिक्त किसी से कोई बात नहीं करते। एक किराने की पुश्तैनी दुकान है, बस उसी पर बैठते हैं। जाने कैसे लोगों ने बातों में फँसाया। लोगों से उधार ले-लेकर एमसीएक्स में लाखों लगाकर हार गए। अब लेनदार तक़ाज़ा कर रहे हैं।"

"दुकान बेचकर उधार चुका दो।" बाबा के पास समाधान तैयार रखा है। सुनकर सामने बैठा व्यक्ति सकपका गया।

"पुरखों की दुकान है महाराज।"

"जो आया ही उधार चुकाने है, वह सब लुटाकर भी चुकाएगा।" बाबा मसनद से उठकर कमर और स्वर दोनों को खींचते हुए बोले।

"बेच दें तो भैया बैठेंगे कहाँ?"

"बैठकर कमा तो नहीं रहे। गँवा ही रहे हैं। पुरखों की सम्पत्ति में से अपना हिस्सा देकर जाएँगे।"

व्यक्ति अब कुछ आश्वस्त दिखा।

"आप सही कहते हैं महाराज। बिलकुल साधु हैं। माँ-बाऊजी उनके नाम करके गए यह दुकान। उनका ही हिस्सा है।"

बाबा हल्की कराह के साथ मसनद पर वापस टिकते हुए फुसफुसाए, “जब लोगों के दुख कम नहीं कर पाओ, उन्हें दुख स्वीकारने का एक जायज़ कारण दे दो।”

भीड़ की मानसिकता पढ़ने की बाबा की क्षमता उसे अचम्भित कर देती है। उसे वह अमीर लड़का भी याद आया जिसका इलाज देश के बड़े डॉक्टर कर रहे हैं। क्या कहते हैं उन्हें...मनोचिकित्सक! उसकी माँ आती है बाबा के पास। बाबा उसकी माँ के मनोचिकित्सक ही तो हैं।

कुछ डॉक्टर आला लगाकर इलाज करते हैं कुछ झाड़ा लगाकर। समाज में रुआब का अन्तर है बस। उसे वह तांत्रिक याद आया जिसके आश्रम के पीछे बच्चों के कंकाल मिले थे। ऐसे तांत्रिकों के कारण लोग दूर रहना चाहते हैं। कुछ डॉक्टर भी तो किडनी बेचने का काम करते हैं। उसने स्वयं को तर्क दिया और अपना ओहदा सम कर लिया।

3

एक हफ़्ते बाद बाबा को लेकर फिर अस्पताल जाना पड़ा था।

“ऑपरेशन को मना मत करना। ज़ल्दी करा लो।”

माँ के आँसू नहीं रुक रहे। उसे लगा माँ-बाबा के मध्य वह नितान्त अजनबी है। दो दिन भर्ती रहकर दिल्ली जाना पड़ा। ओझा साथ जाना चाहता था, पर बाबा ने मना कर दिया। वह बाबा को लेकर उनके एक भक्त के घर रुका। भक्त के कारण बड़े अस्पताल के अनजान गलियारों में भटकना नहीं पड़ा। उसका अर्दली उनके साथ रहा और हर जगह प्राथमिकता से आदर सहित बाबा का परीक्षण किया गया। अस्पताल की दुनिया उसे बाबा की दुनिया जैसी ही लगी। यहाँ भी अस्पताल परिसर में दाख़िल होते ही एक बड़ा मन्दिर बना है। अन्दर भक्त अपने-अपने पलँग पर लेटे अपने नम्बर की प्रतीक्षा करते हैं। एक बड़ा डॉक्टर आता है उसके साथ ओझा जैसे कुछ छोटे डॉक्टर। डॉक्टर तकलीफ़ सुनता है, उपाय बताता है। यहाँ चढ़ावा श्रद्धानुसार चढ़ाने की सुविधा नहीं है। कुछ के बैल बिक गए, कुछ की ज़मीन बिक गई, लेकिन स्वस्थ होने की कोई गारंटी नहीं।

बीमारी का ठीक होना-न होना यहाँ भी ऊपर वाले के हाथ! अधिक न समझने पर भी इतना वह समझ गया है कि यहाँ लेटे हर मरीज़ को कैंसर हुआ है। सत्ताईस नम्बर वाले मरीज़ का बेटा चिल्ला रहा है, "सब मिले हुए हैं। जाँचों पर कमीशन, दवाइयों पर कमीशन, हमारे खेत बिकवाकर डॉक्टर विदेशों के खेतों में घूमते हैं।" दो वार्डबॉय उसे उठाकर बाहर ले जा रहे हैं। उसकी माँ डॉक्टर के हाथ जोड़ रही है, 'छुट्टी मत कीजिए साहब! यह बावला है। आप इलाज कीजिए।"

बाबा का ऑपरेशन हो गया। गॉलब्लैडर निकाल दिया गया। गॉलब्लैडर का जार जाँच के लिए देने जाते हुए एक नर्स से अनजाने टकरा जाने पर उसे एहसास हुआ कि इस हफ़्ते में एक बार भी उसकी नज़र किसी नर्स या अन्य लड़की पर नहीं ठहरी है। वह बाबा की बीमारी और सेवा में उलझा रहा। दोनों के मध्य यह आत्मीयता कब स्थापित हो गई? रिपोर्ट हफ़्ते-दस दिन बाद आनी थी। वे लोग खंडवा लौट आए।

4

बाबा बिना नागा गद्दी पर बैठते। आजकल उसे पंचांग पढ़ना सिखाते। शमशान काली, कामकला काली, गुह्य काली, अष्ट काली, दक्षिण काली, सिद्ध काली, भद्र काली...रूपों की यथोचित पूजा भी। ग़लत पूजा का माँ कड़ा दंड देती है। वह आगाह करते। जब समय मिले तो कलकत्ता में कालीघाट शक्तिपीठ ज़रूर जाना और गुजरात में पावागढ़ की पहाड़ी पर स्थित महाकाली का जाग्रत मन्दिर भी।

वह उकता जाता, पर बाबा की गिरती सेहत के आगे बोल न पाता। कभी लगता उसे पराजित करने के लिए ही बाबा ने किसी सिद्धि से यह रोग स्वयं लगा लिया है। रोग की बात गुप्त रखी गई थी। कितने ही कैंसर के मरीज़ बाबा की भभूत से सही हुए थे। बाबा स्वयं क्यों नहीं खा लेते?

पंचांग पढ़ना आसान न था। गणित था यह भी। लोग एक ही पंडित को नहीं दिखाते। ये भाग्य के सताए संशयग्रस्त लोग हैं। चार जगह पत्री पढ़वाते

हैं। मंगली, कालसर्पयोग, शनि की दशा जैसी बातें याद भी रखते हैं। गणना ग़लत हुई तो विश्वास खो दोगे।

न जनता मूर्ख है न बाबा ढोंगी। सब नियति और परिस्थितियों के मारे हैं। रोज़ी-रोटी और सुख की तलाश में हाथ-पैर मारते लोग। बदहवास लोगों की एक बड़ी भीड़ हर ओर से दौड़ी आ रही है। सबके हाथों में बेढब कटोरे। वह रोटी नहीं सुख माँग रहे हैं। लम्बी दाढ़ी वाला एक मौलवी आता है। वह कह रहा है कि बरगद के नीचे बनी मज़ार पर बँट रहा है सुख। भीड़ एक-दूसरे को कुचलती उधर दौड़ जाती है। भगवा वस्त्रों वाला एक व्यक्ति जयकारा लगाता है। भीड़ उसकी चरणरज लेने दौड़ पड़ती है। भगवा वस्त्रों वाला एक लोहे के जाले में बदल जाता है। लोग ताला लगाकर चाबी तालाब में फेंक रहे हैं। वे चाहकर भी अपने दिमाग़ पर लगा ताला नहीं खोल पाएँगे। उसने ताला लगाकर, चाबी चुपके से जीन्स की जेब में रख ली। तभी किसी ने कहा—गाँव बाहर के कुएँ में सिक्के डालने से मन्नत पूरी हो रही है। प्यासे कौए की तरह लोगों ने कुएँ को सिक्कों से पाट दिया। सारा पानी बाहर निकलकर गाँव में भर गया। लोग डूबने लगे। वह पानी पीकर लोगों की जान बचाना चाहता है। वह स्ट्रॉ तलाशने लगा।

बाबा का स्वास्थ्य निरन्तर गिर रहा है। दिल्ली से फ़ोन आया। रिपोर्ट आ गई है। लिखा है 'पॉजिटिव मारजिन्स' दिल्लीवाले भक्त के सम्मुख अपनी लघुता पर वह खीज जाता है। अनभिज्ञता पर लज्जित होते अर्थ पूछना पड़ा।

"पॉज़िटिव मार्जिन्स मतलब जहाँ से कैंसरवाला अंग निकाल दिया गया, वहाँ के किनारों पर अभी भी कैंसर की सेल हैं। जो कभी भी बढ़ सकती हैं।"

स्पष्ट है कि पॉज़िटिव मार्जिन्स का होना नेगेटिव ख़बर है मरीज़ के जीवन के लिए, उसने मन में सोचा।

माँ को आधा-अधूरा बताया। वह पल्लू मुँह में दबा सिसकने लगी। बाबा को पूरा सच बताया। वह एक विद्रूप मुस्कान के साथ हिक़ारत से बोले, "शरीर हो या समाज, साला, कितना ही बड़ा हिस्सा काट दो, किनारे संक्रमित छूट ही जाते हैं।"

सुबह चार बजे उठकर पूजा-अर्चना के पश्चात बाबा को चरणामृत देते

अचानक उसे एहसास हुआ कि जो कृशकाय तन सामने लेटा हुआ है वह बाबा नहीं हैं। बाबा तो अब वह स्वयं बन चुका है। बाबा के शरीर पर कैंसर ने क़ब्ज़ा किया और बाबा ने उसके शरीर पर। घाटा सब उसके ही हिस्से आया है। उसका सब्र चुकने लगा था।

"इन सबमें न मेरी श्रद्धा है न आस्था।" पंचांग दूर सरकाते उसने कहा था।

"ज़रूरी है क्या कि हलवाई अपनी मिठाई ख़ुद भी खाए! जिनकी आस्था है उनके लिए सीख लो बस।"

"आस्था का खुला व्यवसाय!" वह बड़बड़ाया था। कह बैठा था, "नियति के सताए लोगों के दुखों का दोहन करते मन नहीं काँपता आपका?" माँ का हाथ ऊपर उठा, पर वह आगे न बढ़ सकी। दीवार से पीठ टिकाकर सिसकने लगी। बाबा मौन बैठे रहे थे।

वह निरुद्देश्य शहर और विगत की गलियों में भटकता रहा। जिन लड़कियों ने उसे तन सौंपे उनके प्रति भले ही वह ईमानदार न रहा हो, पर जिन्होंने अपने दुख सौंपे, उनसे अटूट रिश्ता बँध गया। फ़िरोज़ाबाद में चूड़ीवाले की लड़की ने भरी आँखों से रात दो बजे स्टेशन छोड़ आने की विनती की थी। अगले दिन उसकी शादी थी। लड़की किसी अन्य के प्रेम में। सुबह लौटा तो शक़ के दायरे में वही था। मार खाई, एक दिन थाने में भी बिताया लेकिन मुँह नहीं खोला। लड़की के कोमल दुख को अपने सीने में दबाए उसकी रक्षा करता रहा। कमरा ख़ाली करना पड़ा था, पर दूसरी नौकरी मिल जाने से शहर बच गया था। दो महीने बाद मुरझाई हुई लड़की सब्ज़ी मंडी में मिल गई थी। वह पहचान नहीं सका था, पर लड़की ने उसे देखकर उदास मुस्कान के साथ पूछा था, "कैसे हो?" लड़की के गालों के गड्ढे इतने गहरा गए थे कि उसमें संसार की हर सीता पनाह पा सकती थी। धरती माँ को कष्ट देने की ज़रूरत न थी।

"एक महीने बाद उकताकर छोड़ गया था।" लड़की ने उसकी आँखों में उतरा प्रश्न पढ़ लिया था। उत्तर देते स्वर समतल!

"परिवार के बताए लड़के से ब्याह किया होता तो बेहतर रहता।" पता नहीं उसने लड़की से कहा या उसके ग़लत निर्णय में सहयोगी बनने के लिए स्वयं को दोष दिया।

नायिका-प्रधान हर कहानी का अन्त दुखद है। बस रास्ते के मोड़ अलग। वह सब्ज़ी वाली को पैसे देते हुए बोली थी, "नर्क ख़ुद चुना तो अब माँ-बाबा का घर स्वर्ग लग रहा है। जो उनका चुना नर्क स्वीकारा होता तो वे भी दोषी लगते। तब कहाँ जाती बोलो?"

सवाल पीछे छोड़ उस मृत देह को सशरीर अपने स्वर्ग की ओर जाता देखता रहा था। दुखों की छाया में उपजा सुख आत्मा छील देता है।

यह महीने-भर पहले की बात है। इस महीने-भर में वह ज़िरह को छोड़ चुका था। अचम्भित अवश्य होता है। जीवन-यापन का प्रेत उस पर क़ाबिज़ हो चुका था। वह इनसान से एक यंत्र में परिवर्तित हो गया था। भक्त आता और कहता कि—पत्नी वश में नहीं। दिमाग़ में निर्देश जारी होता, पत्नी को वश में करने के लिए एक दबाए। वह एक नम्बर पर लिखा यंत्र और मंत्र भक्त के सुपुर्द कर देता। भक्त कहता—व्यापार में घाटा...वह चार नम्बर का पुर्ज़ा आगे बढ़ा देता।

5

बाबा, ओझा और माँ के चेहरे देखकर लग रहा है ज्यों कोई ज़िन्दा भूत देख लिया हो। उसे सामने देख माँ बिलख-बिलखकर रोने लगी और भीतर चली गई।

"क्यों कर रहे हैं आप ये सब?" वह क्रोध से चीख़ उठा था, "पागल... पागलपन है यह...अपराध है...अपराध है। हम सबको जेल हो जाएगी।"

"चीख़ो नहीं। शान्त हो जाओ। जानते हो न फल को जन्म देने के लिए फूल को मरना पड़ता है। समय बहुत कम है मेरे पास। लक्ष्य बहुत बड़ा। बहुत कुछ विचार करना है, व्यवस्था करनी है।" बाबा का स्वर आवेगहीन था।

यह सत्य था कि बाबा की गर्दन पर काल की उँगलियाँ सुस्पष्ट दिख रही थीं। किसी भी क्षण मृत्युदेव हल्का झटका देंगे और प्राण उलट देंगे। बाबा कुशल व्यवसायी हैं। देवों के सब गुरों से परिचित। वह बिना विभीषण के भी उन पर विजय पाना जानते हैं। यमराज उनसे प्राण छीने उससे पहले ही उन्होंने अपने प्राणों को यमराज से छीन लेने की योजना बना ली है। बिना किसी इश्तिहार

और होर्डिंग के दूर-दूर तक यह ख़बर फैल गई है कि उजले पक्ष की अष्टमी को पंडित दिवाकर चन्द्र शर्मा समाधि लेंगे।

बाबा एकान्तवास में हैं। भक्तों को बताया गया है कि वह निराहार, निर्जल रहकर काली की साधना में लीन हैं। गद्दी उसके ज़िम्मे है।

"नौकरी नहीं लगती। इंटरव्यू दे-देकर थक गया हूँ। दोस्त-रिश्तेदार सब ताने देते हैं। गर्लफ्रेंड ने साथ छोड़ दिया। पापा कहते हैं कि कुछ और नहीं कर सकता तो चाय का ठेला लगा ले। हो सकता है तू भी प्रधानमंत्री बन जाए।" युवक के चेहरे पर आक्रोश पनपने लगा। ठहरा फिर संयत हो आगे बोला, "उनके ज़माने में हाई स्कूल पास को भी मिल जाती थी नौकरी। अब इंजीनियरिंग करके भी मारे-मारे घूमना पड़ता है।"

"पापा क्या करते हैं?"

"सरकारी नौकरी में हैं।" युवक अपनी जन्मपत्री आगे बढ़ाते हुए बोला।

उसने चोर नज़र से हमउम्र युवक को देखा। युवक के हाथों की अधिकतर उँगलियों में किसी-न-किसी नग की अँगूठी थी। उसने काग़ज़ों पर आड़ी-तिरछी रेखाएँ खींचने के बाद कुछ पुड़िया बाँधी।

"यह ताबीज़ पापा के बिस्तर के नीचे रख देना और यह भस्म उनकी चाय में।"

युवक असमंजस में उसे देख रहा था।

"पापा की चाय में?"

उसने हाँ में सिर हिलाया। युवक ने जीन्स में हाथ डाल एक मुड़ा-तुड़ा सौ का नोट निकाल उसके पैरों की ओर बढ़ाया।

"अभी रहने दे, नौकरी लगने पर देना।" उसने बीच में ही रोक दिया।

युवक हाथ जोड़ता हुआ चला गया।

"दुश्मन को रास्ते से हटाने का मंत्र बारहवें नम्बर का ही है न!" उसने ओझा से पूछा।

ओझा के 'हाँ' कहने पर युवक के पिता की निर्जीव देह उसकी आँखों के समक्ष घूम गई। ज़रूरी नहीं हर फ़ीनिक्स अपनी ही राख से जन्म ले। कभी-कभी पिता की राख में नहाकर बच्चे नई उड़ान पा सकते हैं!

6

शोकपर्व के लिए दूर-दूर से भक्तों का ताँता लग गया था। बड़े हॉल में रामायण का पाठ हो रहा था। कुछ भक्त महामृत्यंजय का जाप कर रहे थे। कुछ दुर्गा सप्तशती बाँचते थे। जगह-जगह भंडारे चल रहे थे। आजकल बाबा कुछ समय निकालकर भक्तों से दस मिनट की एक संक्षिप्त मुलाक़ात अवश्य करते। कई भावुक हृदय विकल स्वर में उनसे निर्णय स्थगित करने या पुनर्विचार के लिए अनुनय करते। कुछ उनके इस निर्णय के गौरव का अनुमोदन। बाबा की सौम्य मुस्कान में आजकल एक ओज घुल गया है। जो व्यक्ति इच्छामृत्यु चुन ले, उसका चेहरा निर्भीकता के आलोक से घिर जाता है।

"एक बार फिर सोच लो बाबा। करिश्मे सच में होते हैं। हो सकता है कल कोई दवाई आपकी बीमारी ख़त्म कर दे। अपने जीवन से खेल मत करो बाबा!" वह जीवन में पहली बार रो पड़ा था।

"जाना तो तय है। क़ीमत वसूलकर क्यों न जाया जाए।" उन्होंने मुस्कराने की चेष्टा की।

"यह कैसा दर्दनाक अन्त होगा, इसका अन्दाज़ा है आपको?" वह कल्पना मात्र से काँप उठा था।

"तुम्हें इस जीवन के कष्टों का अन्दाज़ा है?" बाबा गहरी साँस छोड़ते बोले। मुस्कान छिटककर दूर जा खड़ी हुई। वह उनके पैरों पर सिर रख रोता रहा।

"मैं कुछ अनोखा नहीं कर रहा। हर बाप अपनी कमाई अपने बच्चों को ही सौंपकर जाता है।" बाबा उसके सिर पर हाथ फेरते हुए बोले, "बेटा, यह जगह कभी मत छोड़ना। विज्ञान कितना भी तरक़्क़ी कर ले। जगत श्रद्धा पर टिका है। सरकार भी उसी वैज्ञानिक पर पैसा लगाती है जिसके ज्ञान पर उसे श्रद्धा होती है। सब सुनियोजित तरीक़े से हो गया तो इस स्थान के साथ श्रद्धा का ऐसा हीरा जड़ जाएगा जिसकी जगमगाहट में तुम्हारे छोटे-मोटे अपराध भी अनदेखे रह जाएँगे, पर कोशिश करना जीवन में सत बना रहे। विश्वास कमाने से अधिक कठिन है उसे बनाए रखना। लोगों के विश्वास का उतना ही दोहन करना जितना तुम्हारे पोषण के लिए आवश्यक हो। उतना ही उपाय उन्हें देना

जितनी उनकी सामर्थ्य हो। कभी पेड़ पर लिपटी बेल को देखा है। वह उसी गति से बढ़ती है जिस गति से पेड़! जब कभी पेड़ से ज़्यादा विकसित हो जाती है, पेड़ उसका भार नहीं सँभाल पाता। पेड़ के साथ ही बेल भी ढह जाती है।"

बाबा जानते थे समय कम है। देने को ज्ञान अधिक। कमज़ोरी के बावजूद बोल रहे थे।

प्रशासन इस समाधि के विरुद्ध था या विरुद्ध दिखने को मजबूर था। कुछ अधिकारी बाबा के भक्त थे, बाक़ी सरकारी आदेशों से अधिक कौतूहल के वश में। कोई प्रमाण नहीं था, न कोई अभियोग। बाबा की गिरफ़्तारी करने के लिए कोई धारा उपयुक्त न थी, पर दो पुलिसवाले चौबीस घंटे तैनात कर दिये गए। एक डॉक्टर आकर सुबह-शाम बाबा को आला लगाकर देख जाता।

नियत दिन सड़क पर दूर तक मेला लग गया था। मृत्यु के उत्सव में शामिल होने के पुण्य से कोई वंचित न रहना चाहता था। भक्ति और ज्ञान की, आस्था और विश्वास की, उल्लास और कौतूहल की सहस्त्रों धारा, सहस्त्रों स्वर बह रहे थे।

"जन्म-मरण से मुक्ति की इस क्रिया को जैनियों में कैवल्य कहा गया है।"

"बुद्ध ने भी निर्वाण को अनिवार्य बताया है।"

"यह संत सिंगाजी की तप:स्थली में ही सम्भव है।"

पुलिस के कई अधिकारी स्वयंसेवकों के संग भीड़ को नियंत्रण में कर रहे थे।

ओझा मन्दिर में बैठा था। माँ की घुटी-घुटी सिसकियाँ भीतर कमरे में तैर रही थीं। वह एकटक बाबा के निर्विकार चेहरे को देख रहा था।

"अब बन्द भी कर। आज नहीं भी हुई तो चार दिन पीछे एक आम विधवा हो जाएगी। रोकर अपशकुन फैला रही है यह औरत।"

बहुत दिन बाद बाबा अपने इस रूप में लौटे थे, पर स्वर में उग्रता नहीं दैन्य घुला था। वह उठकर भीतर गए और माँ को सीने से लगाकर आँखें बन्द कर मौन खड़े रहे। कुछ समय बाद माँ का माथा चूमते हुए फुसफुसाए, "फिर मिलेंगे!"

यज्ञ की आख़िरी आहुति के लिए बाबा भी बैठे। उनके एक ओर ओझा और दूसरी ओर वह बैठा।

आहुति देते भक्तों का स्वर ऊँचा होता जाता था। धुआँ उसकी आँखों में भर रहा था। हवन की अग्नि के ताप से चेहरा लाल हो गया था। यही हाल सबका था लेकिन असहज केवल वही था शायद। यहाँ से बाबा को माँ तुलजा भवानी मन्दिर दर्शन के लिए जाना था, तत्पश्चात एक बड़ा गड्ढा समाधि हेतु घर के पिछले भाग में खोदा गया था। वह पिछले दिनों उसी उधेड़बुन में लगा रहा था कि एक चोर रास्ता वहाँ से बाबा को सकुशल निकालने के लिए तैयार कर लिया जाए। उसने रोक क्यों नहीं दिया बाबा को? अनिच्छा से ही सही, पर वह शामिल रहा इस सबमें। क्या वह स्वार्थी होकर इस नीचता पर उतर आया कि बाबा की चिता पर अपनी रोटियाँ सेंकने को राज़ी हो गया? अचानक अपने ऊपर पड़े बाबा के बोझ से उसकी सोच टूटी। आहुति देता बाबा का हाथ लटक गया था। ठीक इसी पल उसकी नज़र ओझा से मिली। ओझा के माथे पर पसीना चू गया। ओझा ने हाथ थाम लिया था। उसने सहारा देकर बाबा को सीधा कर दिया। आख़िरी आहुति ओझा के क्रन्दन में डूब गई। ओझा भाव-विभोर होकर बता रहा था कि कैसे अन्तिम आहुति के साथ महाराज के शरीर से एक दिव्य ऊर्जा निकलकर हवन-कुंड में प्रवेश कर गई। कई भक्तों ने इसका अनुमोदन किया। इस दिव्य घटना का साक्षी बनने हेतु ही तो मेला लगा था। नकारने में भला क्या आनन्द है? वह बाबा की खुली आँखों और अभी तक होंठों पर पसरी मुस्कान को देख रहा था। वह चाहता है कि सब उसे अकेला छोड़ देवें और वह माँ की गोद में सिर रखकर जी-भर रो ले।

भक्तों की भीड़ बढ़ती जाती थी। बाबा के पार्थिव शरीर को भू-समाधि दी गई। जितने भक्त बढ़े उतने ही विरोधी भी। उनका कहना था जब चिकित्सक हृदयगति रुकने से स्वाभाविक मृत्यु बता रहे हैं तो इसे अलौकिक रूप क्यों दिया जा रहा है? यह भी कि गद्दी का उत्तराधिकारी पुत्र को क्यों बनाया गया? परमशिष्य ओझा को क्यों नहीं? वह जितना विरोध करते। समाधि के चारों ओर बड़े भूखंड में आश्रम बनाने का काम उतना ही तेज़ी से होने लगता। कुछ भक्तों को विश्वास था कि बाबा जल्द ही समाधि से बाहर आएँगे। इस उत्सवमयी माहौल में उसे शोक का अवसर तक न मिलता था। ओझा से सलाह करके वह माँ के साथ कुछ दिन के लिए कहीं दूर जाना चाहता था। जहाँ वह खुलकर

बाबा पर तंज़ कर सके। दिव्यात्मा को आम पुरुष साबित कर सके और माँ उसी क्रोध के साथ उसे पीट सके।

दुखों का अन्त नहीं। अप्रिय समाचारों में उस तक पहुँचने की होड़ लगी है। लौटने पर पता चला कि उनके ऋषिकेश के लिए निकलने के अगले दिन ही खेत पर करंट लगने से वीरे की मौत हो गई। मृत्यु उसके आसपास मँडरा रही है। पहले निहत्था कर देगी फिर धर दबोचेगी। वह मदद के लिए किसी को पुकार भी नहीं पाएगा। वह वीरे के घर गया। घर मुर्दनी में डूबा था। वीरे की माँ उसे देख चीत्कार कर उठी, "तू क्यों चला गया था रे! तू होता तो बचा लेता! तुझे बहुत मानता था।"

मैं होता तो उसका और आपका दोनों का विश्वास टूट जाता। उच्छ्वास छोड़ते सोचा, काश उसे बचाने का हुनर आता! तब वह अपने आसपास कुछ न उजड़ने देता।

वीरे की बहन सोनू अपनी माँ को चुप कराने के प्रयास में ख़ुद भी रोकर बेहाल हो रही थी। उसे भान हुआ कि वह कितना असहाय, कितना साधारण व्यक्ति है!

"एक भाई खोया है, पर एक अभी ज़िन्दा है। एक आवाज़ पर हाज़िर हो जाएगा।" सोनू के सिर पर हाथ रख उसने कहा और निकल आया। दोनों स्त्रियों के रुदन का स्वर दूर तक उसके पीछे आता रहा।

7

चाँद पर बैठी बुढ़िया रात-भर चरखे पर सूत काटती रही। सूत की उलझी लच्छियाँ उस पर गिरती रहीं। बोझ तले उसे साँस घुटती महसूस हुई। वह चिल्लाना चाहता था, पर मुँह में भी सूत भर गया। अचानक बाबा और वीरे आ गए। उनके हाथ कैंची जैसे बन गए थे। वह तेज़ी से लच्छियाँ काटने लगे। बाबा उसके पैताने थे जब वीरे के हाथ उसकी गर्दन की ओर बढ़े। वह घबराकर उठ बैठा। पसीने में भीगा था। समय देखा, पाँच बजने में कुछ ही मिनट शेष थे। उठकर बाहर निकल आया। वह वीरे के खेतों की ओर निकल गया। मचान पर जाकर लेटा

रहा। वीरे की कितनी ही स्मृतियों की जमा-पूँजी यहाँ दबी थी! कितनी ही देर उसके आँसू उमड़ते रहे! कौन से दुख पर कितनी देर रोया, कहना सम्भव न था किन्तु आज सभी असफलताओं ने उसे आ दबोचा था। वह दसवीं में फेल होने पर भी रोया और पहले प्रेम की असफलता पर भी। बिना ग़लती के दोषी करार किये जाने पर भी रोया और अपने द्वारा की ग़लतियों पर भी। माँ से मार खाने पर भी और माँ को मार खाता देख उसका रक्षक न बनने पर भी। बाबा को मौत के मुँह में धकेलने पर भी और वीरे को उस जानलेवा तार से खींच अलग न कर पाने पर भी।

सूरज जब ठीक सिर पर चढ़ आया तब उसे लौटने की सुध हुई। चौराहे पर लगी भीड़ देख ठिठक गया। वीरे की माँ और सोनू सफ़ेद साड़ी पहने बीच में बैठी थीं। लोग नारे लगा रहे थे। वे लोग सरकार से मुआवज़ा माँग रहे थे। सर्वस्व होते अपने दोहन से दुखी दुख, वीरे की तसवीर पर, मुरझाए फूलों की माला के रूप में टँगा हुआ था। कातर स्वर में बाबा को पुकारता वह बिलख उठा, "दुख की गरिमा को जिलाए रखनेवाला पर्चा कौन-से नम्बर का है, बाबा!"

लाल जुराबों में क़ैद बसन्त

घर अजनबी मेहमानों से भरा था। इस अजनबी भीड़ में दीदी की परिचित नज़र क्षण-भर मुझसे टकराई थी। पूछ रही थीं, "क्या सदा की भाँति नाटक के मूक दर्शकवाली भूमिका ही निभाओगे?" इस सदा में शामिल स्कूल के वे दिन थे जो बेफ़िक्र, उन्मुक्त, उन्मादी या उपद्रवी कुछ भी हो सकते थे लेकिन एक बेबसी का मूक दर्शक होने के बाद उन्होंने दमघोंटू होना चुना था।

आती हुई सर्दी का कोई दिन था वह। वैल्यू एडुकेशन की टीचर पढ़ा रही थीं—'दयालुता ज्ञान से अधिक महत्त्वपूर्ण है, और इसकी मान्यता ज्ञान की शुरुआत है।'

जब इंचार्ज अंजना मैम की तेज़ दहाड़ गूँजी थी। स्वर अस्पष्ट था। पाठ पढ़ाती मैडम चुप होकर उधर ध्यान देने लगीं। बच्चे आश्चर्य में एक-दूसरे को देखने लगे। अब वे हमारी कक्षा के दरवाज़े पर थीं। 'यूनिफ़ॉर्म में नहीं आओगे तो यही हाल होगा।' वे दहाड़ीं। उनके साथ घिसटती हुई शिप्रा नज़रें झुकाए ज़ार-ज़ार रोती थी। उसका नन्हा बदन कुछ ठंड कुछ अपमान से बेतरह काँप रहा था। मेरी निगाहें ज़मीन में गड़ गईं। शिप्रा पूरी-की-पूरी ज़मीन में गड़ जाना चाहती होगी।

अपराध : हाल ही में बदल दिये गए यूनिफ़ॉर्म के ग्रे जुराबों की जगह पुरानी यूनिफ़ॉर्म के लाल जुराबें पहनकर आना।

सज़ा : उन लाल जुराबों के अतिरिक्त तन से सभी कपड़े उतरवाकर शिप्रा को क्लास-क्लास घुमाना।

वे फुफकारती हुई उस निरीह का हाथ पकड़ आगे बढ़ गईं। वैल्यू एडुकेशन की टीचर ने कहा, "प्रॉपर यूनिफ़ॉर्म में आते क्यों नहीं तुम लोग?" और आगे पढ़ाने लगीं—"दयालु चेहरा सदैव सुन्दर होता है।"

रिसेस के समय क्लास में रोज़-सा ही हुड़दंग और शोर था। उठा-पठक और मार-कुटाई थी। कोई डिसिप्लिन इंचार्ज नहीं आई। मैंने अपना पूरा टिफ़िन एक सभ्य बच्चे की तरह ख़त्म किया और दीदी द्वारा बताए तरीक़े से नेपकिन से हाथ-मुँह पोंछ रिसेस ख़त्म होने की प्रतीक्षा करता रहा। बारिश की बिजली की तरह मन में शिप्रा का ख़याल कौंधता रहा—उसने टिफ़िन खाया होगा क्या?

रात बहुत देर तक नींद उचटी रहने पर मैंने पुकारा, "दीदी!"

"हम्म।" वह अकसर जागी ही रहती थी।

मैं चुप।

"क्या हुआ?" वह उठ बैठी।

"अंजना मैम बदसूरत हैं।" मैंने रुँधे गले से बमुश्किल कहा।

दीदी की तीक्ष्ण नज़रें कारण की प्रतीक्षा में मुझ पर टिकी रहीं। माँ के सामने रोना आसान है। दीदी के समक्ष संकोच होता है।

"बता भी आगे?" वह झुँझलाई।

मैंने शिप्रा के विषय में बताया। आँसू निर्लज्जता से बहते रहे।

"तुमने क्या किया फिर?"

"मैंने?" मैं चौंक उठा। आँसू दुबक गए, "मैं क्या कर सकता था?" आश्चर्य से पूछा।

"शिप्रा की जगह मैं होती तब भी बस मूक दर्शक बना बैठा रहता क्या?" दीदी ने तल्ख़ी से कहा और हेय दृष्टि मुझ पर डाल करवट बदलकर लेट गई। वह देर तक क्रूर, नीच इंचार्ज को कोसती रही और मैं उसकी निष्ठुरता को। माँ ठीक ही इसे पत्थर दिल कहती है जो किसी के लिए नहीं पसीजता।

सुबह स्कूल के समय मेरी ग्रे जुराबें छलनी-छलनी मिलीं। किसी ने बेदर्दी से उन पर ब्लेड चलाया था। मैं रुआँसा हो उठा।

"स्कूल नहीं भेजो।" मैंने माँ से मिन्नत की।

"क्यों नहीं जाएगा? लाल जुराबें पहनाकर भेज दो माँ। परीक्षा के क़रीब स्कूल का नागा सही नहीं रहता।" यह दीदी थी।

माँ को उसकी बात जँच गई। लाल जुराबों में काँपता हुआ मैं दीदी के साथ बस स्टॉप की ओर चल दिया। पूरे रास्ते मुझसे बेपरवाह वह अपने निबन्ध का सबक़ दोहराती रही—'अन्याय का पलड़ा सिर्फ़ तब तक ही भारी रहता है, जब तक न्याय के लिए एक बुलन्द आवाज़ नहीं उठाई जाती।'

सीनियर विंग की ओर मुड़ती हुई वह ठिठकी और मेरे बिलकुल पास आकर बोली, "चुड़ैल को बहुत शौक़ है न कपड़े उतरवाने का। तुझे कहे तो कहना मैं ख़ुद ही उतार देता हूँ। आप जी भरकर देख लीजिए। आगे हिम्मत नहीं होगी उसकी। समझा! डरना मत बिलकुल भी।"

वह चली गई और मैं दिन-भर काँपता हुआ, डेस्क के नीचे पैर छुपाए बैठा रहा। बोतल का पानी ख़त्म होने पर भरने नहीं गया। यह मेरे द्वारा अनवरत किये गायत्री मंत्र का ही प्रभाव था कि अंजना मैम उस दिन छुट्टी पर रहीं और माँ बाज़ार से एक नहीं दो जोड़ी ग्रे जुराबें ले आई।

मेरे क्रान्तिकारी न बन पाने का अफ़सोस लम्बे समय तक दीदी को सालता रहा। एक दिन मैंने डरते-डरते पूछा, "दीदी, शिप्रा ने स्कूल क्यों नहीं बदल लिया?"

वह बिलख उठी। घुटनों में मुँह दिये देर तक रोती रही। मुझे लगा दीदी नहीं शिप्रा से ही पूछ बैठा हूँ मैं। रात बत्ती बुझाने के बाद बोली, "तुझे बिजॉय सर कैसे लगते हैं?"

मैंने अँधेरे की तहों को भेद दीदी की मुखमुद्रा देखनी चाही। यह कैसा फ़िज़ूल प्रश्न था। मैं ही क्यों स्कूल का हर छात्र, प्रिंसिपल बिजॉय सर का फैन था। ऊँचा क़द, दमकता रौबदार चेहरा और आत्मीय हँसी। उन जैसा दिखने की चाह लिये हम उम्र की सीढ़ियाँ लाँघ जल्द पचास के हो जाने को राज़ी थे।

"जानता है न शिप्रा अमृता मैडम की बेटी है। उसके पिता की नौकरी छूट गई है। यह नौकरी अमृता मैडम की मजबूरी है इस समय। अंजना जैसे लोग उसी मजबूरी का दोहन कर रहे हैं। उनकी शिकायतें कर उनकी कक्षाएँ अन्यों को दे दी हैं। अमृता मैडम आती हैं और बिना पढ़ाए अनुकम्पा में मिली

तनख़्वाह का बोझ मन पर लिये चली जाती हैं। यहाँ फ़ीस नहीं लगती। कहीं और जुराबें ही नहीं पूरी यूनिफ़ॉर्म नई लेनी पड़ेगी।" दीदी अब शिप्रा नहीं अमृता बन चुकी थी।

अचानक वह अपनी देह में लौटी और पुकारा, "छोटे, माँ कहती है न हर चमकनेवाली चीज़ सोना नहीं होती। इसे मनुष्यों के सन्दर्भ में भी याद रखना।" मुझे लगा अब दीदी माँ ही बन गई है। माँ से उसके दिन-भर के विवादों, विरोधों और पक्ष-विपक्ष में वकालत के बावजूद बारहा मैंने उसकी और माँ की छाया को एकरूप होते देखा है। पिता अधिकतर घर नहीं रहते और दादा दुकान पर। दादी, माँ और दीदी के साथ मुझे लगता है कि मुझसे नितान्त अपरिचित उनकी अपनी एक लुकी-छुपी रहस्यमयी दुनिया है, जहाँ मेरा प्रवेश निषेध है। अपनी इस अवहेलना से आहत मैं निर्जन जगहों पर राह के पत्थरों में ठोकर मारता घूमता, पर जल्द ही दीदी द्वारा तलाश लिया जाता। वह मेरी कोहनी पकड़ घसीट लाती। उसकी गति से ताल-मेल न बिठा पाने पर मैं गिरता। गिरने पर पुचकार की जगह दीदी से चपत मिलती, पर जाने किस मोह में मैं उसके सान्निध्य को तरसता सदा अपना उपहास उड़वाता रहा।

मेरे तन-मन की खरोंचों से बेपरवाह, माँ या दादी के सामने पटकते हुए कहती, "लो सँभालो अपने राजकुमार को।"

माँ और दादी मेरा उतरा चेहरा देख कुछ पसन्दीदा बनाने रसोई की ओर दौड़ती और दीदी मुझे ले ग़ुसलखाने की ओर। हाथ-मुँह धोए जाते, पैरों को रगड़ते मेरी बेशऊरी को कोसा जाता, खरोचों को सहलाते मुख चूमा जाता और क्रीम-पाउडर लगा, धुले कपड़े पहना, मुझे सच का राजकुमार बनाकर थाली के सामने बिठा दिया जाता। मैं चोर नज़रों से दीदी को ताकता हुआ थाली से पूड़ी-खीर खाने लगता। माँ-दादी जाने कैसे जानती हैं कि मुझे क्या पसन्द है। हालाँकि ऐसे समय मुझे दीदी के सामने सब भोजन का स्वाद एक-सा ही लगता है।

दादी दीदी को कोसती, "भाई को ऐसे डरा-धमकाकर रखती है। लड़का पनप ही नहीं पा रहा। धींकड़ी हुए जा रही है लेकिन भाई के लिए ज़रा प्यार नहीं उमड़ता मन में।"

दीदी खा जानेवाली नज़रों से दादी को घूरती और माँ की याचना करती गीली नज़रों को लक्षित कर वहाँ से हट जाती। अपराध-बोध से भर मुझे लगता दीदी के सभी दुखों का मूल मैं ही हूँ। लबालब भरी आँखों के साथ वहाँ बैठा मैं यंत्रवत थाली का भोजन ख़त्म करता रहता।

शाम मोहल्ले के सारे बच्चे खेलने बाहर निकलते। मेरी उम्र का वहाँ न कोई लड़का न लड़की। बड़े लड़कों के साथ के खेल में मेरी भूमिका गेंद नाली से निकालने, घर से पानी की बोतल लाने की रहती जबकि दीदी की सहेलियों के साथ खेलते मुझ पर ख़ूब स्नेह लुटाया जाता। उनके गुड्डे की पगड़ी सँभालने से लेकर गुड़िया का टूटा पैर, खिलौने की बाल्टी में ढूँढ़ने जैसे सभी काम मैं पूरी ज़िम्मेदारी से करता। सोचता कि काश मैं लड़की ही होता! माँ यह जानकर आह भरती हुई कहती, “लड़की होता तो इस घर में कैसे होता?”

स्कूल में मेरे लिए सबसे ख़ुशनुमा समय गेम पीरियड होता था। सचिन सर की ऊर्जा मुझ में संचारित हो जाती। फ़ुटबॉल खेलते हुए मैं इतना तेज़ भागता कि बॉल और उलझनें दोनों पीछे छूट जातीं। मैं टीम को जिताता नहीं था लेकिन टीम ने मुझे ज़िन्दा बचाए रखा था।

मैं चाहता कि बड़ा होकर वैज्ञानिक बनूँ और सचिन सर के बहुत सारे क्लोन बनाऊँ। वही अंग्रेज़ी भी पढ़ाएँ, वही हिन्दी भी, वही पीटी भी कराएँ और साइंस भी वही पढ़ाएँ। इंचार्ज भी वही हों और प्रिंसिपल भी। तब शिप्रा को लाल जुराबों के लिए लज्जित नहीं होना पड़ेगा।

शिप्रा से याद आया कि वह अब स्कूल में दिखती नहीं है। रात किसी बड़े रहस्य की तरह यह ऑब्ज़रवेशन दीदी पर उजागर की। वह उबासी लेते बोली, “उसके पापा की नौकरी लग गई है। अमृता मैडम ने भी स्कूल छोड़ दिया है।”

कभी-कभी सुख का पौधा दुख की ऐसी नम मिट्टी में उगता है कि उस पर फूल नहीं खिलते। इस ख़बर ने सान्त्वना दी, पर ख़ुश न हो सका। चाहा ज़रूर कि आगे शिप्रा को लाल जुराबें सान्ता की याद दिलाएँ, अंजना मैडम की नहीं।

दीदी अब स्कर्ट-क़मीज़ की जगह सलवार-कुर्ता पहनकर स्कूल जाती है। वह बड़ी कक्षा में है। दुपट्टे की पट्टी बनवाने, उसे कलफ़ लगवाने में मैं उसका सहायक बनता हूँ। दीदी की दुनिया में प्रवेश की कोई भी गुंजाइश मुझे सुख देती है। मैं पूरे सलीक़े और शिद्दत से उसके निर्देश मानता हूँ।

उस दिन दीदी बस में चढ़ी तो लड़कियों का एक ठहाका गूँज गया था। लड़के आपस में कुछ इशारे कर रहे थे। दीदी के लिए रोकी सीट पर से अपना बैग उठा मैंने गोदी में रख लिया। उसने अपना दुपट्टा दोहरा करके सीट पर बिछाया और निढाल-सी बैठ गई। उन ठहाकों का अर्थ समझने में असमर्थ मैं चाहता रहा कि वह कुछ कहे, पर वह कोई किताब पढ़ती रही। हमारा स्टॉप आने से पहले अमिय भैया ने अपनी क़मीज़ उतारकर दीदी की ओर बढ़ाई। जिसे कमर पर बाँधते हुए दीदी ने कहा, "यू आर ट्रू जेंटेलमेन, अमिय!" और मेरा हाथ पकड़कर उतर गई। उस दिन से मेरे मन में अमिय भैया के प्रति असीम श्रद्धा भर गई और वे जीवन-भर के लिए मेरे आदर्श बन गए थे।

"रिमझिम!" माँ चिल्लाई थी, "ये निशान कैसे आ गए?"

उसके सफ़ेद कुर्ते पर लाल धब्बे देख माँ के चेहरे पर हवाइयाँ उड़ गई थीं। उन्हें नज़रअन्दाज़ कर दीदी ने मुझे पुकारना चुना, "छोटे, मेरी रीडिंग टेबल की नीचेवाली दराज़ में हरा पैकेट रखा है। उठा तो ला।"

"उससे क्यों माँग रही है? मैं दे रही हूँ न।" माँ चिल्लाई।

मैं दौड़कर वह पैकेट उठा लाया। "दीदी!" मैंने ग़ुसलख़ाने के बाहर से पुकारा। दीदी की बाँह बाहर निकली। मैंने पैकेट दे दिया।

"जियो बेटा" कहते हुए दीदी का हँसता चेहरा दरवाज़े की आड़ से बाहर निकला। मुझे पास बुलाते हुए उसने मेरा मुँह चूम लिया। दरवाज़ा बन्द हो गया। पानी की आवाज़ में दीदी का मीठा स्वर मिल गया—'कोई न रोके दिल की उड़ान को...'

मुझे दिन कभी पसन्द नहीं रहे। दिन में बहुत भीड़ होती है। रात में दीदी अधिक अपनी लगती है। इन दिनों दीदी देर रात तक पढ़ती है। दादी कहती है कि मैं

उनके पास सो जाया करूँ। जलती बत्ती के कारण मेरी नींद टूटेगी। बात सच होने पर भी मैंने त्वरा में गर्दन हिला असहमति जताई। दीदी भी दादी की बात से स्तब्ध दिखी। कुछ बोली नहीं लेकिन तब से वह टेबिल लैम्प जलाकर पढ़ने लगी। ऐसे ही किसी ढलते दिन, दीदी कुछ गुनगुनाती हुई मेरे बाल सहला रही थी। मुझसे सलाह किये बग़ैर मेरा मन कह उठा, "दीदी, क्या तुम मुझे कुछ ज़्यादा प्यार नहीं कर सकती?" यही नहीं। अब मैं फूट-फूटकर रोने भी लगा। दीदी भौंचक उठ बैठी। मुझे बाँहों में भींचते हुए बोली, "अरे पगले, तुझे ही तो करती हूँ। तेरे सिवाय और किसे करती हूँ?"

वह मुझे चुप कराने के प्रयास में और कसकर भींचती गई। मेरी साँस घुट गई, पर मैंने अलग होना नहीं चाहा। उसके प्रेम की एक बूँद के नाम मैं पूरा जीवन लिख सकता हूँ।

मैं चुप हो गया लेकिन अब दीदी रोती थी। उसका रोना अप्रत्याशित था। माँ रोती है, दादी रोती है लेकिन दीदी कभी नहीं रोती। "तू मुझे जान से बढ़कर है। हमेशा याद रखना। रखेगा न?" मैंने उसके आँसू पोंछते 'हाँ' में सिर हिलाया। उसे मुझ पर विश्वास नहीं शायद! वह रोती रही बल्कि और आवेग से रोती रही। मैं उसके कन्धे पर सिर टिकाए उस आवेग को भीतर भरता रहा। "बड़ा होगा तब सब समझ पाएगा।" उसने सम्भवतः स्वयं से कहा और मुझे पुनः भींच लिया।

टीवी पर हरे पैकेट का विज्ञापन देखकर मैंने सकुचाते हुए दीदी से पूछा था, "यह क्या होता है, दीदी।"

"बड़ों का डायपर है।" उसने कुछ उकताहट से कहते हुए चैनल बदल दिया था। अगली शाम वह मेरा हाथ पकड़ बाज़ार गई और बड़ों का डायपर ख़रीद लाई थी। माँ के सामने फ़ेंकते हुए कहा था, "कपड़ा छोड़ दो अब। इसे इस्तेमाल किया करो।"

रात मैंने दीदी से कहा, "माँ को डायपर देकर अच्छा किया। घुटने के दर्द से उसे छत पर बने पाख़ाने तक जाने में बहुत तकलीफ़ होती है।"

'हम्म' उसने उबासी लेते कहा और चादर ऊपर तक खींच ली। न वह

मेरी प्रशंसा करती है न अपनी सुनती है। कभी-कभी मुझे लगता कि वह एक अदृश्य युद्ध की सेनापति है और मैं एक अदना सैनिक।

उन दिनों दीदी बेहद थकी हुई रहती। स्कूल से लौटकर देर तक पढ़ती रहती। "विज्ञान में पूरे नम्बर बिना टीचर के पढ़ाए नहीं हो सकेंगे।" खाना खाते हुए माँ से कहा था दीदी ने।

माँ ने चिन्तित होते हुए कहा, "बाबा से ट्यूशन ढूँढ़ने कहती हूँ। अच्छे नम्बर लाना बहुत ज़रूरी है, तभी डॉक्टर-इंजीनियर बन पाएगी।"

दीदी के चेहरे पर चिन्ता की लकीरें और बढ़ गईं। जल्द ही ट्यूशन टीचर घर आने लगे। मेरे और दीदी के बीच एक हस्तक्षेप और बढ़ गया। वे संध्या ढले आते। दादी इस समय मन्दिर गई होती। माँ खाने की तैयारी में रसोई में रहती। बाबा और दादा दुकान पर या बाज़ार। यह समय दीदी मेरे साथ नहीं तो आसपास ज़रूर हुआ करती थी। मुझे इन मास्टर जी का आना ज़रा नहीं सुहाया। दीदी ने भी मुझे मिस किया और हफ़्ता बीतते मुझसे कहा, "छोटे, सर आया करें तो वहीं साथ बैठ अपना होमवर्क किया कर।"

मैं प्रफुल्लित मन से उसी मेज़ पर बस्ता रखकर बैठने लगा। मास्टर जी और मेरी एक-दूसरे के प्रति अरुचि समान थी। वह कभी पानी और कभी चाय मँगाने के बहाने मुझे उठाना चाहते और दीदी 'इसके पैर में मोच है' का बहाना बनाकर स्वयं लेने जाती और लौटकर अधिक दूरी बना बैठ जाती।

"दीदी, तुम तो सदा प्रथम आती हो। क्या मास्टर जी का आना ज़रूरी है?"

"प्रैक्टिकल के 30 नम्बर मास्टर जी के हाथ में है। जो मेरी मेहनत पर नहीं मेरी सहनशक्ति पर निर्भर कर रहे हैं।" वह अपना माथा सहलाती बोली। मैं बस इतना समझ सका कि दीदी भी मास्टर जी के आने से ख़ुश नहीं थी।

अगले दिन उनके आने के समय मैं मुख्य द्वार पर ही कंचे खेलने लगा। उनके आते ही कहा कि दीदी के पेट में दर्द है आज वह पढ़ न सकेगी। उन्होंने भीतर आना चाहा, पर मैंने सिटकनी नहीं खोली। दीदी के पेट में दर्द ज़रूर था। मैंने ही उसे रबड़ की बोतल में गर्म पानी माँ से भरवाकर दिया था,

पर ट्यूशन की छुट्टी की कोई बात न हुई थी। तब नहीं जानता था कि यह छोटा-सा झूठ बड़ा सच बन जाएगा। दीदी को बुख़ार चढ़ा और दवाई से भी नहीं उतरा। कुछ दिन में आँखें पीली पड़ने पर बड़े डॉक्टर के पास ले जाया गया। कुछ दिन अस्पताल में रह दीदी घर लौटी तो भीतर धँसे गालों के साथ उसे पहचाना न जा सकता था। मेरे बाल सहलाते वह बोली, "क्यों रे, एक भी बार मिलने नहीं आया दीदी से?"

मैं कुछ कह न सका। कसमसाकर रह गया।

"यह तो बहुत रोता रहा उधर आने के लिए, तेरे बाबा ने ही मना कर दिया।" माँ ने सफ़ाई दी।

"सही किया।" मरियल थके स्वर में कहते हुए दीदी अपने बिस्तर पर लेट गई। उसके सिरहाने दवाइयों का बड़ा पोटला रख दिया गया। माँ तुरन्त ही अस्पताल से आए कपड़े धोने चली गई और मैं दीदी का हाथ पकड़ बैठ गया। उसने धीमे से आँखें खोलीं।

"अब तुम्हारी आँखें पीली नहीं हैं।" मैंने उसे आस बँधाई।

उसने एक फीकी मुस्कान दी, "तेरा चेहरा क्यों उतरा है? रोया था?"

मैं ज़मीन देखने लगा।

"क्या हुआ? बता तो!" अपना कष्ट भूलकर वह उठ बैठी।

मैंने सीधे हाथ की हथेली उसकी ओर बढ़ा दी।

"यह क्या हुआ?" वह चीत्कार उठी।

"अंजुला मैम ने मारा।"

"अंजुला मैम? क्लासटीचर?"

"हम्म!"

"लेकिन क्यों?"

"एनुअल फ़ंक्शन के लिए सही डांस नहीं कर पा रहा मैं।" मैंने मायूसी से कहा।

"तो? निकाल दें। किसी और बच्चे को ले लें। मार-मारकर उत्सव मनाएगी क्या कुतिया!"

मैं सहमकर उसका तमतमाया मुँह देखने लगा।

"घर का गुस्सा बच्चों पर उतारती है कायर।" वह उठकर अपनी यूनिफ़ॉर्म तलाशने लगी।

"क्या कर रही हो दीदी? आराम करो।"

"नहीं, कल स्कूल जाना ज़रूरी है।"

माँ मिन्नतें करके हार गईं लेकिन दीदी ज़िद पर अड़ी रही। स्कूल जाना क्यों इतना ज़रूरी था यह स्कूल पहुँचकर जाना। मुझे साथ लिये वह सीधे अंजुला मैम के पास पहुँची। काग़ज़ का एक पर्चा उनकी ओर बढ़ाती हुई बोली, "माँ-बाबा ने कहा है शुचित को प्रोग्राम में नहीं रखवाना है।"

"प्रिंसिपल का ऑर्डर है। सब बच्चों को भाग लेना है।"

"यह कमज़ोर है। हाथ-पैर लाल पड़ जा रहे हैं।" दीदी मेरी हथेली आगे बढ़ाती बोली।

टीचर के चेहरे का रंग उड़ गया।

"बाबा ने कहा है ज़रूरत हो तो वह प्रिंसिपल से मिलने आएँगे।"

"नहीं, नहीं।" मैम ने दीदी के हाथ से काग़ज़ लगभग छीनते हुए कहा।

तब से आगे अभ्यास के दौरान मुझे पंक्ति में थोड़ा और पीछे धकेल दिया गया लेकिन ख़राब स्टेप करने पर मारा नहीं गया। आयोजन का दिन आने तक मैम ने कहा कि अब तो शुचित अच्छा सीख गया। फिर मेरे क़द के अनुसार मुझे पुराने स्थान पर यथावत खड़ा कर दिया गया। मैं चाहकर भी बता नहीं पाया कि दीदी हर शाम मेरे स्टेप सुधरवा रही थी। 'बीट पकड़ो!' दीदी कहती। अब गाना टेप में नहीं मेरे दिमाग़ में बजने लगा था। प्रैक्टिस के बाद भी हम कितने ही गानों पर देर तक नाचते।

"दीदी, तुम सुन्दर नाचती हो।"

"अच्छा!" वह हँसती।

"तुम 15 अगस्त के फ़ंक्शन में नाचना न।"

"वहाँ गोरी लड़कियाँ नाचती हैं।" कहते हुए दीदी ने बटन दबाकर टेप को बाहर खींच लेना चाहा। टेप भीतर फँस गई थी। हम पेंसिल से उसे निकालने लगे।

बीमारी के कारण दीदी की पढ़ाई का काफ़ी हर्जा हो गया था। कमज़ोर देह संग

भी वह रात-दिन पढ़ती रहती। मैंने कहा, "लिखने का काम मैं कर देता हूँ।" वह आदतन हँस पड़ी। बोली, "नहीं फ़ोटोस्टेट निकलवा लूँगी। इंग्लिश और हिस्ट्री की मैम ने तो पुरानी कॉपी दे दी है। कहा है कि याद करने में मेहनत करो। लिखने में नहीं।" दीदी के चेहरे पर मीठी मुस्कान थी। मैं उससे सटकर अपना सबक़ याद करने लगा। चाहा कि मुझे भी इंग्लिश और हिस्ट्री के लिए दीदीवाली टीचर्स ही मिलें।

वह पेड़-पौधों, कीटों के चित्र वाली प्रैक्टिकल फ़ाइल बना रही थी। हरबेरियम फ़ाइल के लिए हमने खेत-खलिहानों, बाग़ों में घूमकर फूल-पत्ते इकट्ठे किये। कभी काँटे पाँव में चुभते, कभी गोखरू बालों में उलझ जाते। कई दफ़ा हम इस रहस्य पर चकित होते कि हाथ-पैर कब और कहाँ छिल गए! किन्तु यह बेहद, बेहद ही सुन्दर समय था।

"क्या तुम इन्हें जला दोगे?"

"नहीं रे!" वह मुझे लाड़ करते हुए मुस्कराई, "जलाने का ख़याल क्यों आया तुझे?"

"हमने लैब के लिए मेढक और कॉकरोच पकड़े थे तो तुम लोगों ने उन्हें काट डाला था।" मैंने शिकायत की।

"हम्म। मुझे भी लगता है छोटे, व्यर्थ ही उनकी बलि हुई।" वह उदास हो गई।

"तू जानता है कॉकरोच सबसे जीवट प्राणी है। जब पूरी दुनिया ख़त्म हो जाएगी तब भी कॉकरोच बचे रहेंगे।"

"कॉकरोचों से भरी दुनिया भला किसे मोहेगी दीदी?"

"छिपकलियों को।" वह हँस पड़ी।

दीदी मुझे पौधों के बारे में भी बहुत सारी बातें बताती चलती। टाइटन अरुम जैसा सबसे बड़ा फूल जिसमें से सड़े हुए लाश की गन्ध आती है। वह कहती, "बड़े होने के क्रम में बचपना भीतर सड़ने लगता है, छोटे। इस सड़न से बचना ही जीवन ध्येय है।" मैं बढ़ने और न बढ़ने के लाभ-हानि में उलझ जाता। एगावे के विषय में भी जो सम्पूर्ण जीवन में मात्र एक बार खिलकर मर जाता है। "यह खिलना ही जीवन है छोटे। शेष समय हम ज़िन्दा होने की तैयारी

कर रहे हैं।" मैं खिलने के भय से सिहर जाता। मृत्यु में अलगाव निहित था। मैं दीदी से अलग होना नहीं चाहता। सबसे अधिक रोचक था उन पौधों के विषय में जानना जो कीड़े खाते हैं। यह जानकर निराशा हुई कि हमारे आसपास ऐसा कोई पौधा नहीं है। सपनों में ज़रूर ऐसे विशालकाय पेड़ थे जो मुझे समूचा निगल जाते। ऐसे समय दीदी ही 'सुपरहीरो' बनकर मेरे प्राण बचाती। मैं भरसक चाहता कि सपना कभी पलटकर भी आए। दीदी के पास रहस्यों का ख़ज़ाना था। वह ख़ुश होती तो बताती चलती। कुछ बातें मुझे समझ आतीं, कुछ नहीं। वह कहती कि बड़ा होने पर सब समझ जाएगा। मैं जल्द-से-जल्द बड़ा होना चाहता ताकि दीदी की हर बात समझ सकूँ। दीदी की हर बात समझ पाना ही मेरा जीवन ध्येय था।

स्कूल से लौटते दीदी गुमसुम थी उसने कपड़े भी नहीं बदले और बिस्तर पर औंधी लेट गई। माँ के पुकारने पर खाना खाने भी नहीं आई। मैंने भी कहा कि भूख नहीं, पर माँ अपने हाथों मुझे खिलाकर ही मानी। जब मैं कमरे में दाख़िल हुआ तो दीदी लीर-लीर हुई फ़ाइल मेज़ पर फैलाए सिर पकड़े बैठी थी।

"यह किसने किया?" मैंने काँपते स्वर में पूछा।

"टीचर ने।" वह तिर्यक मुस्कान संग बोली, पर उसकी आँखें भीग उठीं।

"टीचर ने?" यह माँ थी। मेरे पीछे दीदी के लिए खाने की प्लेट लिये।

"हाँ, बॉर्डर नहीं बना पाई थी। पूरे चित्र बनाने में ही रात बीत गई।" वह पन्ना दिखाते हुए बोली।

"इतनी-सी बात पर पूरी फ़ाइल फाड़ दी?" माँ की आँखें आश्चर्य से फैल गईं।

"फाड़ी ही नहीं, उठाकर क्लास के बाहर भी फेंक दी।"

हम तीनों मेज़ के इर्द-गिर्द खड़े फ़ाइल की लाश देख रहे थे। जब दाँत चबाते हुए भींची मुट्ठियों के साथ मैंने कहा, "कुतिया!"

दीदी हँसने लगी। माँ का मुँह खुला रह गया। वह मुझे न डाँट दीदी पर चिल्लाने लगी, "इसके सामने भी बोलती है तू ये सब? यह सिखाएगी इसे?"

"जो इस घर से सीखूँगी वही न सिखाऊँगी!" दीदी की मुखमुद्रा कठोर

हो गई। मैं पुनः ग्लानि में। मेरे कारण कोई दीदी को कुछ भला-बुरा कहे, यह मेरे लिए बड़ा पाप था।

माँ का चेहरा सफ़ेद पड़ गया। उसने सिर झटका और काग़ज़ उठाती आतुर स्वर में बोली, "टेप से चिपकाकर देख।"

"हालत तो देखो इनकी। कुछ नहीं हो सकता। फिर बनानी होगी।" वह गहरी साँस छोड़ते हुए बोली।

माँ दीदी को अपने हाथ से खाना खिलाने लगी। मैं स्केल और पेंसिल लेकर सफ़ेद पन्नों पर बॉर्डर बनाने लगा।

"रहने दे, मैं कर लूँगी।" वह मुस्कराई। मैं भी सिर नीचे किये गर्व से मुस्कराया।

"कर देगा न। तेरा काम कम होगा।" माँ ने कहा।

"नहीं, यह सीधी नहीं खींच पाएगा।" दीदी ने कातर स्वर में कहा।

"सब परफ़ेक्ट ही चाहिए इसे। सेहत भी तो देख।" माँ के स्वर में क्रोध की आँच थी और मेरी आँखों में अपमान का पानी। मैं सामान वहीं छोड़ पलँग पर आ बैठा।

"सो लेना कुछ देर। अभी ही न बनाने लगना।" जाते-जाते माँ ने ताकीद की।

दीदी ने 'हाँ' में सिर हिला, आश्वस्त किया।

माँ की छाया दूर होते ही वह हँसी, "छोटे, तू तो बड़ा हो रहा है रे!"

मैं असमंजस में डूबा प्रश्नचिह्न साथ लिये उसकी ओर देखने लगा।

"अच्छा सुन, साधना मैम कुतिया नहीं है। उनका पति बाबा जैसा..." उसने कहते-कहते रुककर अपने होंठ काटे, "मुझे लगता है तलाक़ मिल जाने पर वह कम चिड़चिड़ी हो जाएगी।"

"तलाक़ क्या होता है?"

"पति-पत्नी का अलग होना।"

"माँ-बाबा को भी तलाक़ मिलेगा?"

"नहीं, अभी नहीं। जब मैं डॉक्टर बन जाऊँगी तब माँ को साथ ले जाऊँगी।"

दीदी और माँ की अनुपस्थिति की कल्पना-भर से मैं रुआँसा हो उठा।

"और तुझे भी।" वह आगे बोली।

"मैं हमेशा तुम्हारे पास रहूँगा।" मैंने उसकी कमर में हाथ डालते हुए मिन्नत की।

"हमेशा।" वह मेरा माथा चूमते हुए बोली।

वह पूरी रात फ़ाइल बनाती रही। मैं उसकी मदद न कर पाने के क्षोभ में डूबा रहा। उसकी गिरी हुई पेंसिल, रबर तत्परता से उठाकर देना, दूसरी पेंसिल शार्प कर तैयार रखना ही मेरा उस रात का हासिल रहा—शायद जीवन का भी।

अगले दिन दीदी ने बस में ही फ़ाइल में मिला 'एक्सीलेंट' दिखाते हुए फुसफुसाया, "कहा था न, वह कुतिया नहीं है।" दीदी का स्वर भीगा था। मुझे लगता है 'एक्सीलेंट' लिखते साधना मैम की आँखें भी भीगी होंगी।

गर्मी की छुट्टियों के दिन पंख लिये आते और हम भी पंख लगाए दिन-भर उड़ते रहते। छुप्पम-छुपाई, पकड़म-पकड़ाई जैसे खेल खेले जाते। मुझ पर ज़्यादा धाइम आती तो वह दौड़ी अपने ऊपर ले लेती।

इस गर्मी दीदी और उसकी सहेलियों ने बल्ला थाम लिया है। अब बड़े मैदान पर लड़कियों का क़ब्ज़ा है। लड़के नाली से बॉल निकाल रहे हैं। खेल की कोई जाति न थी, अब लिंग की बन्दिशों के भी पार हो गए। इन्हीं गर्मियों में मैंने पहला विकेट लिया। इन्हीं गर्मियों में मैंने पहला अर्धशतक बनाया। इन्हीं गर्मियों में मैंने गेंद की गति और दिशा से ताल-मेल बिठा क़दमों को नियंत्रित करना सीखा। इन्हीं गर्मियों की एक शाम माँ और बाबा एक ही रिक्शा में साथ बैठकर फ़िल्म देखने गए और फ़िल्म छूटने पर हम सबने घर में खीर-पूरी नहीं उडुपी में डोसा खाया। इन गर्मियों के ताप ने जीवन में आई कई सर्द रातों में मेरे भीतर अलाव जलाए रखा।

घर में शीत युद्ध जारी था। बारहवीं के बाद मेडिकल परीक्षा की तैयारी के लिए दीदी किसी बड़े शहर जाना चाहती थी। बारहवीं के नम्बरों से नहीं, अब अलग लिखित परीक्षा देने का नियम आ गया था।

"तू तो दसवीं में भी प्रथम आई। बारहवीं में भी अच्छे नम्बर की पूरी उम्मीद है।"

"माँ, इन नम्बरों से वहाँ दाख़िला नहीं होगा। अलग परीक्षा होगी। वहाँ प्रथम आना होगा।"

"फिर यह परीक्षा क्यों ली?"

"ओहो माँ, सरकार से पूछो। मैं क्या बताऊँ!"

"तुम बाबा से बात करो। तुम कर पाओगी या मैं करूँ, बोलो?" सपना टूटने के भय से दीदी बौखला रही थी।

"नहीं, मैं ही करूँगी, पर यहाँ क्यों नहीं पढ़ सकती?" माँ ने पूछा।

"माँ! छोटे शहरों में बोर्ड के लिए ट्यूशन टीचर मिलता नहीं। कोचिंग कौन पढ़ाएगा मेडिकल की?"

अनेक युद्धों और स्कूल प्रिंसिपल के हस्तक्षेप के पश्चात दीदी का बड़े शहर जाना तय हो गया। मेरा जी मिचलाता रहता। लगता कि किसी भी पल साँस घुट जाएगी। दीदी और माँ हॉस्टल के लिए सामान जमातीं। दादी उसे ज़माने की ऊँच-नीच समझाती, "रात-बिरात बाहर मत निकलना। अनजान लोगों से बात मत करना।"

माँ घबराकर कहती, "कोई दिक़्क़त हो तो घर फ़ोन करना, तुरन्त।"

दीदी को शहर से बाहर भेजने में मुख्य भूमिका उन पत्रों की भी रही जो उन दिनों उसके नाम आने लगे थे। उन पत्रों में दीदी को मिलने आने के लिए कहा जाता और न आने पर परिणाम भुगतने को तैयार रहने के लिए। दादी कहती, "बताती क्यों नहीं? कौन भेज रहा है ये प्रेम-पत्र?"

प्रेम से यह मेरा प्रथम परिचय था जो हरगिज़ सुखद न था। इन दिनों मैं अख़बार पढ़ने लगा था और 'प्रेमी ने प्रेमिका पर तेज़ाब फेंका' जैसी ख़बरों के आतंक में जी रहा था। दीदी के दूसरे शहर में सुरक्षित और प्रेमविहीन होने की आस और प्रार्थना ने मुझे रोने न दिया और इस अलगाव को मैं अकेला सहता रहा या बहुत कुछ हिम्मत सचिन सर से पाता रहा। स्कूल की फ़ुटबॉल टीम में मैं चुन लिया गया था। मैं स्वयं को अभ्यास में इतना थका लेता कि दीदी की स्मृति दस्तक दे, उससे पहले ही मेरी पलकों को नींद ढाँप दे। टीम में चयन मेरे जीवन की सबसे सुन्दर घटना रही। इस चयन ने मुझे बड़ा परिवार दिया।

इस बीच दीदी कुल चार बार घर आई। दादा के अस्पताल में भर्ती होने पर, दीवाली पर, मेरे जन्मदिन पर बिना किसी पूर्व सूचना के और रक्षाबन्धन पर। कभी-कभी लगता राखी दीदी के हाथ में होनी चाहिए। तिलक दीदी के माथे पर। टीका करते वह मुझे आशीषों से लाद देती और मैं बदले में उसके पैर छूकर माँ द्वारा दिया मुट्ठी में बन्द सौ का नोट बढ़ा देता। दीदी के जन्मदिन के क़रीब ही उसकी परीक्षा थी। मेरे कई फ़ोन के बावजूद उसका आना सम्भव नहीं था। तब जीवन में पहली बार झूठ बोल, सचिन सर के साथ दीदी से मिलने गया था। जिस कमरे में रहती थी, वह चूने से पुता दड़बे सरीखा था। दो पलँग, एक आड़ी मेज़ और एक लोहे की अलमारी के बाद हवा का भी वहाँ दम घुटता होगा। सचिन सर का हॉस्टल में प्रवेश सम्भव नहीं था अत: मैं, दीदी और उनकी रूममेट अल्पना दीदी बाहर आ गए थे।

"घर पर झूठ क्यों बोला पगले? बहन से इतना डरकर मिलेगा तो गर्लफ्रेंड से कैसे मिलेगा?" वह चपत लगाते हुई हँसी।

मैं तब लजा गया किन्तु 'झूठ क्यों बोला' का उत्तर अब तक नहीं तलाश पाया।

एग्ज़ाम के बाद दीदी घर आ गई थी। वह अधिक मुस्कराती थी। मुझे अधिक समय देती थी। उसकी नई रहस्यमयी दुनिया के कई झरोखे मेरे लिए बीते साल में खुल गए थे। हम साथ तारे गिनते, साथ चाँद देखते, पंछियों को दाना डालते और उसके सहपाठी शतद्रु को फ़ोन मिलाने साथ ही सचिन सर के घर जाते।

शतद्रु से मेरी कोई मुलाक़ात नहीं थी, पर उनका दीदी के जीवन में आना मुझे दीदी के क़रीब ले आया था। मैं इस रिश्ते का कदाचित इकलौता राज़दार था और यह मेरे लिए गर्व का विषय था।

परीक्षा का परिणाम आ गया था। दीदी लखनऊ जाएगी यह तय था। (और शतद्रु भी। यह केवल दीदी और मैं जानते थे) मिठाई बँट रही थी। दादी दर्प से कह उठती, "छोरी तो सदा से होशियार रही।" दीदी को डॉक्टर साहिबा या डॉ. शर्वरी कहकर पुकारा जा रहा था। सूरज ढलने से पहले ग्रहण शुरू हो गया था। अल्पना दीदी ने उसी चूनेवाले कमरे में पंखे से लटककर परीक्षा के परिणाम से अपनी असहमति जता दी थी।

"पंखे टूटकर गिर क्यों नहीं जाते!" दादी ने माला फेरते कहा था।

"क्योंकि पंखे भी सिस्टम जैसे ही निर्लज्ज हैं।" दीदी ने कहा था।

"मैं इंजीनयर बनूँगा दीदी। भार से टूटनेवाले पंखे बनाऊँगा।" दीदी के साथ चाँद देखते हुए उस रात मैंने कहा।

"तुम बड़ा अधिकारी बनना। ऐसा सिस्टम बनाना जिसमें बच्चों पर भार न हो, दुश्वारियाँ और हताशाएँ वह ऊँचाई न पा पाएँ जो बच्चों को पंखे तक पहुँचा देती हैं।" वह उच्छ्वास छोड़ते बोली।

चाँद अब बादलों की ओट में था, पर हम दोनों स्याह आकाश को तकते रहे।

मैंने कॉलेज में प्रवेश लिया था और दीदी की डिग्री पूरी होनेवाली थी। कॉलेज के हॉस्टल में रैगिंग के नाम पर कितने ही लड़कों को 'शिप्रा' बनाया गया जबकि उनके पाँवों में लाल जुराबें भी नहीं थीं। मैंने चाहा कि दादी से कहूँ कि रात-बिरात और बिना देखभाल के लड़कों को बाहर भेजना भी उतना ही असुरक्षित है। लड़कों के टूटे दिलों को सहारा देने के लिए भी एक कन्धा बचाए रखिए। उनके फ़ोन भी तुरन्त उठा लिया कीजिए।

दीदी की एमबीबीएस ख़त्म होने तक घर पर शतद्रु और दीदी के साथ की ख़बर इधर-उधर से पहुँचने लगी थी। शतद्रु अरोरा और शर्वरी शर्मा का साथ इस छोटे शहर के लिए बड़ी ख़बर थी। बाबा की बीमारी की झूठी ख़बर देकर दीदी को बुलाया गया था और आनन-फानन में एक अनजान से रिश्ता पक्का कर दिया गया था।

दिन सदा मुझे निहत्था करता आया है। रात दीदी और मैं एक नये शहर की ओर निकल चुके थे। जाते पर शगुन का टीका माँ ने किया था। दीदी अपनी मंज़िल मेरे बिना भी पा जाती किन्तु उसके जीवन की नई शुरुआत के दस्तावेज़ में मेरे हस्ताक्षरों का शामिल होना मेरा बिन मौसम खिल जाना था।

प्रेम एक पालतू बिल्ली

"कभी-कभी मुझे लगता है मेरी शक्ल मेढक से मिलती है। यह उसका आत्मालाप था, पर स्विमिंग पूल में डाइव लगाने की तत्परता के अन्तिम क्षण में मैंने औचक सुन लिया और इसके बेढंगेपन से चौंककर ठिठकी रह गई थी। वह ट्रूजेन स्ट्रोक भरता हुआ पलक झपकते दूसरे छोर पर पहुँच गया था। उसका चेहरा देखने की उत्कंठता लिये मैं उसके पलटने का इन्तज़ार कर रही थी। हम कितना ही अभिजात्य अर्जित कर लें लेकिन हमारी आदिम तुच्छताएँ, अर्जित क्षुद्रताएँ और बेमानी जिज्ञासाएँ हमारे दुर्गम्य भीतरी कोनों-कुचालों में पसरी अपनी पकड़ बनाए रहती हैं। उसके इस बेतुके वाक्य को प्रोसेस करने में मेरे दिमाग़ ने कुछ समय लिया था, स्तब्ध किया था, पर अब उस कथन की सत्यता परखने, निरखने का फ़िज़ूल रोमांच मेरे ऊपर छा चुका था।"

वह कहते-कहते चुप हो गई। आँखें मूँद, पीछे कुर्सी से सिर टिकाकर सम्भवत: ग्लानि को जज़्ब कर रही थी। मैं मौन उसके चेहरे पर आते-जाते भावों को पढ़ने का प्रयास करता रहा, एक महीन भय मेरे भीतर गहरा गया। अफ़सोस हुआ कि भावुकता में आकर व्यर्थ ही सुबह ख़राब कर ली। काश नर्म कम्बल में सोया रहता!

"फिर? वह पलटा?" उत्तर जानते हुए भी मैंने आहिस्ता से उसके निजी ज़ोन में शामिल होने का प्रयास किया।

"हाँ, वह पलटा और मेरी समूची चेतना पर छा गया। वह पलटा...किसी आतुरता में नहीं, सहज, स्वाभाविक, उत्तेजनाहीन गति से। अपनी लम्बी, गुलाबी उँगलियों को चेहरे पर फिराते हुए, पानी छिटका, एक गहरी साँस भरी और

दोनों कोहनियाँ किनारे पर टिकाकर आसमान निहारने लगा।"

विगत को दोहराते हुए वह वहीं पूल के पास जा पहुँची थी। उसकी आवाज़ और मेरे बीच दूरी बन गई थी। उसके सूक्ष्म विवरण बता रहे थे कि दृश्य उसकी नज़रों के सामने अब भी चल रहा है।

अचानक वह लौटी और बिलकुल मेरी आँखों में झाँकते हुए बोली, "आप जानते हैं, मैं जहाँ भी जाती हूँ, सबकी नज़रें ख़ुद-ब-ख़ुद मेरी ओर उठ जाती हैं, पर वहाँ मैं थी—भौंचक, निहत्थी खड़ी, उसे अपलक निहारती हुई, उसकी बाँहों के उभारों और शरीर के कटावों में उलझी हुई! जिम में तराशा सुगठित कसावदार शरीर और पानी में भीगे घुँघराले बाल, उसके गुलाबी होंठ रसीले थे। उसकी छाती पर घने बाल न होते तो पहली नज़र में उसे एक स्त्री समझने की कोई भूल भी कर सकता था। बेसुध उसे देखते हुए, फिसलती बूँदों की जगह लेने की चाह मेरे भीतर हिलोरे लेने लगी। बैकस्ट्रोक लेता हुआ वह वापस आया और अपने-आप से ही बाय कहता हुआ चेंजिंग रूम की ओर चला गया। मैं स्तब्ध, निस्पन्दित देर तक वहीं बैठी रह गई। इस बात से अधिक अचम्भित कि उसने एक बार भी मुड़कर मेरी ओर नहीं देखा। न कोई सम्पर्क लेने-देने का प्रयास किया।"

यह संजोग ही था कि मैं भी अभी उसके बालों में चमकती नन्ही बूँदों को देख रहा था। कुछ ऐसी ही झिलमिल बूँदें उसकी जैकेट और दस्तानों पर भी थीं। केबिन में घुसते ही मुझसे हाथ मिलाने से पहले उसने दस्ताने उतारकर मेज़ पर रख दिये थे। उसके गर्म हाथ के स्पर्श से एक झुरझुरी मेरे भीतर दौड़ गई थी। काश, जीवन ऐसा सुन्दर भी हो सकता कि हम नर्म कम्बल में साथ सो रहे होते! एक तप्त बैचैनी ने मुझे जकड़ लिया।

यह सुबह छह बजे का समय था जब अनजान नम्बर से फ़ोन बज उठा था। मैं उस वक़्त आधी नींद, आधी जाग की आग़ोश में हमेशा की तरह मन्दिर के पास लगे पीपल के विशालकाय पेड़ के नीचे खड़ा था। यह पेड़ दादा ने अपने बचपन में लगाया था जिसने अब आधे मन्दिर को अपनी छाँह में ले लिया था। खेत में टहलती गोह को लड़के एक झटके में पकड़ लेते। उसके मांस का बड़ा चाव था उन्हें। धुआँ छोड़ती देगची को अपलक घूरता मैं सोचने

लगता कि गोह में रस्सी बँध क़िले चढ़नेवाली सेनाएँ भी क्या उसे भूनकर खा जाती होंगी?

मन्दिर की देह छूकर बहती नदी उफान पर थी। बड़े लड़के पीपों के पुल पर फलांगे भरते हुए नदी पार कर जाते। मैं सँभलकर चलता और गिर जाता। कोई बड़ा लड़का मुझे पकड़कर खींच लेता और गालियाँ देता हुआ आगे बढ़ जाता।

सामिष भोजन घर में निषेध होने पर भी खरा शिकार की तलाश में मैं उन लड़कों का पिछलग्गू बना रहता। लड़कों का हुड़दंग बढ़ता जाता। ख़रगोशों का झुंड पूरी ताक़त से आगे दौड़ रहा होता। कोई-न-कोई घेरे में फँस जाता। निरुपाय जीव की कातर आँखें जीवन की भीख माँगती, लड़कों के चेहरों पर विजय की विद्रूप मुस्कान खिल जाती। पत्थर, लकड़ी आदि के प्रहारों से बेदम कर उसे कानों से उठाया जाता और पीठ पर लाद गर्वित सेना गाँव की ओर लौट चलती। जानवर की भय से विस्फारित आँखों पर मेरी सहमी नज़र बार-बार पहुँच जाती।

बचपन का यह यथार्थ रिपीट मोड में प्रतिदिन मेरे सपनों में चला आता है। जब फ़ोन बजा मैं नंगे पाँव जंगल में दौड़ रहा था। मेरे हाथ-पैर काँटों से छिल चुके थे और दो बलिष्ठ हाथ मेरे कान उमेठ रहे थे। दर्द से करहाते हुए किसी मदद की आस में मैंने फ़ोन उठा लिया था। कुछ क्षणों के धुँधलके के पश्चात मैं समझ पाया कि फ़ोन के उस पार की स्त्री रविवार के अवकाश के बावजूद मुझसे मिलना चाहती है। कहा था कि वह दूर से आई है और आज शाम उसकी वापसी है। मैंने टालने के लिए तिगुनी फ़ीस बताई थी और वह तुरन्त तैयार हो गई थी। खोया हुआ सदा बड़ा अपरिहार्य, बड़ा क़ीमती हो जाता है।

ठंडी सुबह की अवसादी बारिश जिसमें नित्य क्रियाएँ भी यथासम्भव स्थगित कर लोग कम्बल नहीं छोड़ रहे थे, और मैं सड़क पर गाड़ी दौड़ाता हुआ तय समय से कुछ देरी से दस बजे ऑफ़िस आ गया था। उसका मुझसे भी देरी से आना मुझे चुभ रहा था। वह आत्मविश्वास से भरी उन लड़कियों-सी थी जो अपनी मंज़िल पाने का सरल-जटिल हर मार्ग जानती हैं। मैं उसके आगे बोलने का इन्तज़ार करता रहा। वह मेरे उत्तर का।

"एक अजनबी शख़्स का आपको न देखना आपको परेशान किये है।" आख़िरकार मैंने मुलायम स्वर में उसके तनाव को पकड़ना चाहा लेकिन तंज़ अनचाहे हावी हो गया। लगातार हिलता हुआ उसका पैर अचानक रुक गया।

"नहीं, नहीं..." किसी कोहरे को चीरते हुए उसका स्पष्ट प्रतिकार सम्पूर्ण देहभाषा संग झंकृत हुआ। इस प्रकिया में कानों में पहनी गई बजोरन बालियों से लटकी महीन हीरों की चेन अभी तक हिलकर उसका अनुमोदन कर रही थी।

"नहीं, आप ग़लत समझ रहे हैं।" मेरी ओर झुकते हुए उसने कहा और अपने दोनों हाथ सीधे खोलते हुए सामने मेज़ पर रख दिये, "यह सच है कि उस पल कमनीय छवि के प्रभाव में उसे समझने से अधिक उसे पा लेने की महीन चाह मेरे भीतर उठी थी; उस मुलाक़ात-सी ही क्षणिक और उलझी-सी! फिर उस पल-सी ही यह चाह भी अधिक देर टिक न सकी थी। आज मैं उसे खोजना, उसे पाना चाहती हूँ तो उसे समझने के लिए, उस विचित्र प्रलाप को बुझने के लिए..."

"...और वह आपसे मिलने के लिए तैयार नहीं है।" मैं उसकी कहानी से उकता चुका था लेकिन ज़ाहिर नहीं कर सकता था बल्कि अब उसकी कल्पनाओं की उड़ान देखने का मैंने मन बना लिया था। ऐसा इन दिनों अकसर होने लगा है मेरे साथ। सपनों में शिकार होता मैं जीवन में निर्दयी शिकारी बन उठता हूँ। अंगद के पास पिस्तौल थी पर उसने कभी इस्तेमाल नहीं की। कहता था दौड़ा-दौड़ाकर, थकाकर मारने का मज़ा अलग है। वही क्रूर, चौड़ी मुस्कान मेरे चेहरे पर भी चली आई।

"पता नहीं!" उसके ठंडे मायूस स्वर ने मुझे अतीत से लौटाया, "इन दिनों मेरी बेचैनी यह है कि उसे कहाँ तलाशा जा सकता है!"

"उसी पूल के पास जहाँ पहली मुलाक़ात हुई।" पजल ऐसी सरल थी कि उसे हल कर गर्वित भी न हुआ जा सकता था।

"सम्भव नहीं है। होटलों में कौन हमेशा के लिए रहता है!" अपने लम्बे आयताकार नाख़ूनों को मेज़ पर बजाते हुए उसने घोषणा की और गहरी साँस छोड़ते हुए अपनी निगाहें मुझ पर टिका दीं, आगे की राह के लिए मुझसे मदद की गुहार करती हुई! मेरी प्रश्न भरी निगाहें भी उसी पर टिकी थीं। वह जब

संशय में होती तो उसकी गर्दन बाईं ओर झूल जाती। अपनी बाई हथेली को मुँह पर रख छत को आँखों से टटोलते हुए दाएँ हाथ की उँगलियों को खोल-बन्द करने लगती। मैंने उन नाजुक उँगलियों को ध्यान से देखा। वे गृहकार्य की अभ्यस्त नहीं दिखती थीं। उनमें श्रम की गाँठें न थीं। वह निश्चित ही गहरे भीतरी तनाव से जूझ रही थी।

"लिखती हैं?" मैंने पूछा। अकसर डायरियाँ अधिक सच मुझ तक पहुँचा देती हैं। मेरी राह सरल हो जाती है।

"जी?" वह चौंक उठी, "नहीं-नहीं, लेखक नहीं हूँ। किताबों की दुनिया में प्रवेश नहीं कर पाती। शब्दों को टटोलने का लम्बा धैर्य है ही नहीं मेरे भीतर। तभी तो..." वह बोलते-बोलते ठिठक गई।

यही होता है जैसे ही कोई साझी राह खुलती है हम ख़ुद को सिकोड़ लेते हैं। हमारे जीवन का सबसे बड़ा पैराडॉक्स यही है कि बिना कुछ उजागर किये ही हम सामनेवाले से अपनी बेचैनियों के हल पा जाना चाहते हैं।

मैंने उससे नज़रें हटाकर केबिन में लगे बड़े काँच से बाहर देखा। बारिश रुक चुकी थी और हल्की धूप की चादर बिछ गई थी।

"आप बुरा न मानें तो क्या हम आगे की बात बाहर कॉफ़ी पीते हुए कर सकते हैं? दरअसल मैं बिना नाश्ता किये ही चला आया।" मैंने आग्रह किया।

"जी, जी!" वह अपनी उपस्थिति से झेंपती, खड़ी हो गई। आत्मग्लानि से भरी कि उसने मुझे असमय परेशान किया है जबकि ऐसे रूपवान और धनवान व्यक्तियों में यह सहज बोध सदा बना रहता है कि उन्होंने मोटी फ़ीस देकर मेरे इस समय को ख़रीदा है।

हम लिफ़्ट में आ गए। ऊँची एड़ी के जूतों में वह मेरे क़द को छू रही थी। जल्दी में रेगुलर शूज में चले आने का मुझे अफ़सोस हुआ। बूढ़े लिफ़्टमेन ने अपनी घाघ दृष्टि हम पर डाली और तम्बाकू रगड़ने लगा। अपनी मोतियाबिन्द वाली आँखों से वह बहुधा बलात्कार कर जाता है। कई लोग भावुकता में आकर उसे ऑपरेशन के लिए पैसे दे चुके लेकिन वे शराब में बह गए। शायद वह मान चुका है कि इस उम्र में कुछ ऐसा अदेखा नहीं बचा जिसके लिए चाकू की नोंक के नीचे जाया जाए या उसे यक़ीन है कि पेट में भरा पानी आँखों

की ज्योति बुझने से पहले जीवन की लौ में फूँक मार देगा। उसे देख मुझे गहरी वितृष्णा होती है। इस अभिजात्य में वह पूर्णत: अवांछनीय है लेकिन कई शिकायतों के बाद भी उसे हटाया नहीं गया है। हालाँकि यह भी कड़वा सच है कि गार्ड और हमारे भीतर हैवानियत की एक-सी आग धधकती है। बस हम धुआँ छुपाना जानते हैं। कोई और स्त्री मेरे साथ होती तो मेरी ओट में हो जाती लेकिन वह अविचलित खड़ी थी।

बाहर आकर मैंने राहत की साँस ली। एक सिगरेट जलाकर धुएँ के छल्ले छोड़े, हवा उन्हें बहा ले गई। वह मुझसे कुछ क़दमों की दूरी पर खड़ी परिसर का जायजा लेती रही। परिसर में रहनेवाला अपाहिज पोमेरेनियन कुत्ता जिसे सम्भवत: उसकी अपंगता के कारण घर निकाला दे दिया गया था, उसके पास चला आया था। उसने एक कोमल नज़र डाली और आगे बढ़ गई। सुबह का सपना मेरी खुली आँखों में लहराने लगा। मैंने सिगरेट के बड़े कश लेते हुए सिर झटका और उसके साथ आ गया।

बहुमंज़िली इमारतों से घिरा यह शहर का चर्चित स्थान है। प्रमुख कम्पनियों और अधिकारियों के कार्यालय हैं यहाँ। ग्राउंड फ़्लोर पर अनेक ईटिंग आउटलेट्स हैं और सबका साझा सिटिंग स्पेस। कई माली यहाँ दिन-भर घास काटते, पौधों की गुड़ाई, छँटाई करते दिखते रहते। यहाँ बीहड़ का अराजक सौन्दर्य नहीं था बल्कि सब कुछ एक नियंत्रित अदब संग घटता-बढ़ता था। वह भी नफ़ासत संग पानी से बचती हुई चल रही थी, मुझे अपनी चाल धीमी करनी पड़ी।

हम अपनी कॉफ़ी और सैंडविच लेकर उजली धूप से भरे एक कोने में बैठ गए। लोगों को लगता है कि वे बन्द दरवाज़ों की आड़ में स्वयं को उधेड़ सकते हैं जबकि अवचेतन वहाँ अधिक सजग प्रहरी हो जाता है।

उसने अपनी जैकेट उतारकर कुर्सी पर पीछे टाँग दी। गहरी लाल हाई नेक के रिफ़्लेक्शन में अब वह और अधिक युवा लग रही थी। अपूर्व सौन्दर्य का निश्चित ही एक औरा होता है। आप निर्बल महसूस करने लगते हैं। यह निर्बलता सदा समर्पण ही नहीं कराती बहुधा आक्रामक भी बना देती है। मैं भी छद्म आवरण ओढ़े स्वयं को बचाने के लिए संघर्षरत था।

मैंने एक नज़र चारों ओर दौड़ाई। आज सब धुला निखरा और अलसाया-सा

था। बाहर से इमारतें किसी योगी-सी अडिग, धैर्यवान दिखती थीं। स्पन्दनहीन, आवेगहीन! इनके भीतर कितना कुछ बनता-मिटता रहता है। हर्ष अवसाद में, अवसाद हर्ष में बदलता रहता है। जीवन मिट जाते हैं, सत्ताएँ पलट जाती हैं। इनकी निर्लिप्तता देख सब अकल्पनीय लगता है। खिड़कियों के छज्जों और एसी की यूनिट पर क़ब्ज़ा जमाए कबूतर निरन्तर गुटरगूँ न करें तो यह किसी सुप्त शहर का भ्रम देगा।

अधिकतर कुर्सियाँ खाली थीं अन्यथा लंच के समय उन्हें पाना भाग्य की बात होती है। कहीं-कहीं कुर्सियों के छोटे-छोटे झुंड बन गए थे, आसपास के हॉस्टलों में रहनेवाले कॉलेज स्टूडेंट्स उन पर क़ब्ज़ा किये थे। रह-रहकर उनके ठहाके निर्वात में हलचल मचा देते। अपाहिज कुत्ता उनके पास आ बैठा था, वह उनका चहेता और खाने का नियमित भागीदार था। इन युवाओं की जगह दफ़्तरों के लोग रहे होते तो कुछ ईर्ष्या, कुछ जिज्ञासा से वे हमारी ओर एक उड़ती नज़र तो ज़रूर डालते। मिलने पर कुछ भद्दे मज़ाक़ भी दिनचर्या का हिस्सा थे।

खुले माहौल में आकर उसने भी अपने तन को ढीला छोड़ दिया था। असहजता और तनाव की लकीरें ओझल हो गईं। कॉफ़ी के घूँट भरते हुए अपने काले चश्मे के भीतर से मैं निरन्तर उसे टोह रहा था। उसके न बताने के बावजूद मैं पहचान चुका था कि वह मेरे पुराने शहर के एकमात्र मॉल 'सिटी सेंटर' के मालिक शशांक मल्होत्रा की दूसरी पत्नी है। पहली पत्नी को तलाक़ दे, अपने बच्चों की उम्र की लड़की से विवाह करके उसने शहर की सारी गॉसिप अपने नाम कर ली थी। शाही विवाह की तसवीरें महीनों तक पारिवारिक व्हॉट्सएप समूहों में घूमती रही थीं। 5 फीट, 8 इंच लम्बाई, 34,28,36 फ़िगर माप और दमकते चेहरेवाली यह लड़की अब मेरे बिलकुल सामने बैठी थी। कन्धे से कुछ नीचे तक झूलते बालों का रंग उसकी आँखों जैसा सुनहरा था। सम्भवत: उसके व्यक्तित्व की ही तरह यह नैसर्गिक नहीं रहा होगा।

अपने छोटे शहर में क्या दिल्ली जैसे मेट्रो में भी मैंने उस जैसी बेपनाह ख़ूबसूरत लड़की नहीं देखी थी। अपना पूरा जीवन खपाकर कमाई गई अपनी प्रतिष्ठा का मोह न होता तो उसे इतना क़रीब पा कोई गुस्ताख़ी मुझ जैसा इनसान

भी कर ही बैठता। मुझे पहली बार उन बेहूदे क़िस्सों पर अफ़सोस हुआ जो शहर की आबोहवा में घुल गए थे। मैंने शशांक मल्होत्रा को सब आरोपों से बरी कर दिया। उसका केस अभी लम्बित रखा।

"हॉबीज क्या हैं आपकी?" मैंने चश्मा उतारते हुए सीधे उससे मुख़ातिब होते हुए पूछा।

"हॉबीज?" वह ऐसे चौंकी ज्यों हॉबी रखना कोई बड़ा अपराध हो। आदतन फिर सोच में डूब गई, "हॉबी कभी कोई रही नहीं मेरी। कुछ चाह ज़रूर रही ज़िन्दगी से, बस उनके ही पीछे दौड़ती रही।" उसने एक रिक्त हँसी बिखेरी।

"हमेशा फीकी कॉफ़ी लेती हैं?" मैंने अछुए सुगर सेशे की ओर इशारा करते हुए कहा।

"हाँ, अब आदत हो गई है। चीनी डली हो तो बेस्वाद लगती है।"

मैंने चाहा कि वह कुछ और खुलासे करे, पर वह चुप हो गई और बिना चीनी डाले ही चम्मच कॉफ़ी में चलाने लगी। मेरी नज़र अब उन मज़दूरों पर थी जो मोटी रस्सियों के सहारे लटकाई गईं पाड़ पर चढ़कर दीवार पर छाप कर रहे थे। मैं इस आकलन में उलझ गया कि दुबारा बारिश होने की कितनी सम्भावना है। वे ठेके पर होंगे। उन्हें हर हाल आज काम ख़त्म कर कल नई जगह जाना होगा। मौसम, मन, मृत्यु कोई उन्हें रोक नहीं सकता। बिना किसी चेहरे के, अपने औज़ार लिये बिलबिलाते, शहर की भीड़ में वे अचानक एक दिन ग़ायब हो जाएँगे। ज़रूरत पड़ने पर किसी नाले में रेंगते, ऊँघते फिर पकड़ लिये जाएँगे।

"आपको क्या लगता है? बिना नाम, पता, तसवीर उसे ढूँढ़ा जा सकता है?" आतुरता में वह कुछ कॉफ़ी मेज़ पर छलका बैठी।

मेरी लौटती नज़र को भ्रम हुआ कि मज़दूर गिर गए हैं। धड़कन सहम-सी गई। इसमें संवेदना नहीं दृश्य की आकस्मिकता का दोष था। मैंने दुबारा देखा। वे छाप कर रहे थे। एक क्षण में कितनी भ्रान्तियाँ शामिल हो जाती हैं।

"माफ़ कीजिए, मैं सुन न सका।"

मेरी पूरी तवज्जो न पाने का अफ़सोस उसके चेहरे पर चला आया।

"उसे ढूँढ़ सकेंगे आप?" अब स्वर में चुनौती शामिल हो गई थी।

"इससे महत्त्वपूर्ण है कि क्या उसे बिना ढूँढ़े भी आपका सुकून पाया जा सकता है।" मेरी मुस्कान तिर्यक हो चली।

"यह सम्भव है?" अविश्वास उसकी आँखों में उतर आया।

"निर्भर करता है कि आप कितनी ईमानदारी से जानकारी मुझे देने के लिए तैयार हैं।" नैपकीन बिखरी कॉफ़ी पर रखते हुए मैं अर्थपूर्ण तरीक़े से मुस्कराया।

वह आत्मसंशय में दिखी। उसका ऊपरी होंठ फड़क रहा था।

इसी वक़्त पंछियों का एक बड़ा झुंड हमारे ऊपर से गुज़रा। उनकी परछाई के काले टुकड़े हमारे चारों ओर बिखर गए।

"अपने परिवार के विषय में कुछ बताना चाहेंगी?" मैंने भरसक कोमल स्वर में पूछा। वह चुप रही। दिसम्बर के ज़ालिम महीने में भी उसके माथे पर पसीने की कुछ बूँदें ज़रूर चुहचुहा उठीं।

मैं पुन: उकताने लगा। घड़ी देखी। हम पिछले दो घंटों में कहीं नहीं पहुँच सके थे। पहुँचना कहीं होता भी नहीं है। कोई सुननेवाला मिल जाए तो उसे साथ घसीटते हुए लोग ताउम्र भटकते रहते हैं। इस परपीड़ा का अलग नशा है और ऐसे नशेड़ियों को होश में लाना मेरा शौक़ बनता जा रहा है जो मेरे प्रोफ़ेशन के हित में कतई नहीं है। मुझे लगता है कि मैं आत्मघाती दस्ते में बदलता जा रहा हूँ। मेरी सब तरकीबें मेरे ही ऊपर विफल हो जा रही हैं। सँभालता हूँ ख़ुद को। दिमाग़ और दिल दोनों को वापस उनकी जगह लगाता हूँ। सींग मार दोनों को लहूलुहान करने से बेहतर है किनारे से निकल जाऊँ। घर पहुँचकर वाइन और मूवी के सहारे दिन अभी भी बचाया जा सकता है।

"आपकी समस्या का बड़ा सरल समाधान है।" मैंने उठते हुए कहा, "जिस होटल में पहली मुलक़ात हुई थी वहीं के रिकॉर्ड से नाम-पता-नम्बर सब मिल जाएगा। वह भी मेरी फ़ीस से बेहद कम दाम पर।" मैंने मित्रवत सुझाव दे नाटक का पटाक्षेप करना चाहा।

इस बार वह खुलकर हँसी। एक उन्मादी हँसी, जो अपनी जोत से अधिक सामनेवाले की हार की उद्घोषणा करती है।

"मिस्टर ध्रुव, क्या आपको भी मैं उन्हीं पुरुषों में शामिल मानूँ जिनके अनुसार लड़कियों में दिमाग़ की कमी होती है?" उसका स्वर सख़्त हो चला था।

इस अप्रत्याशित तीतेपन ने मुझे शर्मिन्दगी से भर दिया। "आई एम सॉरी! यह मतलब नहीं था मेरा।" मैं वापस बैठ गया।

"पहली मुलाक़ात आज से कोई 10 साल पहले हुई थी। अब उस रिजॉर्ट को दूसरा ग्रुप ख़रीद चुका है। रिनोवेशन चल रहा है।" वह माथे की सलवटों पर उँगलियाँ फेरती हुई बोली। उसकी आवाज़ में तलाश से उपजी थकान शामिल हो गई थी। हम दोनों ही अनचाहे चले आए तनाव की गिरफ़्त में थे।

"मिस मुग्धा!"

"मिसेज सुदीक्षा।"

उसने टोका। उसके सच ने मुझे हिम्मत दी। स्वर को भरसक कोमल बनाते हुए मैंने कहा, "दस साल बाद मिलना अचानक इतना ज़रूरी क्यों हो गया है?"

"क्यों का उत्तर नहीं है मेरे पास। बस एक...बेचैनी है जो बढ़ती जा रही है..." उसकी उदास आँखों की कोरे नम थीं, "...कब हुआ, यह बिलकुल ठीक-ठीक जानती हूँ।" वह अपने होंठों पर जीभ फेरती हुई बोली।

नज़दीक रखी उसकी हथेली पर अपने हाथ का आश्वासन रखने का मन हुआ पर मैं जड़ बैठा रहा, और वह भी। बातों के बीच वह अकसर खो जाती है। खोए हुओं को तलाशना और छुपे हुए को सामने लाना, मेरा पेशा भी यही है।

"और यह कब हुआ?" मैंने बीहड़ में पुकारा।

"लोला की स्पेयिंग (बंध्याकरण) के तुरन्त बाद।"

"लोला?"

"हमारी बिल्ली।"

समझने का पूरा भार वह सामनेवाले पर छोड़ देती है। मुझे ऐसे लोगों से कोफ़्त होती है। हर महीने के लम्बे-चौड़े बिल न भरने हों तो क्यों कोई अजनबियों की परेशानियों से ख़ुद को हलकान करे। व्यक्ति के पास निजी जंजाल कम हैं क्या?

"मैं कुछ समझा नहीं।" मैंने सरेंडर कर दिया।

वह अब भी चुप थी। मैंने दो और कॉफ़ी ऑर्डर की।

"आपका चुप हमें कहीं पहुँचा नहीं पाएगा। कुछ प्रश्नों के उत्तर हम दोनों को साथ तलाशने ज़रूरी हैं।" मैंने आगाह किया।

"आप अपनी शादी से ख़ुश हैं?" मैं अब आक्रामक हो चला था।

"अपने से दुगुनी उम्र के आदमी से ख़ुशी के लिए तो शादी नहीं की मैंने।" एक छोटी-सी बेतकल्लुफ़ हँसी चमकी।

वह मेरे अनुमानों को निरन्तर न केवल ध्वस्त कर रही थी बल्कि अपने जवाबों से मुझे निहत्था कर दे रही थी।

"ठीक। तब इस शादी से आपकी जो अपेक्षाएँ थीं, वे पूरी हुईं?" मैंने अपने सवाल को नये खाँचे में ढाला।

"यह प्रश्न आपने पन्द्रह दिन पहले पूछा होता तो मैं बिना हिचकिचाहट तुरन्त हाँ कह देती।" उसने खिन्न मुस्कान संग कहा।

"क्या स्पेयिंग में लोल...नहीं रही?"

"नहीं-नहीं, वह स्वस्थ है। घाव भर गए हैं।" उसने अपनी तर्जनी उँगली और अँगूठे को होंठों और माथे से छुआते हुए कोई दुआ पढ़ी।

"ख़ुश भी दिखती है। वह नहीं जानती कि क्या खो दिया। काश मैं भी यह कभी न जान पाती।" अन्तिम पंक्ति तक एक हताश मुस्कान चली आई।

"अपनी उन चाहनाओं के बारे में बताना चाहेंगी, जिनके पीछे आप भागती रहीं?"

"चाहनाएँ तो बदलती रहती हैं।" वह पुनः हँसी।

उसकी हँसी ऐसी सम्मोहक थी कि उस पल में बाक़ी सब बेमानी हो जाता था।

"मेरा असली नाम सुदीक्षा नहीं मुग्धा है।" इस बार सारा छद्म निथार दिया था उसने।

"जो आपने फ़ोन पर बताया था..."

"जी।"

"मुग्धा से सुदीक्षा के बीच की यात्रा में चाहनाओं ने कितने ही रंग बदले हैं!" वह साँस लेने रुकी, "मुग्धा का बहुत बड़ा परिवार बहुत छोटे से घर में रहता था। जानवर को इनसानों के साथ कमरे में नहीं, इनसानों को जानवरों के साथ सड़क पर सोना होता था। शशांक से शादी के बाद मैंने इन बेज़ुबानों की दुनिया को क़रीब से जाना और पाया कि राजा-राजा कहते हुए भी आपको

कैसे बन्धक बनाया जा सकता है। बाज़-दफ़ा सड़कें घरों से अधिक सुरक्षित होती हैं; अपने तमाम संघर्षों के बावजूद।"

उसकी पीड़ा का स्याहपन अब चेहरे पर उतर आया था। मुझे भय हुआ कि अब चुप छा जाएगा लेकिन इस दफ़ा उसने सिरा थामे रखा।

"लोला की स्पेयिंग ने उससे सहवास का, मातृत्व का नैसर्गिक अधिकार छीन लिया। एक हिंसक, आक्रामक बॉसी प्राणी अचानक कैसा बेबस हो गया!"

मुझे लगा लोला उसकी गोदी से उतर मेरी गोदी में आ बैठी है। मद्धिम, घुटी आवाज़ में कराहती हुई। मैं उसकी पीठ सहलाने लगा। उसे कन्धे से चिपका लिया।

"मुझे लगता है यही मेरे साथ किया गया है। लोला और मुझमें कोई अन्तर नहीं है। मुझे अपनी शक्ल लोला-सी लगने लगी है।" उसने दोनों हाथों से अपना चेहरा ढाँप लिया। मैंने लोला को आज़ाद किया लेकिन कल्पना में भी लोला की जगह उसे देने का संकोच बना रहा। मुझे लगा वह रो ले तो उसके लिए बेहतर होगा।

"आपको लगता है आपके साथ छल हुआ है?"

"छल तो दोनों ओर से हुआ है, और हो रहा है। हम मनुष्यों के बीच बिना छल कोई रिश्ता बनता ही कब है!" फिर वही अविजित होने की दर्प भरी मुस्कान!

"आपकी बिना सहमति आपका ऑपरेशन कराया गया?"

"नहीं, काग़ज़ों पर सहमति ली गई लेकिन उस सहमति को न देने की समझ छीन ली गई। एक माया रची गई जिसे मैं सच समझ ख़ुश होती रही। शशांक ने कहा कि वे बच्चों की दख़ल नहीं चाहते। मुझे लगा यह हमारे अन्तरंग क्षणों के सुख के लिए है लेकिन अब लगता है कि यह सम्पत्ति का बँटवारा रोकने की चाल अधिक थी। लोला और मैं मन बहलाव का सामान भर हैं। हमारी स्वायत्तता का, निर्णयों का कोई महत्त्व नहीं है।"

"अगर आप बच्चा चाहती हैं तो अपने पति से खुलकर बात कर सकती हैं। विज्ञान ने बहुत तरक़्क़ी कर ली है।"

"नहीं, बच्चा नहीं चाहती हूँ मैं।"

वह अब असहनीय हो गई थी। बख़ूबी जानता हूँ मैं ऐसी लड़कियों को। फ़िगर ख़राब नहीं करना, ज़िम्मेदारी नहीं उठानी, कैरियर में नहीं पिछड़ना, धनलोलुप, वासना की भूखी औरतें! प्रकट में लगभग चीख उठा मैं, "फिर समस्या क्या है?"

"इस निर्णय को ख़ुद लेना चाहती थी, पर यह थोप दिया गया मुझ पर। जब केकड़ा अपने पंजे ख़ुद गिराता है तो उसे दर्द नहीं होता लेकिन जब कोई और नोंच लेता है तो वह हिंसा होती है।" उसने मेज़ पर हाथ मारते हुए कहा। उसकी मुखमुद्रा आक्रोशित हो चली। नाक में पहनी हीरे की कनी पसीने से भीग गई।

मेरी भी कमीज़ अचानक पूरी भीग चली थी। मैं निर्वाक-सा कुछ क्षण उसके आवेशित चेहरे को देखता रह गया फिर गहरी साँस ले ख़ुद को संयत किया।

"इस बात का दुख है आपको कि..."

"नहीं, दुखी क्या होना?" धूप अब मलिन हो चली थी। वह खड़ी होकर अपनी जैकेट पहन रही थी। उसे दस्ताने भी पहन लेने चाहिए थे। उसकी उँगलियों को देख लगता था कि वे ठंड से लाल पड़ रही हैं, "मैंने कहा न रिश्तों से सुख-दुख कभी जोड़ा नहीं मैंने।" वापस बैठते हुए वह मुस्कराई, उजली-सी सन्तृप्त मुस्कान, जो प्रायः भीतरी सुख से ही उमगती है।

मैं आश्चर्य से उसे देखता रह गया। नहीं यह कोई बड़ा रहस्य नहीं था मेरे लिए पर इसका ऐसा सहज स्वीकार बिरले ही कर पाते हैं

"आपको मैं स्वार्थी लग रही होऊँगी न! छोटे परिवार की महत्त्वाकांक्षी लड़की किसी अमीर लड़के को फँसानेवाली?" वह तंज़ से देर तक हँसती रही।

मैंने मौन रहकर गुनाह स्वीकार लिया। कॉलेज के बच्चे जा चुके थे। उनकी मेज़ के आसपास कुछ कौए और कबूतर नीचे गिरे हुए क्रम्म्स चुगने लगे। वह अपाहिज कुत्ता ख़ुद को घसीटता हुआ उनके पीछे जा रहा था। कॉलेज गैंग ने रुककर उसका सिर सहलाया। बाहरी ज़ख़्मों के लिए सहानुभूति सरलता से जुट जाती है। अन्दुरूनी ज़ख़्मों के रिसाव अनचीह्ने रह जाते हैं। अकेले अपनी पीड़ा से जूझते आप सामाजिकता से बेदख़ल कर दिये जाते हैं। मैंने पहली बार कोमल सान्त्वना भरी नज़रों से उसे देखा।

"आप जानते हैं, प्रचलित मान्यताओं को तोड़ते हैं तो स्वार्थी, बाग़ी,

चरित्रहीन घोषित कर दिये जाते हैं हम।" वह पुनः मुझसे मुख़ातिब थी, स्वर में शिकायत नहीं हिक़ारत लिये।

"अपने सुख की तलाश स्वार्थ नहीं होती, यात्रा होती है, ग्रोथ होती है। नये संस्कारों, ज्ञान, तौर-तरीक़ों का अर्जन करना होता है, ख़ुद को निरन्तर समृद्ध करना होता है, गतिशील रहना होता है। कूपमंडूक ढंग से स्थिर नहीं हैं तो एक सुरक्षित परिवेश उसकी नैतिकताओं, यातनाओं, बन्धनों, मान्यताओं, अपेक्षाओं के खोल में बन्द कसमसाने लगते हैं हम, अपनी मुक्ति के लिए! इस मुक्ति की प्रक्रिया दर्दनाक होती है, बड़ी धीमी भी। बहुत कुछ छूट भी जाता है। बड़ा परिश्रम कर, निष्कवच हो, अनचीह्नी, असुरक्षित दुनिया में प्रवेश करते हैं हम, बड़े दयनीय, बेहद वेध्य! इस संघर्ष को कोई नहीं देख पाता। कितनी ही दफ़ा ख़त्म हो जाते हैं, बिना किसी शोक-सन्देश, बिना किसी श्रद्धांजलि के।" वह गहरा उसाँस छोड़ती हुई पल-भर ठहरी, "अगर आघातों से बच जाते हैं तो सबकी आँखों में खटकने लगते हैं।" इस बार हँसी का निर्झर फूटा, "जानते हैं, समय के साथ फिर एक कवच बन जाता है पहले से कुछ बड़ा, लेकिन वैसा ही दमघोंटू। निर्मोही हो इसे त्यागना ही होता है। अपनी सीमाओं के विस्तार का यह अनवरत युद्ध है। अब, अब जाने क्यों इस युद्ध से ज़रा थकने लगी हूँ।" उसने रिंग फ़िंगर से अपनी कनपटी सहलाते हुए कहा।

"या हो सकता है इससे आगे विस्तार सम्भव न हो। अन्तिम लक्ष्य पर ठहराव ही पुरस्कार है।"

"लक्ष्य अनन्त है, भागने की हमारी सीमा है।" यह कहते हुए उसने अपने पैर ऊँची एड़ी के जूत्तों से बाहर निकाल लिये थे। हाथों की उँगलियों की ही तरह वह अपने पंजों को चलाकर तनाव दूर कर रही थी।

मैंने छाप करते मज़दूरों को तलाशा, वे जाने कब जा चुके थे। छाप किसी पैबन्द-सी दिख रही थी। अनाड़ी! मैंने बुदबुदाना चाहा।

"अलगाव चाहती हैं?" बिगड़ी हुई छाप से बिना नज़र हटाए मैंने पूछा।

"हरगिज़ नहीं, बस साथ थोड़ा और यांत्रिक हो गया है।"

"अतीत की आत्मीयता पुकारती है?" मैंने सबसे कमज़ोर नस पर हाथ रख दिया।

"नॉस्टेलजिया में नहीं जीती मैं। यह आत्मदंश का स्वीकृत मोहक रूप है बस।"

मैं चौंक उठा। चेहरा बेरंग हो गया। मुझे लगा वह मुझ पर तंज़ कर रही है। मेरे आर-पार देख रही है।

"किसी और से प्रेम करती हैं? करना चाहती हैं?" पूछते हुए मेरी आवाज़ काँप उठी। यह वह प्रश्न था जिससे मैं स्वयं जूझ रहा था।

"प्रेम बड़ा ओवररेटेड और आउटडेटेड शब्द नहीं लगता आपको? इस पर अब भी यक़ीन करते हैं आप? यक़ीन जानिए प्रेम एक पालतू बिल्ली से अधिक कुछ भी नहीं है।"

यह उत्तर मेरे मन माफिक न था। मैं पुनः नाख़ून पैने करने लगा। पुरुषों को फँसाकर उनका शोषण करनेवाली लड़कियों के लिए मेरी वितृष्णा अब चरम पर थी।

"तब उस अनजान पुरुष से क्या पाना चाहती हैं?" मैंने तल्ख़ी से पूछा।

"पाना कुछ नहीं चाहती, बस एक बार चूमना चाहती हूँ..." उसने एक भीगी मुस्कान दी, "...शायद तब उसे अपनी शक्ल किसी राजकुमार जैसी लगने लगे! अपनी बेचैनियों से, संशयों से मुक्ति पा सके!" कॉफ़ी के तीसरे कप में चीनी मिलाते हुए उसने कहा। उसकी आँखें अभी भी सूखी थीं, पर मेरे बाँध में दरार आ गई थी। किसी पल भी टूट जाने का भय बना हुआ था।

"चलती हूँ। शायद वह कभी न मिले पर आपसे साझा कर अच्छा लगा। घटे को स्वीकारने की ताक़त मिली।" वह अचानक खड़े होते हुए बोली।

"अपनी फ़ीस तो लेती जाइए!" मैंने चिल्लाना चाहा, पर आवाज़ घुटकर रह गई।

वह मुख्य द्वार की ओर बढ़ गई थी और मैं उस दिन में धँस गया था जब जंगल में एक नहीं दो शिकार हुए थे। अंगद के भारी शरीर के नीचे दम तोड़ता मैं निरीह ख़रगोश में बदल गया था। वैसा ही अट्टहास, वैसा ही कोलाहल था, बस मुझे कोई पीठ पर लादकर नहीं लाया था। मैं देर रात तक वहीं उस निर्जन में पड़ा रहा था। क्षोभ, क्रोध, ग्लानि के मिश्रित भाव संग, टूटे शरीर को घसीटता हुआ घर तो आ गया पर दबे पाँव भीतर रिसते नहीन सुख से आँख

चुराता, ख़ुद को धिक्कारता, ख़ुद से दूर भागता रहा। इस पीड़ा से उपजे सुख को स्वीकारने के लिए कितने ही खोलों से बाहर निकलना था मुझे, पर मैं आवरण-पर-आवरण ओढ़ता गया। इतने आवरण की मेरी पहचान मेरे लिए ही सन्दिग्ध हो उठी। मुझे स्वयं को तलाशना चाहिए था पर मैं अंगद में उलझकर रह गया। अंगद और मैं गोल चक्कर में निरन्तर दौड़ते रहे। पहले मैं उससे बचने के लिए भागा फिर उसे पकड़ने के लिए। आज भय त्याग, खुली आँखों से देख पा रहा हूँ कि इस खेल से वह जाने कब का छिटक चुका है और मैं अकेला दौड़-दौड़कर बेदम हो चुका हूँ। इस निरर्थक दौड़ में कितने ही सुन्दर पलो को दस्तक अनसुनी रह गई है।

वह गेट से ओझल हो चुकी थी। मैं अपाहिज कुत्ते को गोदी उठाकर अपनी कार की ओर बढ़ गया। आत्मीय साथ में अतीत की केंचुल छोड़ना शायद हम दोनों के लिए सरल हो जाए।

नेपथ्य से

1

मैं वहाँ खड़ा था, मेरे सामने मलबे का एक बड़ा ढेर था। स्याह पड़ गईं दरारोंवाली दीवारें लिये उदास शहर था। मैं वहाँ खड़ा था, मेरे सामने एक ख़ूबसूरत मकान था। भरा-पूरा साँस लेता मोहल्ला था। किसी सम्मोहन में बँधा मैं उसके पीछे-पीछे चलता, इस गली तक आ पहुँचा था। वैसे ही जैसे तमाम प्रतिरोधों और शंकाओं को निरस्त कर, सैलानी चले आते हैं, यहाँ के सौन्दर्य को निरखने, महसूस करने, स्मृतियों में बसाने के लिए। यह न प्रेम था, न कोई क्षणिक आकर्षण। यह एक सुखद शुचित निजी स्थायी अनुभूति थी। न झेलम के जल को छुआ, न चिनार के सूखे पत्तों के पैरों की आहट से जगाया। झेलम मेरी उपस्थिति से बेख़बर अपनी रौ में बहती रही। चिनार बेख़ुदी में झरता रहा। मैं बस इस अनुपम सौन्दर्य का मौन साक्षी। दृश्य में उपस्थित होकर भी अनुपस्थित।

क्षणभंगुरता सुनने में भी भारी शब्द है पर इससे यथार्थ में साक्षात्कार विचलित ही नहीं स्तब्ध भी करता है। अभी कोई था दृश्य में, मन में, अनुभूति में। अभी नहीं है, कहीं नहीं है। आग का एक बड़ा गोला, पर्वतों को नींव हिलाता तेज़ धमाका, दमघोंटू धुएँ का काला ग़ुबार और दृश्य बदल जाता है। वही दृश्य मेरे सामने है। पलक झपकाता हूँ। देवदारु की लकड़ी से सुसज्जित दुमंजिला सुन्दर मकान—मकान नहीं भरा-पूरा घर और किंचित बढ़ी हुई धड़कनों के साथ उसे देखता हुआ मैं। पलक झपकता हूँ। मलबे का एक बड़ा ढेर और बुत

बना मैं। घर अब यहाँ नहीं है...कहीं नहीं है। घर के कभी होने का एहसास-भर है।

2

झेलम के पानी पर हल्की बर्फ़ पड़ने लगी थी पर नदी अभी पूरी तरह जमी नहीं थी। मैं काँगड़ी तैयार कर रहा था जब अनवर भाई ने दरवाज़े की साँकल बजाई। "जल्दी चलो" कहते हुए उन्होंने जाकर बाइक स्टार्ट कर ली। मैंने खूँटी पर टँगा फिरन, पजामा-टीशर्ट के ऊपर डाला और उनके पीछे बैठ गया।

"क्या हुआ भाई जान?"

उन्होंने आदतन जवाब न देकर बाइक आगे बढ़ा दी।

पूरे इलाक़े में पैराकमांडो फ़ोर्स और हेलीकॉप्टर तैनात थे। शहर में कर्फ़्यू लग गया था जो यहाँ के बाशिन्दों के लिए कोई अचरज नहीं था। गन्तव्य पर पहुँचकर उन्होंने गाड़ी रोकी। सुरक्षाकर्मियों ने जगह को सील कर रखा था। अनवर भाई ने अपना कार्ड दिखाया और हम आगे बढ़ गए। विभिन्न चैनलों के संवाददाता रिपोर्टिंग कर रहे थे।

'कैमरामैन आशुतोष के साथ मैं प्रणव पुलवामा से' के साथ कट हुआ और प्रणव ने अनवर भाई से हाथ मिलाया।

"अस्सलामु अलैकुम! क्या ख़बर है?"

"वालेकुम अस्सलाम, अनवर भाई! ख़बर अधूरी निकली।"

'हम्म' कहते हुए अनवर भाई सिगरेट पीने लगे।

मैं फ़टी आँखों से मलबे को देख रहा हूँ। यह केवल निर्जीव मकान का मलबा नहीं है। कुछ समय पहले तक सपनों और उम्मीदों से भरे, साँस लेते, मानुष तन भी इसी मलबे में दफ़न हैं। अभी वे जीवित थे। अभी वे मृत हैं। सहायक उपनिरीक्षक सहित चार जवानों की जान गई थी। ख़बरी ने एक आतंकवादी की इस घर में छुपे होने की ख़बर दी थी। परसों देर शाम क्षेत्र में सेना और पुलिस ने संयुक्त रूप से एरिया कॉर्डन किया।

अगली सुबह तक कोई हलचल न होने पर घेरा हटाने पर विचार चल रहा था लेकिन पुलिस उपाधीक्षक आशीष ठाकुर ने ख़बरी पर पूरा भरोसा जताते हुए इन्तज़ार करने का आग्रह किया। आज सुबह मुख्य द्वार खुला और सन्दिग्ध वाहिद बाहर निकला। उसके लश्कर-ए-तैयबा से सम्पर्क की ख़बरें और सबूत पुलिस को मिले थे। लाउडस्पीकर पर अनाउंस किया गया—'चारों तरफ़ से घिर चुके हो। आत्मसमर्पण कर दो।'

उसने हाथ उठा दिये। सहायक उपनिरीक्षक दिलबाग़ सिंह और हवलदार बाबूराम उसके हाथों में ज़ंजीर डालने आगे बढ़े और घर के अन्दर से अप्रत्याशित फ़ायरिंग होने लगी। गोलियाँ दोनों का शरीर छलनी कर गईं और वाहिद वापस घर की ओर भागा लेकिन सफल न हो सका। दोनों तरफ़ से लम्बी फ़ायरिंग हुई और कई जवान घायल होने के कारण कमांडिंग अफ़सर ब्रिगेडियर आशीष ठाकुर ने वायरलेस पर घर को उड़ा देने का आदेश दे दिया।

3

मलबे में दबे शवों को निकाला जा रहा है। एक रक्तरंजित हाथ मिला है। 'D' अंकित अँगूठी उसके दिलबाग़ सिंह होने की पुष्टि कर रही है। मानवदेह की कुरूपता यहाँ अनावृत्त हुई पड़ी है। न घर की कोई एक ईंट साबुत है, न देह का कोई अंग।

"बिना डीएनए टेस्ट के इन चीथड़ों से शव बनाना सम्भव नहीं।" अनवर भाई धीरे से मेरे कान में फुसफुसाते हैं। फ़ॉरेंसिक टीम कुछ तकनीक, कुछ अनुभव और कुछ व्यावहारिक ज्ञान से पाँच परिवारों को उनका खोया हुआ प्रियजन मृत टुकड़ों में लौटाने के लिए प्रयासरत है। जिग्सॉ पजल सुलझाते हुए ऐसा अवसाद पहले कभी नहीं देखा है। उलझ तो मैं भी गया हूँ। मेरे गले में एक बड़ा गोला फँसा है। कुछ पूछना चाहता हूँ पर हिम्मत नहीं कर पा रहा। अनवर भाई ने यहाँ की धरती पर पहला क़दम रखते ही ताकीद कर दी थी कि यहाँ पहले ही बहुत विस्फोट होते हैं। लड़कपन में तुमने कोई विस्फोट किया तो गुरु हमसे सँभालने के लिए नहीं कहना। सुर तुम्हारे अच्छे हैं। गाना जँचेगा।

सुरा तुम लेते नहीं, पर यहाँ ले लेना नहीं तो हड्डियाँ जम जाएँगी। बस सुन्दरी से दूर नहीं, बहुत दूर रहना।

"अरे कहाँ रख रहा है, कलावा बँधा है हाथ में। अपनेवालों से मिलान कर।" फ़ॉरेंसिक टीम सुपरवाइज़र विजय ने चिल्लाते हुए इशारा किया। मायूस होता हुआ आगे बोला, "इस स्वर्ग में मरकर किसी को मुक्ति नहीं मिलनी। यहाँ देवता नहीं दानवों का राज है।" उसने कानों को हाथ लगाते हुए कहा। अन्य सभी अपने काम में लगे रहे। मुझे अपनी ओर देखता पा, उसने स्पष्ट किया, "देख रहे हैं न आप, किसका अंग किसकी देह लग रहा है किसे पता! कुछ जल जाएगा अंश, कुछ दफ़न हो जाएगा। कुछ यहीं छूट जाएगा।"

तीव्र वेग से एक बवंडर मेरे पेट के भीतर उठा और मुँह के रास्ते बाहर निकल गया। मेरी आँखों में समुद्र उतर आया और अशक्त पैरों ने मेरा बोझ उठाने से इनकार कर दिया।

"इतना कमज़ोर दिल लेकर पत्रकारिता करोगे मियाँ?" अनवर भाई ने एक बड़े पत्थर पर मुझे बिठाते हुए कहा।

"कोई महिला नहीं थी घर में?" रूमाल से आँखें और मुँह पोंछते हुए मैंने इतनी आहिस्ता से कहा कि अनवर भाई तो क्या मुझे भी सुनाई न दे किन्तु विजय ने सुन लिया।

"हफ़्ते-भर पहले सब बाहर चले गए थे। चार दिन पहले अकेले वाहिद के लौटने की ख़बर मिली लेकिन साथ में और साथी..."

आगे की बात व्यर्थ थी उस पल मेरे लिए। मैं जानना चाहता था कहाँ चले गए? कब लौटेंगे? कहाँ लौटेंगे? मैं वहाँ से उठकर बाइक के पास चला आया और एक पेड़ से पीठ लगाकर बैठ गया।

गहरी धुन्ध में एक हाथ मेरी ओर बढ़ा था।

"इन्हें देखा है?"

वह दाएँ हाथ में चमड़े का दस्ताना पहने था। स्वर में भय था। किसी बेहद अपने को खो देने का भय!

"कौन हैं ये?" मैंने तसवीर को इंगित करते हुए आश्चर्य से पूछा।

"मेरी माँ, बहुत कष्ट में हैं।" कहते हुए कंठ अवरुद्ध हुआ उसका। वह

रुका नहीं तलाश में आगे बढ़ गया। मैंने पुनः आँखें मूँद लीं।

"इन्हें देखा है?" मुझे लगा यह वही स्वर हो बस इस दफ़ा थकान भरा हो। एक लम्बी तलाश के बाद हताश और बेउम्मीद।

तसवीर इस बार बाएँ हाथ में थी। "आपकी माँ हैं?" मैंने आश्चर्य से पूछा।

"मुझसे छीन लिया गया है इन्हें।" वह दुख से गरजा और विपरीत दिशा में बढ़ गया।

"चलो!" अनवर भाई ने दोनों हाथों से मुझे झकझोरा।

"उन दोनों की माँ एक ही थी!" मैंने पूरे विश्वास से कहा।

"किन दोनों की?" उन्होंने प्रतिप्रश्न किया और बाइक स्टार्ट करने लगे।

4

अनवर भाई के साथ पुछल्ला-सा लगा मैं देर शाम पुलिस स्टेशन चला आया था। वहाँ का माहौल भारी था।

"तेरी अधूरी ख़बर से कितने क़ाबिल साथी खो दिये हमने।" आशीष ठाकुर की आवाज़ में दर्द घुला था।

"सच कहता हूँ साहब। वाहिद अकेला लौटा था। बाल कटाने आया था मेरे पास। ख़ुद उसने बताया था। बाक़ी लोग कब आए मुझे ख़बर नहीं।" ख़बरी हाथ जोड़ता हुआ बोला। मौत की अलगनी पर टँगा वह भय से काँप रहा था, "दिलबाग़ साहब तो हमारे माई-बाप थे। उनके लिए तो अपनी जान दे सकते थे हम।" वह फूट-फूटकर रो रहा था।

"चल जा यहाँ से। आगे से आधी ख़बर लाया तो..." आशीष ठाकुर ने दाँत पीसे।

"दिलबाग़ की पत्नी को अभी तक ख़बर नहीं दे पाए हैं। डिलीवरी है अगले महीने। बाबूराम के बेटे की नौकरी लग गई सरकारी। मिठाई का डिब्बा लेकर आया था परसों। बहुत ख़ुश था। वह उधर रखा है मेज़ पर डिब्बा। नवल और प्रकाश की साथ ज्वॉइनिंग हुई थी साथ ही..." आशीष ठाकुर ने केवल अनवर भाई से नहीं, कमरे में उपस्थित सजीव-निर्जीव प्रत्येक से इस दुख में साझेदारी

चाही। अनवर भाई नज़रें झुकाए, मेज़ पर रखा पेपरवेट घुमाते रहे। अवसाद की भारी परतें और सघन होती गईं। दम घुटने लगा। अनवर भाई विपरीत दिशा में पेपर वेट क्यों नहीं घुमाते?

5

जो बिना किसी सहारे घंटों सीधा खड़ा रह सकता था, आज चार कन्धों पर टिका था। तिरंगे से ढका, दिलबाग़ सिंह का शव घर के बाहर रख दिया गया। अधिकारी अपनी कैप उतारे खड़े थे। दरवाज़े की चौखट से टिकी गर्भवती महिला ने अपना दुप्पटा मुँह में दबाकर सिसकी को रोका और घुटनों में सिर देकर वहीं बैठ गई। सात-आठ साल की एक सहमी हुई लड़की का मलिन चेहरा महिला के कन्धे के ऊपर दिख रहा है। मैं पलक झपका भी नहीं पाता और बच्ची और महिला एकमेव हो अपनी सम्पूर्ण हताशा के साथ चीत्कार उठी हैं।

दंगा भड़कने की सम्भावना के मद्देनज़र पुलिस ने वाहिद की बॉडी उसके परिवार को नहीं सौंपी। वह घाटी का नया पोस्टर बॉय बनने की राह पर था। सौंपते तो उस आँगन में भी ऐसी ही चीत्कार उठती। अवश्य उठती। मैंने पलक झपकाई और रुदन में एक स्वर वाहिद की माँ का भी जुड़ गया।

6

है हक़ हमारा—आज़ादी
हम ले के रहेंगे—आज़ादी
हम छीन के लेंगे—आज़ादी

स्वयं को मुजाहिदीन कहनेवालों की आक्रोशित आवाज़ों को चुपचाप चीरते हुए हम उस घर के आगे रुके थे, जो बाहरी हलचल से अछूता किसी योगी-सा तटस्थता ओढ़े खड़ा था। बाईक खड़ी करके हम आगे बढ़े और दो जिज्ञासु आँखों ने हमें अपनी ज़द में ले लिया।

"अब्बा ने कहा है किसी से बात नहीं करनी।" यह स्वर तेरह साल के इरफ़ान का था।

"ज़्यादा समय नहीं लगेगा। बस कुछ सवाल। सैफ़ुल्लाह जी को बुला दो।" अनवर भाई ने मुलायमियत से कहा।

"क्या पूछना है तुम लोगों को? बेटा खोकर कैसा लग रहा है यही न? अच्छा लग रहा है बहुत अच्छा।" भीतर से एक बुज़ुर्ग स्वर बाहर चला आया था, "जवान बेटे को खोकर सब ख़ुश ही तो होते हैं, हम भी हैं।" वे दहाड़कर बोले और रो पड़े।

अनवर भाई उनके कन्धे पर हाथ रखते हुए बोले, "आपका दुख समझ सकता हूँ। मैंने भी चार साल पहले अपने छोटे भाई को खोया है।"

उनकी तनी हुई देह कुछ ढीली पड़ी। वे हमें भीतर लिवा लाए। बैठक में वाहिद की तसवीरें लगी हैं। नीली आँखों वाला एक सुदर्शन युवक।

"हर दिन पुलिस आती है। पूछताछ होती है। न काम पर जा पाता हूँ, न सो पाता हूँ। बड़े बेटे हुमैद को आर्मीवाले उठाकर ले गए। जब से वहाँ से लौटा है, एक बार भी घर नहीं आया।"

मेरी नज़र ऊपर की ओर उठ गई। दो नज़रों ने लम्स-भर समय के भटकते लम्हे को चूमा और अलग हो गईं। मैं वापस अनवर भाई और बुज़ुर्ग की बातों में शामिल हुआ।

"क्या मैं दो बेटे खो चुका हूँ?" उत्तर तलाशती पनीली निगाहें अनवर भाई के चेहरे पर टिकी हैं। चेहरे का रंग उड़ गया है।

"वाहिद इंजीनियर बनना चाहता था?" अनवर भाई उनके प्रश्न को अधर में छोड़ आगे बढ़ गए।

"इंजीनियरिंग पढ़ने भेजा था। इसकी पढ़ाई में सब कुछ लगा दिया कि घर की क़िस्मत बदलेगी। कितना समझाता था कि इन सब से दूर रहो। पढ़-लिखकर यहाँ से बाहर निकलो। नही समझा...चला गया।" उन्होंने एक आस-भरी दृष्टि से कमरे में लगी तसवीरों को देखा। शायद कोई पुकार का जवाब दे!

मेरी नज़र वापस छज्जे की ओर उठी, पर अब वहाँ कोई नहीं था। मैं भी लौट आया।

"गोली कोई भी चलाए, चाहे सरहद के इस पार से या उस पार से, शिकार हम कश्मीरी ही हो रहे हैं।" वे पुनः रो रहे हैं। भीतर से एक स्त्री रुदन उनके रुदन में मिल रहा है। इरफ़ान उनके घुटने से चिपका बैठा है। वह आहिस्ता से उठा और वाहिद के हाथ से एके 47 छीन ली। अब वाहिद के हाथ में ग्रेजुएशन की डिग्री है। कन्धों पर काला कोट है। सिर की टोपी उछालता हुआ वह हवा में उड़ गया।

7

"उन्हें अचानक खो देने की आशंका मँडराती रहती थी, पर सच हो जाएगी, यह अकल्पनीय था।" वे थके स्वर में कह रही हैं। नवजात शिशु बराबर में लेटा है। उनके चेहरे का रंग कुम्हलाए कनेर-सा है।

"दिलबाग़ जी के क्या सपने थे बच्चे के लिए?" अनवर भाई ने पूछा।

एक मुरझाई मुस्कान का हाथ थामे वे अतीत के किसी आत्मीय पल में दाख़िल हुईं। "उन्हें आर्मी ऑफ़िसर न बन पाने का बड़ा अफ़सोस रहता था। पिछले महीने उन्हें डीजीपी का कमेंडेशन मेडल मिला, तब भी बोले कि एक बच्चे को तो ज़रूर आर्मी ऑफ़िसर बनाना है।"

"आप क्या चाहती हैं?"

"तब लड़ती थी उनसे, पर अब विकल्प कहाँ बचा है!" उनकी अन्तिम इच्छा ही हमारी इच्छा है।"

"कश्मीर के नौजवानों से क्या कहना चाहेंगी?"

एक उदासी उनकी आँखों में उतर आई। "किसी से कुछ नहीं कहना चाहती। टाँके कटते ही इस जन्नत से बहुत दूर जाना चाहती हूँ। जहाँ उनकी स्मृतियों में कोई दख़ल न दे।" यह चर्चा को विराम देने का संकेत है। उनकी इच्छा का मान रखते हुए हम उन्हें उनके एकान्त को सुपुर्द कर बाहर चले आए। बाहर दिलबाग़ के अब्बा शफ़ी और छोटा भाई दिलशाद बैठे हैं। अनवर भाई हाथ मिलाते हुए साथ बैठ गए।

"370 हटने पर बड़े हंगामे का अन्देशा है।" शफ़ी ने कहा।

"सख़्त इम्तिहान ले रहा है अल्लाह। मोहल्लेवाले दबाव बना रहे हैं, विरोध प्रदर्शन में भाग लेने के लिए हमारे लिए शक का एक काँटा उधर भी धँसा है और इधर भी। कश्मीर के लिए अपनी वफा हर क़दम पर साबित करनी पड़ती है। आप अपनी माँ से मोहब्बत करते हैं इसका सुबूत किसी से क्यों माँगा जाना चाहिए भला!" दिलशाद की आक्रोशित स्वरलहरी पर मायूसी की नाव तैर गई।

अन्दर से बच्चे के रोने की आवाज़ आई और ऊँचे उठते स्वर शान्त हो चले।

"ऐसे समय में भी?" मैंने हौले से कहा।

"रंज-ओ-अलम सबके ज़ाती होते हैं, बरख़ुरदार! मैंने बेटे की अर्थी को कन्धा दिया है। ये कन्धे अब कभी सीधे नहीं होंगे। उन्हें यह नहीं दिखता। उन्हें ज़मीन दिखती है। सियासत दिखती है। मुझे वह ज़मीन दो जिसकी मिट्टी का रंग लाल न हो। जिसके सीने में किसी का बच्चा दफ़न न हो। मैं बैठूँगा उस ज़मीन पर अपने हक़ के लिए, रोज़ धरने पर बैठूँगा।" शफ़ी साहब ने कहा और मन-ही-मन अमन के हित में कोई दुआ पढ़ी। मैंने उस दुआ के रथ पर सवार हो दिलबाग़ को आते देखा। उन्होंने बच्चे को चूमा। वह खिलखिलाने लगा। कुम्हलाए कनेर पर बसन्त उतर आया।

8

वह मेरे आगे-आगे चल रही थी। मस्जिद के पास जाकर वह पलटी।

"क्या चाहते हैं?"

मैं सहमकर रुक गया। शर्मिन्दा होता हुआ बोला, "अस्सलामु अलैकुम!"

"कुछ कहना है?"

"नहीं...हाँ। ख़ुदा हाफ़िज़!" और मैं मुड़ चला।

"ठहरिए।" उसने पुकारा।

वह चल पड़ी। इस बार मैं उसके पीछे नहीं साथ चल रहा था।

हम दोनों मुख्य मार्ग से हटकर सेब के बग़ीचे के किनारे बैठे थे। वह मेरे इतने क़रीब थी कि मध्य स्थित सर्द हवा की छुअन, उसकी स्पर्शानुभूति मुझ तक पहुँचा रही थी।

"मुझे अफ़सोस है आपके भाई..." मैंने शक्ति समेट, लरज़ते स्वर में कहा।

"शहादत पर अफ़सोस नहीं, फ़ख़्र किया जाता है।" वह बीच में ही टोकती दृढ़ स्वर में बोली।

मैं अपलक उसे देखता रहा। उसके नाज़ुक तन और मीठी आवाज़ पर यह तल्ख़ी ओढ़ी हुई लगती थी।

"आप जानती थी कि वे अलगाववादियों के सम्पर्क में हैं?"

उसने जलती हुई तीक्ष्ण दृष्टि मुझ पर डाली। "अलगाव तो आप रखते हैं हम लोगों से, हमारे कश्मीर से। अपने ही घर में क़ैद कर दिया गया है हमें! हर समय आईडी साथ रखो। कभी भी पुलिस चली आएगी। सबको घर से बाहर निकालेगी और तलाशी लेगी। आपके साथ होता है ऐसा आपके घर में?"

मैं कहना चाहता था कि हम देश के दुश्मनों को घर में शरण नहीं देते, पर कहने से पहले ही सँभल गया। 'हम' कहते ही उसे पराया जो कर देता। उसके स्वर में निहित विद्रोही पीड़ा महसूस करने के लिए मेरा उसके पाले में खड़ा होना ज़रूरी था। घर के बच्चे हमसे अधिक बाहरवालों को क़रीबी पाए तो दूरियाँ मिटाने का दायित्व अभिभावकों पर...परिवार पर होगा न!

"घर तो आपका ही है। सरहद पारवाले गुमराह..."

"माफ़ कीजिए, हमारे लिए आप भी सरहद पार से ही आए हैं। दो सरहद पार के देश मिलकर हमसे हमारे भाई, हमारा सुकून, हमारी आज़ादी छीन रहे हैं।"

मैं अवाक रह गया। वह उठकर चली गई। पेड़ों पर लगे लाल सेब छिटककर दूर गिरने लगे। तनों में अनगिनत छर्रे धँस गए। आकाश पर एक विशालकाय पक्षी का डैना लहराया और अँधेरा हो गया। इस अँधेरे से डरकर मैंने आँखें खोलीं और पाया मैं अभी भी वहीं बैठा हूँ। अपने साथ की रिक्तता को तकता हुआ। पल-भर पहले वह थी। अब नहीं थी किन्तु अगले पल में उसके होने की सम्भावना बची थी। इसी सम्भवना का सिरा थामे मेरे पैर उसके घर की ओर मुड़ गए। दरवाज़े पर ही इरफ़ान मिल गया। यूनिफ़ॉर्म के लाल स्वेटर ने उसके गालों को और सुर्ख़ कर दिया था। कन्धे पर भारी बैग टँगा था।

"कहाँ जा रहे हो?" मैंने निरर्थक प्रश्न किया।

"स्कूल!"

"डर नहीं लगता?"

"किससे?"

"लड़ाई से?"

"रोज़ ही होती है।"

रोज़ आने पर मृत्यु का भी मान नहीं रहता। मैंने मन में सोचा।

"मन लगाकर पढ़ना।" कहते हुए उसके बाल सहलाए और लौटने लगा। कुछ क़दम आगे बढ़ते ही लगा कि मेरे पीछे आते क़दम विपरीत दिशा में दौड़ चले हैं। पेड़ों की लम्बी क़तारों के बीच लाल रंग की लुका-छिपी ज़हन में उतरी और कुछ झिझक के बाद मैं उसी दिशा में आगे बढ़ गया, लेकिन सँभलकर।

इरफ़ान जिस खँडहर में दाख़िल हुआ वह स्कूल हरगिज़ नहीं था। कौन होगा भीतर? हुमैद? हुमैद के साथी? हुमैद के साथ क्या वह भी होगी भीतर? मुझे लौटना चाहिए था लेकिन आख़िरी सम्भावना ने मेरे पैर पकड़ लिये। पसीने में तर मैं जड़ खड़ा रहा। लम्बे इन्तज़ार के बाद इरफ़ान उसका हाथ थामे बाहर निकला। बस्ता अब ख़ाली प्रतीत होता था। हवा के साथ उड़ते उसके गुलाबी दुपट्टे के ओझल हो जाने तक मैं वहीं खड़ा रहा।

9

डल झील के किनारे अनवर भाई की पैनी निगाहें मुझ पर टिकी थीं।

"किस चिन्ता में उलझे हो बरख़ुरदार?" उन्होंने अखरोट की गिरी मेरी ओर उछालते हुए पूछा।

वह खँडहर किसी बड़े ख़तरे का शरणगाह था या हुमैद का? इरफ़ान के बस्ते में खाना था, कपड़े या अतक हथियार? इन सबके उत्तर तलाशना जोखिम भरा तो था ही, मेरी सामर्थ्य से बाहर भी। अनवर भाई को बताना उचित निर्णय होता किन्तु गुलाबी दुपट्टे ने मेरी ज़ुबान की घेराबन्दी कर दी।

"भाई जान, झील में किसी दैत्य का रहवास है। पुकारो कश्यप मुनि को आएँ, उसे नष्ट करें।" मैंने उच्छ्वास छोड़ते हुए कहा।

शाम मैं पुनः खँडहर की ओर जाती पगडंडी पर काँपते पैरों के साथ खड़ा

था। अधिक प्रतीक्षा नहीं करनी पड़ी। इरफ़ान आता दिख गया।

"कौन से स्कूल में पढ़ते हो?"

मेरी अप्रत्याशित उपस्थिति से वह सहम गया था। कन्धे से बैग उतार कसकर पकड़ लिया।

"जाने दीजिए मुझे। भाईजान उनको नहीं मारेंगे तो वे आपा को दुबारा उठाकर ले जाएँगे।" वह घुटनों में मुँह दिये रोने लगा और मेरे पैरों तले की ज़मीन खिसक गई।

"कौन? आपा को कब लेकर गए?"

वह कुछ नहीं बोला। अपना बैग उठाया और दौड़ गया। मैं जड़वत वहीं खड़ा रह गया।

10

सुबह सूरज की आँखें खुलने से पहले ही मैं उसके घर के लिए निकल चुका था। घर की गली के बाहर एक तेज़ बाइक मुझे छूते हुए निकली। मेरी छठी इन्द्रिय ने कहा कि यह हुमैद है जो कन्धे पर बन्दूक़ टाँगे है।

मैं उसके बाहर आने की उद्विग्न प्रतीक्षा कर रहा था। सुबह का सोंधा सूरज पककर अब अंगार-सा तप उठा था। पकी हुई धूप के सायों ने घाटी पर नियंत्रण कर लिया। अघोषित कर्फ़्यू को तोड़ने का उग्र संकल्प कर मैं उसके घर के भीतर दाख़िल हुआ।

वह बैठक में ही मिल गई। प्रश्न भरी निगाहों से मुझे टटोलती हुई!

"हुमैद भाई से मिलना है।" मैंने सूखे गले से कहा।

"वे पुलिस कस्टडी में हैं।" उसने सख़्त स्वर में कहा।

उसके कथन पर जमी झूठ की मोटी परत को कुरेदते हुए मैंने तड़पकर कहा, "क्या आप हुमैद को भी खो देना चाहती हैं? हम उन्हें बचा सकते हैं।"

उसकी आँखों में लाल डोरे खिंच गए। होंठ कुछ कहने के लिए खुले लेकिन पीछे से आती 'आफ़रीन' की पुकार के साथ पुनः जुड़ गए।

"तुम भीतर जाओ आफ़रीन।" सैफ़ुल्लाह ने कमरे में दाख़िल होते हुए कहा।

वे सोफ़े पर बैठ गए। कुछ देर कमरा ख़ामोशी में डूबा रहा। उनके माथे पर पड़ी सिलवटें कुछ कम हुईं तो सिर उठाकर सधे हुए मद्धिम स्वर में बोले, "मैं बात करूँगा हुमैद से। वाहिद के कारण पूरा परिवार बिखर गया है। अगर हुमैद के समर्पण से हमारा अदब और सुकून लौटता है तो यही होगा। यही होना चाहिए।"

आशा की लहर ने मेरे भय को छुआ और मैं अनवर भाई की खोज में व्यग्र हो उठा।

11

शायद कर्फ़्यू हटा लिया गया था। प्रदर्शनकारियों की बड़ी रैली सड़कों पर थी। बीती रात मुठभेड़ में एक कॉलेज-छात्र की मृत्यु हो जाने से लोगों में आक्रोश था।

'India can not kill our spirit. Go India back, Go back. We want justice.'

इसी भाव के मिले-जुले बैनर और स्वर हवा में लहरा रहे थे। मैं इन सबके भीतर भरे आक्रोश को समझना चाहता हूँ, पर यह समय हुमैद पर केन्द्रित होने का है। मैंने अनवर भाई को तलाशा। अनवर भाई ने डीजीपी दफ़्तर का रुख़ किया। उनसे मुलाक़ात के पश्चात हमारी बाइक आफ़रीन के घर की ओर दौड़ चली थी।

अनवर भाई और सैफ़ुल्लाह के परस्पर संवाद के बीच मैं गुलाबी दुपट्टे की झलक के लिए तरसता रहा। उसे थामकर कहना चाहता था कि बस मेरे विश्वास का सिरा थाम लो। सब सँभल जाएगा। यह हमारा घर होगा, हमारा अपना! शान्त, सुखी, स्वर्ग से सुन्दर घर!

लौटने पर अनवर भाई ने मेरा नियुक्ति-पत्र दिया था। एक स्थानीय चैनल के संवाददाता के रूप में मेरा चयन हो गया था। ख़ुशियों के गुलाबी रंग गहरा रहे थे।

12

आस की चादर में लिपटी यह एक लम्बी स्वप्निल रात थी। इतनी लम्बी की सूरज की प्रतीक्षा अन्तहीन प्रतीत होती थी। रात-भर झरते बर्फ़ के नाज़ुक फूलों से द्वार और मार्ग अवरुद्ध थे। क़रीब बारह बजे अनवर भाई आए और बताया कि सूरज उगा ज़रूर है लेकिन उसका रंग मैला है। छलावे की सारंगी पर बदले की धुन छिड़ी और एक नये शोकगीत की अनुगूँज वादी में तैर गई। पुलिस उपनिरीक्षक विकास कुमार की टीम हुमैद का समर्पण कराने रवाना हुई थी जो अब कभी नहीं लौटेगी। एक ज़लज़ला फ़रेब बनकर आया और सर्द होती वादी का तापमान बढ़ा गया। हुमैद ने समर्पण नहीं किया था। हमला किया था।

'जल्दी चलो' कहते हुए अनवर भाई ने बाइक स्टार्ट कर ली। मैंने खूँटी पर टँगा फिरन, पजामा-टीशर्ट के ऊपर डाला और उनके पीछे बैठ गया। सड़कें पोस्टरों से अटी पड़ी थीं।

'वह अल्लाह है जिसने हमें ज़मीन पर भेजा है और इस्लाम से नवाज़ा है उसी ने हमें हुकुम दिया है कि हम उसका नाम दुनिया में रोशन करें और उसके नाम पर यक़ीन न करनेवालों के ख़िलाफ़ जिहाद करें।' इस तरह के जुमलों को चीरते हम तेज़ी से आगे बढ़े।

मनहूस लम्हों की जिजीविषा अकल्पनीय है। पुनर्जीवित होकर पुनः साथ है। वैसा ही मलबे का ढेर है। वैसी ही रक्तरंजित लाशों की शिनाख़्त। विजय चिल्ला रहा था, "यह किसी अपने का है।"

'यहाँ पराया कौन है?' मैंने पूछना चाहा, पर मेरी नज़र खँडहर के मलबे में से निकलते उस शव पर थी जो अब कभी खम्भे की ओट से मुझे नहीं देखेगा। पलक झपकी, एक गुलाबी दुपट्टा आँखों के सामने लहराया। पलक झपकी, शव पर सफ़ेद चादर डाल दी गई। पलक झपकी, मैं ज़रा हाथ बढ़ा उस गुलाबी डोर को थाम सकता था। पलक झपकी, जीवन की डोर टूट चुकी थी। मर्मान्तक पीड़ा से अकुलाकर मैंने आँखें मूँद लीं। ज़ख़्मी तन-मन के बावजूद वह मुस्कराती हुई मेरे पास चली आई। मैं अपलक उसे निहार रहा था। इस मुस्कान पर जीते-जी उसका हक़ नहीं था क्या?

"आइए!" उसने कहा। मैं उसके साथ-साथ चलने लगा। हम बाग़ान की ओर निकल गए। बाग़ान में लगी बड़ी स्क्रीन पर ख़बर चल रही थी—

'अभी-अभी मिली ख़बर के अनुसार हुमैद के पिता ने उसके समर्पण की इच्छा पुलिस से जताई थी किन्तु यह महज़ एक धोखा साबित हुआ...

(धोखे ने वर्तनी बदलकर स्वयं को लाचारी में ढालने का प्रयास किया।)

...समर्पण करवाने गई टीम पर हमला किया गया और पुलिस निरीक्षक सहित दो सैनिकों की शहादत हो गई...

(मृत्यु को मान की पैरहन देने से क्या उसके नेपथ्य का शोक विलुप्त हो जाता है?)

...इस अप्रत्याशित हमले में हुमैद और उसके तीन साथियों के मारे जाने की पुष्टि हुई है...

(प्रत्यक्ष को कब तक झुठलाकर हम आँकड़ों में उलझे रहेंगे?)

...हुमैद के पिता ने कहा है कि हमें कोई दुख नहीं उसके जाने का। जो देश का नहीं हुआ, वह हमारा क्या होता...

(यह सुनते ही पेड़ों ने मनुष्यों का रूप धरा और उनका सीना गर्व से भर गया। सैफ़ुल्लाह ने पीला पड़ गया एक मुरझाया पत्ता उठाया और उससे अपने आँसू पोंछते, अँधेरे में ओझल हो गया।)

कैमरामैन आशुतोष के साथ मैं प्रणव...'

"...छह अपनों की लाशों के नेपथ्य से!" मैंने बुदबुदाया और आफ़रीन का हाथ थामे इरफ़ान की तलाश में चल पड़ा। सफ़र लम्बा था। मौसम बदले। बर्फ़ पिघली और एक खिली धूप के दिन वह हमें डल झील पर अपने नये शिकारे के साथ मिला। झील के विस्तृत आँचल पर अनगिन शिकारे पूरी धज के साथ सितारों की मानिन्द झिलमिला रहे थे। मैं अपलक इस सौन्दर्य को निहारता रहा। पलक झपकते ही इसके जलनिमग्न हो जाने का भय जो था।

होलोकास्ट

सब कुछ गुपचुप तरीक़े से चल रहा था। कई विशेष कैम्प तैयार किये जा रहे थे। बस उन्हें 'ऑश्वित्ज़' नाम नहीं दिया गया था। सच तो यह है कि उन्हें कोई नाम नहीं दिया गया था या उन्हें इतने पृथक और साधारण नाम दिये गए थे कि उनमें कोई साम्य नहीं था बल्कि विरोधाभास ही था। यही कारण है कि बिलकुल हमारे सामने होने पर भी हम उनकी उपस्थिति से अनभिज्ञ रहते। ख़तरे का आभास नहीं होता। कितने ही पोर्ट्स से गन्धहीन गैस कमरों में दाख़िल होती। गन्ध रही भी हो तो उसे महसूस करने के लिए हमारी नाक बन्द थी। बन्द तो आँखें भी थीं। बन्द आँखें अधिक स्पष्ट देखतीं अगर वे दोषारोपण के लिए अतीत में और ठहराव की तलाश में भविष्य में न भटक रही होतीं। वर्तमान से वे पूर्णत: असम्पृक्त थीं। यह 19वीं शताब्दी नहीं थी। न ही यह उस देश की घटना है जहाँ यहूदी और नाज़ी रहते हैं, फिर क्या कारण था कि शिविर तैयार किये जा रहे थे? देश कोई भी हो। जाति कोई भी हो। सत्य यह है कि पलड़ा कभी सम पर नहीं रुकता। ऊँचे पलड़े को सदा नीचे वाले पलड़े से कोफ़्त होती है। उसे लगता है कि इसकी उपस्थिति के कारण ही समाज की विद्रूपता है। ऊपरवाला नीचेवाले को धिक्कारता रहता है। कमतरी का एहसास कराता रहता है। जाने-अनजाने उसका अन्त कर देना चाहता है।

यही तो हुआ था वरना क्या कोई बड़ी बात थी? नहीं, बेहद साधारण-सी बात! साधारण बातें जुड़-जुड़कर असाधारण विकरालता धारण कर लेती हैं। माँ मायके जाना चाहती थी। पिताजी नहीं चाहते थे। पिताजी ने जाने के लिए मना किया था। जाना ऐसा ज़रूरी भी न था। न कोई त्योहार न शादी। पर माँ को

जाना है तो बस जाना है। पिता ने कहा था, "तुम ज़िद्दी होती जा रही हो।" माँ ने कहा था, "तुम्हारी बन्दिशें मुझे ज़िद्दी बना रही हैं।" पिता द्वारा न जाने के पक्ष में अनेक तर्क दिये गए। इसे काल की कुटिलता ही कहा जाएगा कि अपराध माँ के सिर चढ़ाने के लिए उसने उन्हीं अन्देशों में से एक को दुर्घटना बना दिया। पिता ने कहा था, "न जाओ, रास्ते में गर्मी बहुत है छोटा सह नहीं पाएगा (छोटा पूरे रास्ते सहयात्रियों से बातें बनाता गया), बड़ा बस में उल्टी करता है (उल्टी नहीं हुई थी, जी मिचला था। बस के कारण नहीं, छोटे को मिलते प्यार के कारण), रविवार की छुट्टी पर मैं साथ चलूँगा (पिता का हर रविवार किसी-न-किसी कारण से सोमवार बन जाता था), वहाँ छत की मुँड़ेर नहीं बनी है। बच्चों के गिरने का डर है (जब माँ बच्ची थी, तबसे नहीं बनी मुँड़ेर), तुम्हारी भाभी भी आई है। तुम्हारे बच्चों को उसकी नज़र लग जाती है..." अन्तिम बात कहते हुए पिता मुस्कराए थे। यह उनकी आख़िरी मुस्कान थी। माँ ने चिढ़कर दो दिन के लिए अतिरिक्त कपड़े रख लिये थे, पर उनकी ज़रूरत न पड़ी। वे लोग अगले दिन ही लौट आए थे। बस से नहीं एम्बुलेंस से। जाते समय छोटे ने लाल निकर और सफ़ेद क़मीज़ पहनी थी। माँ ने बाल सँवारते हुए कहा था, "बबुआ!" उस समय उसने चिढ़कर अपने गेहुँए और छोटे के उज्ज्वल मुख को देखा था। लौटने पर बबुआ सफ़ेद पट्टी के ऊपर रिसते लाल ख़ून में भीगा था। दुर्भाग्य के सर्प की फुफकार ने उसका चेहरा नीलवर्ण कर दिया था। किसकी नज़र लगी थी? मामी की? बस के यात्रियों की? या उसकी?

नानी खाना परोसती हुई माँ से बोली, "तेरी पसन्द का मीठा नींबू का अचार डाला है। अभी पका नहीं, लेकिन। छत पर रखा है धूप लगाने।"

"मुझे तो कच्चा अधिक पसन्द।" कहते हुए माँ दौड़ गई थी। छोटा कब चला गया था माँ के पीछे! वह भी बिना कोई पदचाप। गेंद भी ले गया। गेंद छत पर दौड़ चली होगी। छोटा उसके पीछे। पल में गेंद और छोटा दोनों नीचे। मुँड़ेर नहीं थी न छत पर! पिता ने आगाह भी किया था। माँ ने चकित होकर पीछे मुड़, देखा था। उसके कुछ साल बाद छोटे के जन्मदिन पर माँ ने स्वयं से बात करते उसे बताया था, "छत वैसी ही निर्दोष दिख रही थी। न कोई शोक,

न कोई ग्लानि।" (पिता ने माँ से कभी क्यों नहीं पूछा था कि क्या हुआ था!)

अगले ही पल नीचे चीख़-पुकार मच गई थी। माँ ने अचार की बरनी छोड़ नीचे झाँका था। छोटे से शरीर पर बड़ों का जमघट। अनिष्ट आशंका हुई, पर उसी के नाम की पर्ची लेकर आया है दुर्भाग्य, यह न समझ सकी। नीचे आकर जब छोटे के नाम की पुकार सुनी उसका रक्तरंजित शरीर देखा तो मूर्छित होकर गिर पड़ी थी माँ। उसे मूर्छा नहीं आई थी। उसे शोक का गवाह होना था। जाने कितनी बार किस-किस ने उससे पूछा, "क्या हुआ था कैसे हुआ था!" उसे सब रट गया था। कुछ रिक्त स्थान अगर उसने अपनी कल्पना से भी भरे थे तो उनका रंग अब हक़ीक़त से भी गहरा था। छोटे को लेकर अस्पताल दौड़े थे सब। माँ को उठाकर भीतर बैठक में लिटाया था। वह माँ के सिरहाने बैठा था लेकिन किसी को दिख नहीं रहा था। उस दिन से वह अदृश्य ही रहा था। किसी ने पिता तक सूचना पहुँचाई होगी। वह बदहवास से दौड़े आए थे। माँ की आँखें खुली थीं। वह बैठी थी पर होश में थी ऐसा नहीं कहा जा सकता।

पिता ने बिलखते हुए कहा था, "कितना मना किया था! कितना समझाया था! पर तुम..." पलटकर मामा के साथ चले गए थे। माँ वैसे ही सूखी आँखें लिये बैठी रही थी, अविचल! (छोटे के पास नर्स थी, चिकित्सक थे। पिता की ज़रूरत माँ को थी। रुके क्यों नहीं थे?) पीछे नाना उसे और माँ को लेकर दूसरी गाड़ी से अस्पताल पहुँचे। एम्बुलेंस से बड़े अस्पताल ले जाया जा रहा था। एम्बुलेंस में मशीनें बोलती रहीं, लोग चुप थे। बड़े अस्पताल में ख़र्चे बड़े थे, पर परिणाम नहीं। छोटे के तन से जुड़े तार खोल दिये गए। मशीनें चुप हो गईं, लोग चीत्कार उठे। छोटा चला गया और उसके साथ ही घर का उल्लास भी। कभी उसे छोटे की याद आती। कभी उसे छोटे से ईर्ष्या होती। वह जाकर भी सबका प्रिय था। वह होकर भी उपेक्षित। माँ और पिता अलग कमरों में सोते। छोटा तन से गया था। माता-पिता एक दूजे के मन से। पिता के मन में एक विद्रोही टीस थी, माँ के मन में ग्लानियुक्त। परस्पर बात करते कभी न दिखे फिर। दोनों के मध्य सेतु बन गया वह। ऐसा सेतु जो दो किनारों से जुड़ा होने पर भी उन्हें जोड़ने में असमर्थ था। कहने को किसी के पास भी कुछ शेष कब था! कभी कोई मेहमान घर आता तो पिता कहते, "कितना मना किया

था पर..." घर उनके रुदन से भर जाता। आनेवाला दोबरा कभी नहीं लौटता।

माँ को उस दिन मानो ज़मीन निगल जाती। पिता तो क्या उसकी परछाई से भी डरती। कई सारे साये घर की दीवारों से भीतर दाख़िल होते। माँ से अलग बात करते और पिता से अलग किन्तु उन्हें एक साथ बिठाकर कभी नहीं। आता-जाता हर कोई उस पर एक दयनीय नज़र डालना न भूलता। उसका मन होता कि दोनों को हाथ पकड़कर एक साथ बिठा दे। उसके दुबले-पतले शरीर में इतनी हिम्मत कब थी! वह माता-पिता को चैम्बर में दाख़िल होते देख रहा था लेकिन ज़हरीली गैस से अनभिज्ञ था। वह माता-पिता को देख रहा था इस तथ्य से अनजान कि वह चैम्बर के बाहर से नहीं, भीतर से ही उन्हें देख रहा है। वह छत पर चला जाता। छत की मुँड़ेर पर चढ़ जाता। उससे उतरने की मिन्नतें करनेवाला कोई न दिखता। वह स्वयं उतर जाता और डूबते सूरज को देर तक देखता रहता। यह अँधेरा उसके भीतर भरता जाना था। वह कुछ ऐसा अप्रत्याशित करना चाहता था जो माँ-पिता की तन्द्रा तोड़ दे! वह चिल्लाना चाहता था। बताना चाहता था कि वह है! वह ऐसा कुछ न कर सका। जितना तूफ़ान भीतर चलता वह उतना ही अधिक शान्त दिखता। वह घर से बाहर रहने लगा। माता-पिता को उनके हाल पर छोड़ दिया। स्वयं को किताबों को सौंप दिया। पिता मार्कशीट देखकर सिर पर हाथ रख आगे बढ़ जाते। उसे लगता कभी वह रुकेंगे, उसके गालों को भी सहलाएँगे। कोमल स्पर्श उनके चेहरे से विस्थापित मुस्कान लौटा लाएगा। माँ हर सुबह सारी शील्ड साफ़ करके रखती। उसे लगता किसी दिन इस शील्ड की जगह उसे बाँहों में उठा ले, मुख चूम ले, वैसे ही जैसे छोटे का चूमा था, बबुआ कहते हुए! क्या वह चुम्बन विषसिंचित था?

12वीं की परीक्षा का परिणाम आया था। अख़बार के दफ़्तर के बाहर भीड़ लगी थी। ज़िले में प्रथम आया था वह। सहपाठी मिठाई माँग रहे थे। (दोस्त तो कोई था नहीं) परिणाम दिखाने से घर पर चुप्पी टूटेगी या उस तटस्थता को भेदने के लिए उसे अपना या किसी अन्य का जीवन लेना होगा? अख़बार कैरियर में फँसा, तेज़ साइकिल चलाता गणित के अध्यापक नारायण जी के घर चला गया था। गर्व से उनका सीना चौड़ा हो गया। बोले माथा ऊँचा कर

दिया तुमने। अपने लड़के को भेजकर बर्फ़ी का डिब्बा मँगवाया। उसे खिलाया। बर्फ़ी मुँह में रख उनके गले लग के फूट-फूटकर रोता रहा था। जाने किस विधि उन्होंने चुप कराया! आगे क्या करोगे, पूछा था। उसने कब सोचा था भविष्य का! वह भविष्य में कहीं पहुँचने के लिए नहीं चल रहा था। वह तो वर्तमान से दूरी चाहता था बस। घर पहुँचा तो वही सफ़ेद गाड़ी घर के बाहर थी। वैसा ही जमघट। मन तो सबके जले हुए थे अब माँ का तन भी 90% जल चुका था। आठ साल बाद वह फिर एम्बुलेंस में बैठा था और दो दिन बाद वैसे ही ख़ाली हाथ वह और बाबा लौट आए थे। ऐसा क्या हुआ होगा कि इतने साल बाद माँ ने यह रास्ता चुना था! वह छत पर गया। छत से पूछा, रसोई से पूछा, माचिस की तीली से पूछा। यहाँ तक कि बाबा से भी पूछा। सब वैसे ही निर्दोष दिखे। न कोई दुख, न ग्लानि! चैम्बर की दीवारें और दृढ़ हो गई थीं। क़ैदी नम्बर हाथों पर नहीं, मस्तक पर अंकित कर दिये गए। वह घर कम हॉस्टल अधिक रहने लगा।

दो साल बाद वही कर्कश स्वर फिर उनके दरवाज़े पर गूँज रहा था। डायबिटिक पिता ने जीवन की कड़वाहट से मुक्ति का मीठा मार्ग चुना था। उनके कमरे से शीतल पेय की सोलह बोतलें मिलीं जो एक दिन पहले नुक्कड़ की दुकान से लाई गई थीं। दुकानदार ने पूछा था, "पार्टी है कोई?" पिता ने मुस्कराकर कहा था, "बड़ा उत्सव है।" (पिता मुस्कराए थे, काश वह देख पाता!) घर का ताला खोल, भीतर दाख़िल हुआ। पहली बार उसे गन्ध का एहसास हुआ। मन हुआ कि छत पर जाकर मुँड़ेर लाँघ कूद जाए। कुछ पेट्रोल शायद रसोई में रखा हो। ठंडा विषैला पेय? कोई उसका हाथ पकड़ चैम्बर में धकेल रहा था। वह उल्टे पाँव भाग चला था। वह चैम्बर में दाख़िल होना नहीं चाहता था।

सर के कहने पर उसने इंजीनियरिंग की। नौकरी की। नौकरी छोड़ी क्योंकि वहाँ चैम्बर और तीव्र गति से बनते दिखते थे। नाज़ी थे जो आहत न होते थे, गर्व से भरे, उन्नत मस्तक, आत्ममुग्धता की दीप्ति से आलोकित। यहूदी थे जो कन्धे झुकाए, घर का बोझ पीठ पर लाद ऑफ़िस आते और ऑफ़िस का बोझ बैग में रख घर ले जाते। ग्लानि, दया और करुणा से भरे ऐसे गिलगिले

लोग ही समाज को कमज़ोर करते हैं। वह पहचाना जाता तो मारा जाता। अपना व्यवसाय डाला। सर ने ही शादी कराई और विजया जीवन में आई। घर इस बार सुगन्ध से भर गया। वह ध्यान रखता कि विजया की मुस्कान क्षीण न पड़ने पाए। विजया उसके कन्धे पर सिर रख घंटों बातें करती। वह बातें करते सो जाती तो वह उसकी नींद का प्रहरी बना, अविचल बैठा रहता। उसके चेहरे पर तैरते सुकून को निरखता। पहले एक फूल खिला फिर दूसरा। पुनः चैम्बर बनने लगे। मुँड़ेरें टूट गइ। हर तरफ़ आग। हर गिलास में ज़हर भरा था। घर में न कोई अचार आता, न कोल्ड ड्रिंक।

विजया को बच्चों को चूमते देखता तो उनका मुँह धुलवा देता। बार-बार घर के दरवाज़े बन्द रखने को आगाह करता। छत के दरवाज़े पर बड़ा ताला डाल दिया गया। वह रात-भर बच्चों को पानी की बाल्टी से निकालता। ट्रक के नीचे आने से बचाता। एक रात स्कूल में गोलियाँ तक चल गई थीं। अब परस्पर बात नहीं विवाद होने लगे। पृथु को बाइक चाहिए। हर दोस्त के पास है। नलिन को स्विमिंग सीखनी है। विजया बुटीक खोलना चाहती है। विजया को लगता है बच्चे ख़ुद को सँभालने लायक़ बड़े हो गए हैं। उसकी हर 'न' के बाद एक शब्द घर में प्रतिध्वनित होता रहता है—हिटलर! आज पृथु ने सामने ही कह दिया, "हिटलरशाही नहीं चलेगी। सब जा रहे हैं। मुझे भी जाना है गोआ।"

लहरें उसे बहा ले जा रही थीं। साँस उखड़ रही थी। पर पृथु नहीं देख पा रहा था। वह गुस्से में पैर पटकता चला गया था। खारा पानी उसके फेफड़ों में भर गया। वह डूबने ही वाला था जब विजया चाय लेकर आई। "जाने दो न!" उसने मनुहार की। "मना कब किया!" उसने दयनीय स्वर में कहा, "चलेंगे न सब साथ चलेंगे। कुछ महीने की व्यस्तता है फिर चलेंगे।"

"तुम्हारे साथ जाने से क्या लाभ! लहरों को तलवे तक छूने नहीं दोगे। वह दोस्तों के साथ जाना चाहता है। पैराग्लाइडिंग करना चाहता है। वॉटरस्पोर्ट करना चाहता है। तुमने बच्चों से उनका बचपना छीन लिया है। हम सबका जीवन बर्बाद कर दिया है।"

दमघोंटू गैस भरती जा रही थी। वह आगे कह रही थी, "पृथु बड़ा हो रहा है, उसे निर्णय लेने दो उसके लिए। तुम बच्चों के बाप नहीं दुश्मन..."

उसने विजया को ध्यान से देखा। उसके नैन-नक़्श जर्मन थे। वह हर शब्द के साथ हिटलर जैसी होती जा रही थी। कुटिल मुस्कान के साथ एक चैम्बर खड़ा कर रही थी। बन्द चैम्बर में घुसने से बेहतर था कि वह बिना दीवारों के चैम्बर में दम तोड़े। चाय छोड़कर उठ खड़ा हुआ। निरुद्देश्य सड़क पर घूमने लगा। क्या पृथु सच ही बड़ा हो गया है? इंजीनियरिंग के फ़ाइनल में होने से समझदारी का तमग़ा नहीं मिल जाता। अपना भला-बुरा समझता है क्या? अर्जित ज्ञान अनेक परिस्थितियों में शून्य हो जाता है क्योंकि निर्णय भावनाओं और आवेगों के वशीभूत होते हैं। उसने कहा, "निर्णय क्यों थोपते हैं आप? लेट्स डिसकस इट!" विमर्श कोई निष्कर्ष कब देता है? असहमतियाँ देता है। इसलिए ऊँचा पलड़ा चाहता है कि वह जो कहे उसका अक्षरश: पालन किया जाए। शान्ति इसी प्रकार स्थापित की जा सकती है। उसका पलड़ा झुक रहा था।

नारायण सर की याद आई। कार उनके रास्ते पर मोड़ दी थी। लम्बी बातों के बाद लौटा तो सीट पर फ़ोन की नीली लाइट चमक रही थी। विजया की 23 मिस्ड कॉल थीं। फ़ोन घरघरा उठा।

"नलिन कह रहा है कि पृथु ने साइनाइड खाया है।" विजया का कम्पित स्वर रुदन में डूबा था।

वह पत्थर हो गया। विजया चिल्ला रही थी, "प्रशान्त! जल्दी आओ! पृथु ने ज़हर खा लिया। सुनते क्यों नहीं तुम! कितना समझाया था..." आक्रोशित स्वर के स्पर्श ने उसे चेतन किया।

"एम्बुलेंस मत बुलाना। मैं आ रहा हूँ।" बदहवासी में भी उसका स्वर सख़्त हो चला। आँखें और सूखी हो गईं। कहाँ से लाता इतने आँसू? वह कार चलाकर नहीं, उड़ाकर घर पहुँचा था। घर के बाहर एम्बुलेंस खड़ी थी किन्तु उसने पृथु को उस अभिशप्त वाहन में नहीं ले जाने दिया। यह मृत्यु की ओर ले जाने का एकतरफ़ा मार्ग जानती है। जीवन में वापसी का मार्ग नहीं। अपनी कार से पृथु को पास के अस्पताल ले गए। रास्ते-भर सिसकियाँ गूँजती रहीं और उन पर तैरता रहा पृथु का स्वर, "पापा बचा लो।"

लौटे इस बार भी वे खोकर ही। वाहन बदला था, भाग्य नहीं! रिश्तेदारों से भरे कमरे में सामने नलिन बैठा था। "क्या हुआ था?"

"भैया ने कहा था, पापा को बोल, मैंने ज़हर खा लिया है। एक काग़ज़ दिया था। ज़हर का नाम और उसका एंटीडोट लिखा है।"

नलिन ने सहमकर पूछा था, "क्या तुम मर जाओगे भैया?"

पृथु ने हँसते हुए कहा था, "हट पगले बराबर में तो अस्पताल है। गैस्ट्रिक लेवाज करेगा डॉक्टर और बस इसके बाद फिर पापा हमारी सब बातें मानेंगे।" नलिन ने जेब से एक मुड़ी हुई पर्ची निकालते हुए कहा था।

विजया ने पर्ची बीच में ही छीन ली। "कितना समझाया था तुम्हें! पर..." और मुँह फेर लिया। वह दोनों हाथों से अपना मुँह ढँके है। वह उसकी काँपती पीठ को देख रहा है। नलिन एक कोने में सहमा खड़ा था, कुछ चकित भी। 'बढ़ते बच्चों को इतना भी नहीं दबाना चाहिए...' अस्फुट स्वर तेज़ होते जाते थे। चैम्बरों के पोर्ट पूरे खुल गए। घर में तेज़ी से गन्ध भरती जा रही थी। वह हवा के लिए तड़प उठा। खड़ा हुआ पर बाहर नहीं गया। नलिन को गोदी में उठा विजया के पास गया। उसके चेहरे से हाथ हटाकर उसका माथा चूमा और गले से लगा लिया। विजया का रुदन और तेज़ हो गया। वह हारे हुए स्वर में बोली, "कहाँ चला गया हमारा पृथु, प्रशान्त?" अबोध नलिन के कोमल मुख से आँसू पोंछकर विजया की गोद में दे दिया। नलिन को भींचते हुए विजया ने उसके कन्धे पर अपना सिर रख दिया। हिटलर वॉल्व बन्द करके घर से बाहर निकल गए। बरसों से बन्द रोशनदान खुल रहे थे।

अदृश्य दरवाज़े

लड़कियों की अल्हड़ हँसी बिन बुलाए अतिथियों की सूचना-दूत बन पहले ही चली आई, वे सब दनदनाती हुई पीछे आईं। गौरांगी के चेहरे पर हवाइयाँ उड़ी हैं, पर सहेलियों के चेहरे पर गर्वित हँसी से इबारत लिखी है, "जो तुम छुपाना चाहती थी देखो, वह खोज लिया हमने। अब बोलो!" अप्रसन्न होकर भी गौरांगी आपत्ति नहीं जता सकती। उसकी सहेलियों का अधिकार है उसे सुखद आश्चर्य देना।

याद नहीं कि बीते कितने वर्षों से इस घर का दरवाज़ा प्रायः बन्द रहता है। गौरांगी और पूर्णेन्दु की बात अलग है। वे दोनों समय-असमय इसी दरवाज़े से निकलकर बाहरी दुनिया की कशमकश में घूम आते हैं, फिर से अपने-अपने कमरों में अपनी दुनिया में सीमित हो जाने के लिए! लेकिन कुछ ज़िद्दी मेहमान बिना किसी निमंत्रण चले आते हैं। और आज तो एक ख़ास दिन भी है—गौरांगी का जन्मदिन! कुछ वर्ष पूर्व तक गौरांगी के हर जन्मदिवस को विशेष बनाने का दायित्व मेरा था। एक माँ बच्चों को केवल जन्म देकर प्रसन्न नहीं होती वरन बच्चों के हर पल को सुखद स्मृतियों से सराबोर कर देना भी उसे परम आनन्द देता है। लेकिन वे अभागन माँएँ क्या करें जिनकी सुख-दुख की अनुभूतियों पर ही ग्रहण लग गया हो।

लड़कियों के हर्षोल्लास से अछूती, गोथेल* की मीनार में क़ैद गौरांगी, खिड़की पर बैठी कोई शोकगीत गा रही है। उसे विश्वास है कि इस गीत में

---

* प्रचलित परी कथा की एक खलनायिका जिसने राजकुमारी रॅपंज़ेल को एक ऊँची मीनार में क़ैद करके रखा था।

निहित वेदना किसी राजकुमार को खींच लाएगी। अपने जीवन के अधूरे चित्रों को पूरा करने की कूची मन के पास होती है। जीवन में पसन्दीदा रंग भरने का अधिकार कौन-सी उम्र में मिलता है? रंगों में इतनी खींचतान क्यों है? गौरांगी एक चित्र की पृष्ठभूमि में गुलाबी रंग भरती है और आसपास सजे अन्य चित्र स्याह पड़ने लगते हैं। एक चंचल लड़की, मेरे कमरे का पर्दा खिसकाकर अन्दर झाँकती है। गौरांगी का हाथ उसे बाहर खींचता है। जामुनी दुपट्टेवाली लड़की अपने माथे पर तर्जनी घुमाकर सांकेतिक भाषा में मेरा परिचय देती है। नीले स्वेटरवाली लड़की मुँह पर उँगली रख चुप रहने का इशारा करती है।

लड़कियों की खिलखलाहट और पदचाप दूर हो रहे हैं। उनसे उपजे कम्पन से खिड़की का पर्दा और मैं दोनों काँप गए हैं। आहट के निस्वन शान्त हो गए, कम्पन निस्तेज हो गए किन्तु अनजाने भय से ग्रस्त हम काँपते रहे। जाने यह कौन-सा पेंच विधाता हम इनसानों में लगा देता है जिसके खुलने से कल्पना और यथार्थ के मध्य आवरण बनाकर खड़े सारे दरवाज़े लुप्त हो जाते हैं और खुले मैदान में हम रह जाते हैं नितान्त अकेले! यह खुला मैदान केवल बसन्त का सौन्दर्य ही नहीं पतझड़ का रुदन भी समाहित किये रहता है यहाँ रात-भर स्वप्न देख सुबह नींद नहीं खुल जाती। यहाँ स्वप्न सोते-जागते सदा साथ बने रहते हैं। रात की नीरवता में आनेवाले रेशम से कोमल स्वप्न, अनवरत चलने पर खुरदुरे हो, शरीर ज़ख़्मी करने लगते हैं।

चिकित्सक पढ़ा-लिखा वर्ग है। मनोचिकित्सक हमें देख सिर पर हाथ रख इशारे नहीं करते। वे हमारा हाथ अपने हाथों में थाम, हमारी आँखों में झाँक, हमारी आत्मा से साक्षात्कार का यथासम्भव प्रयास करते हैं। मेरे चिकित्सक ने कुछ दवाइयाँ लिखी हैं जो मुझे इन दरवाज़ों की चाबी बनाना बतलाएँगी। दवाइयों से पहले मार्जिन पर लिखा है—'शिज़ोफ्रेनिया'। अर्थात मनोविदलता अर्थात मन का टूटना! चेतन और अचेतन के बीच उपस्थित प्रत्येक दीवार का इस तरह ढह जाना कि वास्तविकता और काल्पनिकता के बीच कोई पर्दा ही न रहे, भटकन से सुरक्षा देते, हर दरवाज़े का खुल जाना! ऐसा कोई ढकाव न होने पर पता चलता है कि कुछ पर्दों का होना क्यों ज़रूरी होता है!

ऐसे में कितनी ही अजनबी आवाज़ें हमें नियंत्रित करती हैं। कितनी ही

अघटित घटनाओं के हम साक्षी बन जाते हैं। जन्म के कुछ बरसों बाद सीखे हुए ककहरे विस्मृत हो जाते हैं, हमारे बोले शब्द संसार के किसी भी शब्दकोश में नहीं मिलते। तब भला ऐसे अजनबी लोग किसी के अन्त:करण में क्योंकर प्रविष्ट कर सकते हैं? बिना संवाद क्योंकर जीने के लिए अपेक्षित स्नेह जुटा सकते हैं? जाने कौन-सी अनचिह्नी शक्ति इन अदृश्य दरवाज़ों को अपनी इच्छानुसार खोलती-बन्द करती है और जीवन-मरण इस शक्ति की दया पर निर्भर हो जाता है। चेतना, प्रेम और भावनाओं को अनुशासन और नियंत्रण के दरवाज़ों में सहज ही बाँधकर रखनेवाला तथाकथित सामान्य वर्ग, हमारा अपना, हमसे दूर होता परिवार, हमें हाशिये पर धकेलता समाज, एक विस्तृत मैदान के उजाड़ अकेलेपन को, मनों की इस टूटन को क्या कभी समझ सकता है?

जैसा कि मनोचिकित्सक कहते हैं, "ऐसा मरीज़ या तो बेहद चुप रह सकता है, अथवा अपनी भ्रान्तियों और अजीब-ओ-ग़रीब ख़यालों, आत्मभ्रम आदि को लेकर बातें करता है। ऐसे में उसके आसपास वाले कई लोग उसे यह बताने की कोशिश करने लगते हैं कि उसके अनुभव सच्चे नहीं हैं और वह सिर्फ़ उनकी कल्पनाएँ कर रहा है। यह ध्यान रखना चाहिए कि मरीज़ के लिए वह अनुभव वास्तविक और सच्चा है। उसके मतिभ्रम, आत्मभ्रम या भ्रान्तियाँ उसके लिए बेहद वास्तविक होती हैं।'

मैं पूछना चाहती हूँ ऐसा कौन है जो आत्मभ्रम में नहीं, जिसके लिए उसकी भ्रान्तियाँ सत्य नहीं! कितनी ही भ्रान्तियों को सत्य साबित करने हेतु कितने ही रिश्ते, कितने ही जीवन बिना ग्लानि लील लिये जाते हैं! क्या सबको कमरों में बन्द किया जाता है? क्या सबको शॉक दिये जाते हैं? मेरे हाथ-पैर अकड़ने लगे। दाँतों ने जीभ को कुचल देना चाहा। बिजली का आविष्कार करनेवाला कैसा आततायी था!

पसीने में नहाया शरीर, अस्पष्ट आवाज़ों के स्पर्श से कुछ चेतन हुआ। चित्रांश? चित्रांश? हर्षित आश्चर्य के विस्तृत फ़लक पर इस नाम की गूँज फैल गई। जितनी लड़कियाँ उतनी ही अनुगूँज। एक स्निग्ध लजीली मुस्कान गौरांगी के चेहरे पर चली आई होगी। मैं इन पर्दों को पार कर उस तक पहुँचना चाहती हूँ। उसे रेशमी धागों से सीढ़ी बुनते देखना चाहती हूँ। ऐसे कोमल क्षण दुर्लभ

जो हुए हमारे जीवन में। कुछ फुसफुसाहट के बाद मिश्रित हँसी की खनक से पर्दा पुनः कम्पित हो उठा। धागा टूट जाने से गौरांगी की आँखें गीली हो गईं। कहानियों में उतर प्रेम कैसा हल्का हो जाता है। गौरांगी आए तो समझाऊँ की प्रेम करो, प्रेम की चर्चा मत करो। वे सब प्रमाण माँगती होंगी। कुछ अनुभूतियों का चेहरा नहीं होता। गौरांगी की सलाई से गिरे हुए फन्दे मैंने अपनी सलाई पर चढ़ा लिये हैं। अधूरी सीढ़ी किसी मंज़िल पर नहीं पहुँचाएगी। मेरे काँपते हाथों में धागे उलझते जा रहे हैं। गौरांगी के चित्रों का रंग मेरी आँखों में उतर रहा है।

'हैप्पी बर्थडे टू यू...' स्वरलहरी पर झूमती शुभकामनाओं से घर जगमगा उठा। मैंने हौले से उसी लहर पर अपने आशीषों का एक दीया बाल दिया। 'मेनी बॉयफ्रेंडस टू यू...' के अकस्मात् झटके के साथ किसी ने डोरी खींची। जलता हुआ दीया पर्दे पर गिर गया। मैं उसे धूँ-धूँ जलते देख रही हूँ। गौरांगी पानी लेकर क्यों नहीं आती? हाथ में वाइन के दो गिलास लिये एक लड़की आँधी संग उड़ते तिनके की गति से कमरे में दाख़िल हुई और मेरी आँखों में चुभन छोड़, 'उप्स' कहती हुई तूफ़ान की गति से लौट गई। वह जलता हुआ पर्दा उस पर लिपट गया। मैंने देखा पर जाने क्यों टोका नहीं। अचानक मेरी आँखें भीग उठी हैं। यह गर्भनाल कटने की पीड़ा है। संगीत का स्वर ऊँचा होते-होते शोर में बदल गया।

पृथ्वी अपनी गति से घूम रही है। घर ठहरा है। दिन रात में और रात दिन में बदलते जाते हैं, पर यह घर न सोता है न जागता है बस ऊँघता रहता है। लड़कियाँ वापस जा रही हैं। यह लड़कियाँ भी समय से अछूती हैं। जिस उमंग के साथ आई थीं, उसी उत्साह के साथ लौट रही हैं। इस बार किसी ने कमरे में नहीं झाँका। वे जान गई हैं कि यहाँ एक नीरस वर्तमान दम तोड़ रहा है। उनका जाना मेरे लिए सुखद है। गौरांगी अब मेरे पास आएगी। वह आई भी, केक भी लाई।

"चित्रांश मिलना चाहता है। आप ध्यान रखेंगी अपना? मैं जल्द लौट आऊँगी। बाहर गार्डन में ही हैं हम लोग।" उसने शॉल मेरे कन्धों पर फैलाते हुए पूछा। मुझे उसे रोकना चाहिए था पर मैंने नहीं रोका। रोकने से चाहनाएँ उग्र हो जाती हैं।

डोरबेल बजी है। मुझे दरवाज़े पर देख पूर्णेन्दु शर्मिन्दा हो उठा।

"सॉरी, आपको परेशान होना पड़ा! जाने कैसे चाबो रखना भूल गया सुबह!"

'कैसी परेशानी?' मैं कहना चाहती हूँ।

"आज फिर आपने खाना नहीं खाया?" पूर्णेन्दु ने मेज़ पर रखे कैसरोल को खोलते हुए किंचित शिकायत-भरे लहजे में कहा।

"गौरांगी के जन्मदिन का केक...खा लिया था न!" मैंने ग्लानिमिश्रित स्वर में कहा।

"केक? दवाई नहीं खा रहीं आप?" वह ड्रॉअर खोलकर दवाइयों की गिनती करने लगा। मेरा चेहरा सफ़ेद पड़ गया। ड्रॉअर में रखी तसवीर अब उसके हाथ में है। दवाइयाँ मेज़ पर छोड़ वह आराम कुर्सी पर बैठ गया।

"आज होती तो तैंतीस साल की होती।" पूर्णेन्दु उसाँस छोड़ते हुए बोला।

"वह है। खिड़की से बाहर..." मैं कहते-कहते रुक जाती हूँ। खिड़की के बाहर अपनी पत्नी को चित्रांश की बाँहों में देख पूर्णेन्दु मायूस जो हो जाएगा।

"उस हादसे ने मुझे अकेला कर दिया।" पूर्णेन्दु हाथ में ली हुई गौरांगी और अपनी तसवीर को देखते हुए कह रहा है।

"नहीं, अकेलेपन के विद्रोह से हादसा हुआ।" मैंने हल्का विरोध दर्ज किया जो दीवारों से टकरा बिना उत्तर लिये मुझ तक लौट आया।

"साथ दो होते हैं। अकेला एक कैसे हो जाता है?" वह अपने में खोया बोला।

"साथ एक भ्रम है। जाने-अनजाने हम सब निजी एकान्त में विचर रहे हैं।"

"एक दूजे के एकान्त में बिना प्रवेश किये उन्हें कैसे मिटाया जा..." वह प्रत्युत्तर में कहते हुए ठिठक जाता है। चित्रांश और गौरांगी की हँसी पूर्णेन्दु के एकान्त में अनधिकृत प्रवेश कर रही है।

"हमें अपने एकान्त के दरवाज़े खुले रखने चाहिए।" वह तड़पकर बोला।"

"दरवाज़े खुले होते हैं, पर जाने क्यों उन्हें केवल अजनबी देख पाते हैं। अधिक समीपता दृष्टि धुँधला देती है।"

"दो अच्छे इनसानों के मध्य बना रिश्ता ख़राब कैसे हो जाता है?"

मैं चुप।

"नदी के बीच नाव थी। नाव में वह और मैं थे। वहाँ वह सब था जो उसे पसन्द था। पहाड़, पानी, हवा, पंछी...एकाएक वह उठी और नदी में उतर गई। बिना कुछ कहे, बिना मेरी ओर देखे।" पूर्णेन्दु उस दृश्य में खोया बोल रहा था। चित्र के सौन्दर्य से अभिभूत, उसकी अपूर्णता से अनजान।

"सब था पर गति नहीं थी। ठहरी हुई थी नाव।" मैंने गहरी साँस लेते हुए कहा। पतवार मिसिंग है। मैंने बताना चाहा।

उसे किनारे लाते ही मैं चिल्ला उठा था, "तुम्हें तैरना नहीं आता है। फिर क्यों?"

वह मुस्कराई और बोली, "डरो मत। मेरे पास कूँची है। मैं पंख बनाकर उड़ भी सकती हूँ।"

"एक सुन्दर, सुखद दुनिया की चाह सदा घातक क्यों सिद्ध होती है?" उत्तर की आस में मैंने नज़र पूर्णेन्दु पर टिका दी।

पूर्णेन्दु अब भी मुझे नहीं सुन रहा। उसकी दृष्टि खिड़की के पार उलझी है। उसकी दृष्टि का पीछा करते हुए मैं आलिंगनबद्ध गौरांगी और चित्रांश तक पहुँचती हूँ। वे दोनों ख़ुश हैं। उतने ही ख़ुश जितना कि डेम गोथेल की अनुपस्थिति में उन्हें होना चाहिए। डेम गोथेल को याद करते मैं पूर्णेन्दु को क्यों देखने लगी हूँ?

पूर्णेन्दु ने नज़रें झुका लीं। उसकी असहजता लक्षित करके मैं खिड़की बन्द करने आगे बढ़ती हूँ।

"आज हवा में बहुत ठंडक है। आप शॉल क्यों नहीं ओढ़ लेतीं?" वह शॉल मेरी ओर बढ़ाता है। मैं शॉल ओढ़ती हूँ और इस क्षणांश में वह बहुत दूर निकल गया है। विगत के साए उसके चेहरे पर और सघन हो उठे हैं।

"उसने पंख नहीं बनाए। कवच बना लिया। उस कवच को पहन भीतर जलती रही बाहर मुस्कराती रही। और एक दिन..." पूर्णेन्दु के लिए वह दिन इतना भारी था कि आगे के शब्द उसके बोझ तले ढह गए, "अन्त समय में, गौरांगी ने जब मेरा हाथ पकड़ा तब पहली बार मैंने उसकी आँखों में अपने लिए प्यार पाया। मैंने सोचा कि अगर प्रेम को हम तक इस अग्निपरीक्षा से

गुज़रकर ही पहुँचना था तब यह पहले ही क्यों न हो गया! उस पल मैं अपनी नज़रों में बहुत गिर गया था।"

एक गुबार उसके कंठ में अटका। उसका हाथ थामे मैंने उससे पूछा, "मुझसे प्यार करना इतना कठिन क्यों था तुम्हारे लिए?"

उसने फीकी हँसी हँसते हुए कहा, "I love you but somehow I was not happy with you."

पूर्णेन्दु रुका, भीतर उठते बवंडर को संयत करता हुआ बोला, "Does it make any sense to you?"

"प्रेम करने से अधिक प्रेम को पाना हमें तृप्त करता है न!"

"मैं करता था प्यार उसे। बहुत प्यार। आप जानती हैं! जानती हैं न?"

"वह नहीं जान सकी।" मैंने आह भरी, "क्यों?"

"काल अनुमति देता तो मैं उसकी खोई ख़ुशी उसे लौटाने का पूरा प्रयास करता।" आत्मग्लानि की नमी से उसका स्वर भीग गया। मैं अपलक उसे निहार रही हूँ। उसकी उँगलियाँ, उसके घुँघराले बालों में फँसी हैं। वह सिर झुकाए, कुहनियाँ अपने घुटनों पर टिकाए बैठा है। मेरा मन भर आया। जाने कौन से जादुई रंगों से चित्रांश, गौरांगी के सपने रँगता है! मैं उन्हें पूर्णेन्दु के लिए तलाशना चाहती हूँ। प्रेम लम्बे समय से आउट ऑफ़स्टॉक है। कूँची भले ही कम हों, रंगों को सीमित नहीं होना चाहिए।

"स्वयं को दोष मत दो। वह ख़ुश है। बहुत ख़ुश।" मैंने खिड़की की झिरी से झाँकते हुए, आहिस्ता से कहा।

"उसे पाने की ज़िद में हम सबने उसे खो दिया।" वह आँखों पर हाथ रखे सम्भवत: रो रहा है।

तुम उसकी उपस्थिति को कब तक नकारोगे? मैंने पूछना चाहा पर रुक गई। जो अप्राप्य है उसकी उपस्थिति की स्वीकार्यता अधिक दुखदायी होगी। मैं पुन: खिड़की के बाहर देख रही हूँ। चित्रांश जा रहा है। सड़क पर पहुँच वह मुड़ता है और गौरांगी को देख हाथ हिलाता है। आँखें प्रेम से भरी, चेहरे पर मीठी मुस्कान! गौरांगी की पीठ मेरी ओर है पर उसका ऊँचा उठा हाथ मैं देख पा रही हूँ। जिस अलविदा में पुनर्मिलन का सहज विश्वास हो, वहाँ विकलता

नहीं होती। अनऋतु ही बसन्त मुस्काता है। गौरांगी मुड़ती है और अब पुलकित मन से गुनगुनाती हुई लौट रही है। चेहरे पर तृप्त मुस्कान लिये!

बेध्यानी में गौरांगी लड़खड़ाई है। ठोकर लगी। 'ध्यान से' में कराह उठी। उसे लगता है अपने दर्द उजागर न करके हम उन्हें जीत लेते हैं। वह नहीं समझती कि अनकहे दर्द की धधक पल में हमें भस्म कर सकती है। दरवाज़े के पास पहुँच गौरांगी पीछे मुड़कर देख रही है लेकिन चित्रांश जा चुका है। ख़ुशियों को कठिन तप करना चाहिए। अजर-अमर होने का वरदान लेकर हमारे जीवन में उतरना चाहिए। ठोकर की पीड़ा अब उसके चेहरे पर स्पष्ट दिख रही है। उसे जल्द भीतर आकर अपनी चोट पर मलहम लगवाना चाहिए।

"दरवाज़ा खुला छोड़ा था या बन्द कर दिया था?" मैं पलटकर पूर्णेन्दु से पूछती हूँ किन्तु वह वहाँ नहीं है। आराम कुर्सी भी नहीं है। मैं सहम जाती हूँ। मुझे दवाई खानी चाहिए। दवाई मेज़ पर नहीं है। ड्रॉअर के भीतर है। गौरांगी और पूर्णेन्दु की तसवीर कहाँ गई?

गौरांगी बेल बजा रही है पर मैं दरवाज़ा खोलने की हिम्मत नहीं जुटा पा रही। दवाई मेरे हाथ में है पर मैं खाने से डरती हूँ। ये दवाइयाँ गौरांगी और पूर्णेन्दु को मेरे जीवन में लाई हैं या ये दवाइयाँ उन्हें मुझसे छीन ले जाएँगी? मैं उन्हें खोना नहीं चाहती। मेरे चित्रों के कई अंश इन दिनों गुम हो गए हैं। मलहम की ट्यूब हाथ में लिये मैं सहमे क़दमों से दरवाज़े की ओर बढ़ रही हूँ।

दरवाज़ा अचानक खुल गया है। सामने सफ़ेद रंग की पोशाक, पिनाफोर और टोपी में डेम गोथेल हाथ में दवाइयों की ट्रे पकड़े खड़ी है। वह मेरी ओर बढ़ रही है। उसका एक हाथ मेरे कन्धे पर है।

"नींद नहीं आई?" उसकी आवाज़ का मीठापन ज़हरीला है।

मैं खिड़की में लगे काँच में अपना प्रतिबिम्ब देख रही हूँ। क्या मेरी शक़्ल गौरांगी से मिलती है? मैं अपना चेहरा तलाश रही हूँ। किसी अदृश्य दरवाज़े से प्रवेश कर गौरांगी बिस्तर पर आ बैठी है। वह होंटों पर उँगली रखकर, गोथेल को कुछ न बताने का इशारा कर रही है। मुझे उसकी बात माननी होगी।

पूँछ पर पंख

बहुत दिनों से उसे रीढ़ की हड्डी के दोनों ओर समानान्तर रेखाएँ रेंगती महसूस होती थीं। अब लगता है इन पिच्छकों से पिच्छिकाएँ भी निकल आई हैं। यह अकस्मात् नहीं हुआ। पहले उसकी चमड़ी मोटी हुई फिर उड़ने की चाह का अंकुरक निकला। तत्पश्चात इस अंकुरक की आन्तरिक संरचना में तेज़ी से विस्तार हुआ और इन दिनों उसका उड़ सकने का विश्वास पुख़्ता हो चला था। उसे लगता कि किसी पहाड़ी से छलाँग लगा देने पर वह पंछियों-सा हवा में तैरने लगेगा या तेज़ गति से चलते हुए अचानक पंख खुल जाने से वह हवा में उठ जाएगा। वह पीठ पर हाथ फेरकर उन उभारों को अनुभव करना चाहता किन्तु असफल होने पर झल्ला उठता।

छाजू हजाम के उस्तरे की क़ैद से मुक्त होते ही वह अँगोछे से मुँह पोंछता कुर्सी से उठ खड़ा हुआ। बंडी उठाकर शीशे में उखड़ी पीठ देखने लगा। यही वह समय था जब लोकेन्द्र भीतर आया था।

"कुत्ते की तरह पूँछ पकड़ते, गोल-गोल क्यों घूम रहे हो कुँवर?"

"तुम ससुरे...देखो तो कोई उभार है क्या?" वह पहले चौंका फिर उसके क़रीब आकर फुसफसाया।

"कैसा उभार?"

"पंखों का?"

"पंखों का? बौरिया गए हो क्या? पूँछ का उभार है। वही पूँछ जो तुम सन्तरी-मन्तरी सबके आगे हिलाते घूमते हो। कहो तो फ़ोटो लेकर दिखा दूँ।" लोकेन्द्र और छाजू का ठहाका गूँज उठा।

कुँवर का चेहरा सफ़ेद पड़ गया। "क्या बकते हो?" उसने साफ़े से पसीना पोंछते हुए कहा। मुँहफट लोकेन्द्र कुँवर को कभी नहीं भाया है। स्कूली दिनों से ही उसका बैर रहा है। उसे चूँटिया लेने की बुरी आदत जो है। वह अपनी साइकिल उठाकर निकल आया। इन गँवारों के मुँह लगने का कोई लाभ नहीं। घर आकर उसने शीशा निहारा। उसे इस राज़ को राज़ रखना होगा। उसे बस अपनी पहली उड़ान की प्रतीक्षा थी। एक बार दाँव लग जाए तब इस उजबक से पानी भरवा देगा।

टीवी पर उसके आराध्य का प्रवचन चालू था। वह सुन नहीं रहा था, देख रहा था। उसकी भावभंगिमा, चेहरे की लुनाई, देह की अकड़, उच्चता का सजग-बोध! जब से उसके अदृश्य पंख उगे हैं उसकी चमत्कारी शक्तियाँ बढ़ती जा रही हैं। अदृश्य पंखोंवाले अपने जात भाइयों को वह तुरन्त पहचान लेता है। वे कितनी ही चालाकी बरतें, कितने ही मुखौटे लगा लें, पर वह उनकी नीयत ताड़ जाता है। सब क़िस्मत के खेल हैं। क़िस्मत साथ दे तो वह टीवी के बाहर नहीं भीतर हो सकता है। पत्ते सब उसके हाथ में हैं एक सही दाँव का इन्तज़ार है। आराध्य के आज़माए मार्ग से ही वह देवत्व की सीड़ियाँ चढ़ेगा। सीढ़ियाँ चढ़ते-चढ़ते वह आराध्य के समकक्ष जा खड़ा हुआ। अब टीवी से आराध्य ग़ायब हो गया। कुँवर भाषण दे रहा था। जनता लहालोट हो रही थी। उसका सीना फूल गया। मूँछों पर ताव देता वह अर्थपूर्ण ढंग से मुस्कराया।

"भाइयो और बहनो! देश-भर में शहर का नाम होगा। मकराना के पत्थर से बनेगी शहर में सबसे ऊँची देव-प्रतिमा।" उसने विशेष अन्दाज़ में शब्दों को चबा-चबाकर उगला। उत्साहित भीड़ तालियाँ बजाने लगी।

भीड़ से एक साया आगे बढ़ा। वह सकपका गया। चेहरे पर हवाइयाँ उड़ने लगीं। लोकेन्द्र सुरक्षाकर्मियों का घेरा पार करता माइक तक आ पहुँचा।

"कौन से देव की प्रतिमा?"

"सबसे बड़े देवता की।" वह अकड़ा। भीड़ का सामूहिक आवेग उसके भीतर उफान भर रहा था।

"पहाड़ीवाले?"

"हम्म!" उसे यह हस्तक्षेप अखर रहा था।

"वहाँ रह तो रहा है कुशलता से...हर दिन सत्संग के बीच। एक और की क्या ज़रूरत है? सच्चे देव महलों में नहीं रहते। कैलाश पर्वत पर बसेरा है, वहीं चिलम और भभूत में मस्त भोले भंडारी।"

"नहीं, जिनका पूरी दुनिया पर राज है।" कुँवर झल्लाता हुआ बोला।

"दुनिया हो या चिड़िया हो सब राम जी के हैं।"

"वही समझो।"

"वे भी वनवासी थे। जंगल-जंगल घूमते थे।"

"तब वे समझो जिन्होंने कंस को मारा था।"

"कृष्ण?"

"हाँ वही।" कुँवर खीझ चुका था। बात रौ में कही गई थी विचार करके कही होती तो पूरी रूपरेखा दिमाग़ में होती। उसे अपने उतावलेपन पर अफ़सोस हुआ।

"वह भी गैया चराते, नदी किनारे मोर और हिरणों को बाँसुरी सुनाते थे।"

"स्याला तुमसे मुँहज़ोरी करा लो बस!" उसने माइक पर हाथ रखते हुए आँखें तरेरीं, "क्या प्रतिमा के हाथ पर नाम गोदवाना है या नाम की पट्टी गले में डालनी है? जैसा बताया जाए वैसा तराश देना। कृष्ण घूमे होंगे यमुना तीरे, उनके वंशज तो यहीं रहे, इसी पत्थर नगरी में, इन्हीं महलों में।" उसने दाँत पीसते हुए कहा।

"पर वेशभूषा नैन-नक़्श का क्या?" हाथ में धनुष होगा कि गले में सर्प होगा? देवता की पहचान क्या होगी?" लोकेन्द्र तिर्यक मुस्कान संग बोला।

"नैन-नक़्श मेरे जैसा और वेशभूषा देवदूत की। स्वर्गलोक से उतरे फ़रिश्ते जैसी। क्या समझे!" उसने काला चश्मा आँखों पर चढ़ाते हुए मूँछें ऐंठी और जनता की ओर अभिवादन में हाथ हिलाता हुआ आगे बढ़ गया। भीड़ ने उसे फूल-मालाओं से लाद दिया। गोद में उठा लिया।

अब माइक लोकेन्द्र के हाथ में था। "उन मौतों का हिसाब माँगिए जो आपके घरों में हुई हैं। मौत जिसने किसी एक को नहीं पूरे गाँव को चुन लिया, गाँव को मरघट में तब्दील कर दिया है। वोट देने जाएँ तो विधवाओं की सूनी माँगों की पगडंडियों से गुज़रते हुए जाइए। उस धूल पर प्रश्न उठाइए जिसने

पूरे गाँव का भविष्य मटमैला कर दिया है। जिसने हमारी साँसों पर क़ब्ज़ा कर लिया है। हमारे भीतर उसके नुकीले नाख़ून गड़ गए हैं। उन ख़ून के रिश्तों को याद कीजिए जो ख़ून उलटने दुनिया छोड़ गए। घर में बैठे टाबराँ को देखिए जो बाप के साथ उकड़ूँ बैठ कटाई के गुर सीखते यह जानते तक नहीं कि वे अपनी मौत की राह ख़ुद बनाना सीख रहे हैं..." उत्तेजना में बोलता हुआ लोकेन्द्र हाँफने लगा था।

भीड़ का उन्माद शान्त हो गया। सफ़ेद कपड़ों में रोती-बिलखती भीड़ विपरीत दिशा में भाग चली। वह धम्म से नीचे गिरा। आँखें खुल गईं। टीवी पर अब भी आराध्य का प्रवचन चल रहा था। पसीना पोंछते हुए उसने टीवी बन्द कर दिया।

लोकेन्द्र का भय उसके मस्तिष्क को जकड़ रहा है। मुश्किल से उगे पंख कहीं वह कुतर न दे। भय से पसीने की बूँदें ललाट पर चू गईं। वह अपने प्राण दे सकता है पर पंख नहीं। ऐसा पहली बार नहीं हुआ था। पिछली सरकार में भी चुनावी दौरे से पहले उसकी रीढ़ की हड्डी तरंगित हो कुलबुलाने लगी थी। कुछ धूसर नन्हे पंख उगे भी थे किन्तु जब तक वह इनका महत्त्व समझ पाता सरकार पलट गई। उन पंखों का निर्मोचन अवश्य हो गया था किन्तु इस बीच उसने अपना काइयाँपन ख़ूब तराश लिया है। जोड़-जुगाड़ कर खदानें ले ली हैं। हाइवे निकलने से उसकी बाँझड़ ज़मीनों ने भी बड़ा मुनाफ़ा दिया है। उसे लगता है नियति उसे शीर्ष पर पहुँचाने के लिए स्वयं राह बना रही है। साँप-सीढ़ी के खेल में कोई साँप उसकी गोटी नहीं निगल पाता। सीढ़ियाँ चढ़ता हुआ वह तेज़ी से ऊपर चढ़ आया है और अब बस एक सही नम्बर के इन्तज़ार में जीत रुकी है। धुकधुकी हर पल बनी रहती है। उसके पंख पूर्ण विकसित होते ही वह पासा नहीं फेंकेगा, उड़कर ही मंज़िल पर पहुँच जाएगा। मंज़िल पर पहुँचने का एक सूत्र यह स्वप्न उसे दे गया था। उसने महसूस किया कि उसके पंख शनैः-शनैः चमकदार हो रहे हैं।

पंखों की कल्पना में खोया पहले वह उन्हें कभी नीला, कभी हरा, कभी केसरिया रँगता रहा था फिर उसने जाना कि बहुरंगा होना होगा और यह भी की सर्वाइवल के लिए अनुकूलता सबसे ज़रूरी है। जिस रंग की सत्ता हो गिरगिट

की तरह उसी रंग में रँग जाने का हुनर। उहुँ...गिरगिट तो सुगला है। उसे मोर बनना है। लुभावना, चित्ताकर्षक! लेकिन मोर ऊँचा कब उड़ पाता है? ऊँचा तो बाज उड़ता है। अरे कुँवर तुम गधे-के-गधे ही रहोगे! उसने लजाते हुए अपने माथे पर हाथ मारा। देवता के अवगुण कब दिखते हैं गुण-ही-गुण दिखते हैं और यहाँ तो तराश उसके हाथ है। वह सब उत्तम चयन करेगा।

विचलित करते स्वप्नों का कोई ओर-छोर नहीं। क्रन्दन करती भीड़ का आर्तनाद भीतर पैठ उसे भी बैचैन किये है। इन दिनों वह मारा-मारा फिरता है, एक झुनझुने की तलाश में। झुनझुना बजाकर बालक, बूढ़े सबको बहलाया जा सकता है। ऐसी ही तलाश में सरकारी दफ़्तर के बाहर सुरेन्द्र से टकरा गया था वह। कुँवर ने कई दिन की भाग-दौड़ और अफ़सरों की मिज़ाजपुर्सी करके काग़ज़ तैयार करवाए थे। सुरेन्द्र ने झुककर पाँव पड़े तो उसे लगा लोकेन्द्र ही क़दमों में आ गिरा है। उसकी पीठ पर सवार हो अब वह ऊँचा उड़ सकता है।

वह गर्दन ऊँची कर सुरेन्द्र के साथ उदय सिंह से मिलने घर गया था।

"ले रख ले काग़ज़। मिठाई बाँट, कमीशन-कमुशन काटकर पूरे दो लाख मिलेंगे।"

उदय सिंह ने काँपते हाथों को जोड़ दिया।

"पैर काटकर बैसाखी पकड़ा रहे हो कुँवर। मैयत में मिठाई बँटवा रहे हो।" लोकेन्द्र ताली बजाते हुए ओबरे से बाहर निकला।

"तो न लें? थोड़ी-बहुत जो ज़मीन बची है वह भी बेच दें? जिनके बीमारी नहीं वे तो लाखों हड़प लिये सरकार से।" सुरेन्द्र ने तल्ख़ी से कहा।

सुरेन्द्र को मोर्चा सँभालते देख उसे ख़ुशी हुई।

"बाप चाहिए या पैसा?" लोकेन्द्र का स्वर उसके स्वभाव के विपरीत नर्म हो उठा।

"बाप को बचाने के लिए पैसा चाहिए। 700 रुपये रोज़ का हवा का सिलिंडर आ रहा है। 500 की दवाइयाँ हैं।" सुरेन्द्र के स्वर में तल्ख़ी थी।

"बाप नहीं, बेटे का भी मरना तय है।" लोकेन्द्र ने सुलगते हुए कहा।

"मर जा कमीन। जन्म का मुँह-झौंसा है। जो मुँह खोलेगा बुरा ही बोलेगा!"

सुगना लुगड़ी से हाथ पोंछते हुए चिल्लाई। "ग़रीबों का हक़ मारकर क्या मिलेगा हरामियों को!" गाडूलौ चताते पोते हरषु की नज़र उतारती हुई बड़बड़ा रही थी सुगना।

"कितनी ही नज़र उतर लो माई। धूल से किसी को बचा नहीं पाओगी। और तुम..." वह कुँवर की ओर झपटा, "जाकर कह क्यों नहीं देते अपने देवता से! सच में फ़िक्र है तो फ़िल्टर वाले मास्क दे, पानी वाली मशीनें दे, धूल सोखने की मशीनें दे। बढ़ी हुई दिहाड़ी दे। साला, मक्कार बहुरूपिया, सत्ता का दलाल बना घूमता है।" बात-ही-बात में उखड़ पड़ना इन दिनों लोकेन्द्र का स्वभाव बन गया है।

सुगना ने जवाब नहीं दिया। वह बींद की बाँह पर ताँती बाँधने लगी। लोकेन्द्र इस टोटके को लक्षित करके खिन्न मुस्कराहट के साथ दूसरी ओर देखने लगा।

"कोरोना में कितनों ने लगाया था मास्क? साँस घुटने लगती थी सबकी।" कुँवर ने याद दिलाया।

लोकेन्द्र को चुप खड़ा देख कुँवर की हिम्मत बँध गई। वह आगे बोला, "कितना कुछ तो कर रही है सरकार। मुफ़्त जाँचे, दवाइयाँ। सुनते हैं बीपीएल कार्ड भी बनेगा। राशन मुफ़्त।" कुँवर की आँखों में चमक कौंध गई।

"ऊँटनी के...दिमाग़ से कतई पैदल है का? सरकार यह कर रही है, प्रशासन वह कर रहा। सब मान ली तेरी बात। लेकिन भाई मेरे, उस धूल का क्या जिससे बीमारी हो रही है! बिना नये औज़ारों के उससे बचा सकता है क्या? बसेसर टीबी की दवा खाता रहा। जब मरने को हो गया तब पता चला कि पत्थर की बीमारी है उसे। वही तेरी सरकार कर रही है। बीमारी कोई और है इलाज कोई और चल रहा है। धूल ख़त्म करे। अनाज हम ख़ुद ख़रीद लेंगे, उगा लेंगे।"

"धूल कैसे ख़त्म हो सकती है? पीढ़ियाँ निकल गईं इसी धूल को निगलते। इसी धूल से हम बने हैं, हमारा चूल्हा जलता है।"

"कैसे ख़त्म हो सकती है यही तो सरकार को सोचना है।"

"ठठैरे री मिन्नी खड़्के सूँ थोड़ाइं डरै! धूल से डरकर पुरखों की ज़मीन, हाथ का हुनर छोड़ दें क्या?" कुँवर ने आश्चर्य जताया।

"बन्द करो यह लड़ना-झगड़ना। यह बताओ कि क्या कहा डॉक्टर ने?" सुगना भरतार की चिन्ता में बड़बड़ाई।

कुँवर को बात बदलने का अवसर मिल गया। बोला, "डॉक्टर कह रहा था कि एक तो डाकिन ऊपर से जरख पे चढ़ी। पत्थर की बीमारी तो है ही साथ ही साथ तपेदिक भी एक फेफड़ा खा चुकी है, पर तुम चिन्ता मत करो चाची। मैं हूँ न। सब दवाइयाँ मुफ़्त दिलाऊँगा।"

"अबे भूतनी के..." लोकेन्द्र ने पैर की जूती खींचकर मारी, "मुफ़्त की मौत, मुफ़्त का जीवन मत बाँट। सच में गाँव की चिन्ता है तो दूसरा काम दिला। दूसरा घर दिला। किसी दूसरे शहर हमें बसा जहाँ हम बलुआ बुत नहीं जन-मानस जैसे दिखें।"

वह अपनी साइकिल उठाकर चला आया जबकि उसकी मंशा सुगना के हाथ की बनी थूली, ताज़ी झगौ के साथ सुड़पने की थी। उसका मानना भी था—अहारे ब्योहारे लज्जा न कारे।

समय के साथ लोकेन्द्र का मुँह बड़ा होने लगा है। देखते-ही-देखते वह नाग में बदल जाएगा। उसे समूचा निगल जाएगा। गाँव में बाहरी लोगों की आमद बढ़ रही है। उस रिटायर्ड प्रोफ़ेसर का असर लोकेन्द्र पर बढ़ता जाता है। अफ़सर की उसे अधिक चिन्ता नहीं है। समाज-सेवा का मौसमी बुख़ार चढ़ता है बड़े लोगों को। आज इधर, कल उधर निकल जाएगा। आख़िर पूरे देश के दुखियारे उन्हीं की आस में हैं। छोटे-बड़े अख़बारों में दाँत चिरयाते फ़ोटो आ जाएँगी। इनाम पाकर महान बन जाएगा लेकिन लोकेन्द्र को नहीं साधा तो दिक़्क़त में पड़ सकता है वह। दावणा बन पैरों में लिपट गया तो वह घिसटता रह जाएगा। इसके तोते की जान अपनी मुट्ठी में करनी होगी। चुनावों से पहले ही उसकी बहन मीनू से ब्याह रचाना होगा। अब वह आते-जाते मीनू को अर्थपूर्ण मुस्कान देने लगा। वह भी कनखियों से उसे देखती। कभी अकेली मिल जाती तो झुमका-पायल पकड़ा देता। उसे रिझाने के लिए अपने सजावटी रंगीन पंखों की झलक दिखा देता। यहाँ तक कि दो घड़ी रुक सुगना से भी घर के दुख-दर्द पूछना नहीं भूलता। सुरेन्द्र तो हमप्याला, हमनिवाला बन ही चुका था।

उसकी आशंका निर्मूल नहीं सिद्ध हुई। सुगना के मुँह से कुँवर और मीनू की ब्याह की बात सुन लोकेन्द्र भड़क गया था, "उस बेढंगे, बावनो से... बावरी हो गई है का? बाक़ी लड़के मर गए हैं का! फिर इस गाँव में शादी करके उसका दुर्भाग्य गढ़ना ही क्यों है? विधवाओं का गाँव बन चुका है यह। भला चाहती है तो कहीं बाहर भेज इसे, जहाँ हवा में सिलिका न घुला हो।" अन्त तक लोकेन्द्र आवेश तज मिन्नत करने लगा था, "प्रोफ़ेसर कहता है कि बचाव ही एकमात्र उपचार है सिलिकोसिस का। समझ इस बात को माई!"

"आग लगे तेरी ज़ुबान में। कभी कुछ अच्छा क्यों नहीं बोलता दलिद्दर! बाहर गाँव कौन यहाँ रिश्ते बनाने को तैयार बैठा है!" सुगना अपशगुनी से काँप उठी थी।

परिवार के दबाव और मीनू के कुँवर के प्रति झुकाव ने लोकेन्द्र को चुप करा दिया था लेकिन उसने मीनू से कुलदेवता के सामने यह कहलवा लिया था कि वह पहले अपनी परीक्षा देगी और शादी के बाद जयपुर शहर जाकर आगे की पढ़ाई पूरी करने के बाद ही घर-परिवार बढ़ाएगी।

जिस घर में ओझणौ जोड़ा जा रहा था। धुलियाभात के पकवान विचारे जा रहे थे। पटरंगणा के समय की हँसी-ठिठौली के सपने देखे जा रहे थे। वहाँ साद पसरा था। खदान ढहे पीछे का यह तीसरा दिन था। सुगना सहित गाँव की दो बैय्यर (औरतें) और चार मिनख (पुरुषों) के दबे होने की आशंका थी। प्रशासन मज़दूरों का शव निकालने के लिए कोशिश कर रहा है घटना की जानकारी मिलते ही घटनास्थल पर पुलिस प्रशासन और खदान विभाग की टीम पहुँच गई। टीम ने राहत एवं बचाव अभियान तत्काल शुरू कर दिया। ऐसा बताया जा रहा था जबकि सत्य यह है कि हादसे के बाद मची अफ़रा-तफ़री में सबको अपनी जान की फ़िक्र थी। कुँवर ने पहुँचकर मदद के लिए पहला फ़ोन किया था। वह उस दिन पार्टी अध्यक्ष गिरधारी से मिलता हुआ खदान देर से पहुँचा था। गिरधारी ने दो घंटे भरी धूप में इन्तज़ार कराया था तब वह कुढ़ रहा था। कल्पनाओं में गिरधारी से अपने चमचमाते जूतों के फीते बँधवा रहा था लेकिन

अब वह जाकर गिरधारी के पैरों में माथा रख कहना चाहता था, "शुक्रिया हुकुम, मेरी जान बचाने के लिए!"

चुनाव से पहले यह हादसा उसके लिए घणा बखेड़ा खड़ा कर सकता है। शुक्र है कि पट्टा गिरधारी के नाम पर है। मुनाफ़े के नौ हिस्से भी वही लेता है, पर वह ऊँटनी का जाया ख़ुद को बचाने के लिए उसे फँसवा सकता है। हर क़ीमत पर उसे इस ख़बर को दबवाना होगा।

शव गाँव पहुँच चुके थे। गाँववालों में रोष बढ़ता जाता था। स्त्रियों के रुदन आकाश भेद रहे थे। मात्र लोकेन्द्र बबूल के नीचे बैठा इत्मीनान से हुक्का फूँक रहा था।

"प्रशासन अवैध खनन रोकने के लिए कुछ करता क्यों नहीं?" सुरेन्द्र सिसकता हुआ बोला।

"बम का न कोई खानदान होता है न माँ-बाप। मौत वैध-अवैध नहीं होती। नित नये यतीम बनाना ही उसका धर्म है।" लोकेन्द्र ने अँगड़ाई लेते हुए अलसाए स्वर में कहा।

इस शोक घड़ी में लोकेन्द्र का सन्ताप से अछूता रहना सुरेन्द्र को पहले ही कुढ़ा रहा था। निश्चिन्तता से कहे गए उसके इस जुमले ने सुरेन्द्र के सिर पर ख़ून सवार कर दिया। वह खपरैल से डांडी खींच भाई की ओर झपटा। कुँवर और अन्य लोगों ने मिलकर उसे पकड़ लिया। दोनों भाई गिरी हुई छाजन को जलती आँखों से देखते रहे और फिर गले लगकर बिलख उठे।

इन दिनों खदान जाने में वह हिचकिचाता। उसे लगता उसके जाते ही ब्लास्ट हो जाएगा और उसके परखच्चे उड़ जाएँगे। उसका टुकड़ा-टुकड़ा मांस गिद्धों की फ़ौज आकर नोंच खाएगी।

रात रुनझुन-रुनझुन की आवाज़ से उसकी तन्द्रा भंग हुई थी। टटोलकर देखा। मीनू बिस्तर पर नहीं थी। आवाज़ का पीछा करता हुआ वह छत पर गया। पुकारा, "कौन? मीनू?"

"नहीं, मृत्यु।" वह भयग्रस्त फटी हुई आँखों से उसे देखता रह गया।

"ऐसे क्यों देखते हो? मैं तो सदा यहीं रहती हूँ, तुम्हारे द्वार पर। कहीं

भी जाते हो मैं साथ होती हूँ। कभी एहसास नहीं हुआ तुम्हें?" वह उपहास उड़ाती हुई खिलखिलाई। एक विफल चीख़ कुँवर के गले में घुटकर रह गई। वह पलटी और आलिंगन में भर लेने को उद्धत हुई। वह चीत्कार करता हुआ उठ बैठा। घबराकर मीनू भी उठ बैठी। उसकी पीठ सहलाने लगी। वह फटी आँखों से मीनू को पहचानने का प्रयास करता रहा।

भय के इस अतिरेक को नियंत्रित करने के लिए वह अधिक-से-अधिक समय लोगों के बीच बिताता। एकान्त से बचता। दुखद स्मृतियों का हिंडोला अब धीमा पड़ने लगा था।

इन दिनों उसका क़द बढ़ गया था, उसके सपनों का भी। पंखों की संकुलता भी बढ़ती जाती थी। शीर्ष पर पहुँच जाएगा तो देवता की सबसे ऊँची प्रतिमा लगवाएगा...370 फीट ऊँची! नहीं, नहीं और ज़्यादा इतनी ऊँची कि अगले 50 सालों में कोई उसकी बराबरी न कर सके। गाँजे की एक चिलम चढ़ा वह इत्मीनान से लेट गया। वह सफ़ेद रंग की बड़ी कार से उतरा था। नेहरू जैकेट और लम्बा कुर्ता पहने। नेहरू शब्द से ही उसे कोफ़्त होती है। गाँधी को शीश नवाए बिना तो सत्ता के गलियारों में प्रवेश सम्भव नहीं पर नाम परिवर्तन के इस युग में जल्द ही वह इसे कुँवर जैकेट कहलवाएगा। उसने कनखनी से स्वयं को कार के साइड व्यू मिरर में निहारा। रौबदार! तिर्यक मुस्कान के साथ गर्व से सोचा। अपने रूप पर मोहित होता सतर्क क़दमों से आगे बढ़ा। भीड़ उससे हाथ मिलाने के लिए एक झलक पाने को बेताब थी लेकिन वह रुक नहीं सकता उसे चीन को सबक़ सिखाना है। वह जिस सड़क पर आगे बढ़ा वह उसी के नाम की सड़क थी—कुँवर मार्ग। उसी से फीता कटवाया गया। वह फूले सीने और मुलायम क़दमों के साथ चलने लगा। साथ वालों के जूतों की आवाज़ उसे उद्वेलित कर रही थी। उन्हें तमीज़ से चलना चाहिए। आख़िर यह कुँवर मार्ग है। वह चिल्लाकर उन सबको बरख़ास्त कर देना चाहता था फिर उसने उन्हें बम से उड़ा देना चुना। वे मरे नहीं! सूक्ष्म कणों में विखंडित हो हवा में तैरने लगे। साँस के साथ उसके भीतर प्रवेश कर गए। उनके हाथों में मोटी रस्सियाँ और खूँटे आ गए। खूँटे उसकी छाती में गाड़ रस्सियों से उन्हें

खींचा जा रहा था। उसका दम घुटने लगा। भीतर कसाव बढ़ता गया। वह पसीना-पसीना हो उठा। खाँसी का एक बड़ा ठसका आया और ख़ून का एक बड़ा गोला चादर पर बन गया। वे लोग अपनी कलुषता सहित भीतर ही बने रहे। दोनों हाथों से छाती दबाता वह उठ बैठा। बत्ती जलाकर चादर टटोली और झक्क सफ़ेद चादर पर पसीने में भीगी देह लिये ढह गया।

विधायक बनने के बाद कुँवर के पंखों में नई जान आ गई थी। अगली सीढ़ी चढ़ने के लिए अभी से तैयारी करनी होगी। पार्टी के बड़े नेताओं की नज़र में चढ़ना होगा। उसने उनकी नब्ज़ पकड़ ली थी। देवता ही उसकी नैया पार लगा सकते हैं, वह समझ रहा था। आराध्य का नाम ले उसने सीरणी मन्दिर में बाँट दी। कुँवर के दिमाग़ में कई नक़्शे बनने-बिगड़ने लगे। शतरंज का खेल है। हर एक क़दम आगे के क़दमों और खेल की दिशा निर्धारित करेगा। विधायक निधि की सीमित राशि से सीमित विकास ही सम्भव है। उसने ठंडी आह भरी और जोड़-घटाकर सम्भावित बजट बनाने लगा। पहाड़ी के पुराने उपेक्षित मन्दिर से उसकी राजनीतिक महत्त्वकांक्षाएँ बल पाएँगी। मन्दिर का कलश और मूर्ति तस्कर चोरों का शिकार हो चुके थे। मन्दिर को पुनः चर्चा में लाना उसके लिए कठिन न था। धर्म के शब्दकोश तैयार करते, विवेक शब्द निष्कासित कर दिया जाता है। भूखे लोग भी खुले हाथों से दान देंगे। उसे विश्वास था।

"चच्चा तुमसे अच्छा कारीगर पूरे गाँव में क्या आसपास के बीस गाँव में भी नहीं है। देवता का काम है कोई कोताही नहीं बरत सकते। इस कारण ही तुम्हें कहता हूँ।" उसने उदय सिंह के पाँव दबाते हुए कहा।

"बापू की हालत है क्या काम करने की?" लोकेन्द्र के स्वर में आश्चर्य कम रोष अधिक था।

"मैं कौन-सा अपनी मूरत गढ़वा रहा हूँ। देवता ने स्वयं दर्शन देकर पुजारी को आदेश दिया है। फिर जीर्ण-शीर्ण मन्दिर का पुनरुद्धार होगा। गाँव की बरकत बढ़ेगी।"

"अपने ढकोसलों में बापू को न शामिल कर। बापू न कर पाएगा। लगातार

तो खाँसी उठती है। वज़न गिरकर आधा हो चुका है।"

"दवा का, फलों का सबका ख़र्चा मेरा। मेरी ज़िम्मेदारी। बस देवता की प्रतिमा बना दो चच्चा। बंशी पहाड़पुर से पत्थर मँगाया है। सोचो 5000 साल तक तुम्हारे हाथ का हुनर रहेगा, तुम्हारा नाम रहेगा।"

"देवता की मूर्ति तो मकराने की जँचेगी।" उदय सिंह ने खाँसी रोकते हुए कहा।

"वह भी होगा चाचा। बस तुम आशीर्वाद दो। कुँवर आगे बढ़ेगा तो भव्य मन्दिर बनवाएगा।"

"एक और मन्दिर की ज़रूरत क्या है भाई? क्षेत्र के 300 मन्दिर के देवी-देवता फ़ेल हो गए?" लोकेन्द्र ने हताश स्वर में पूछा।

"तुझ नास्तिक के कुतर्कों का क्या जवाब दूँ? भक्तों की शक्ति का, संगठन का केन्द्र रहे हैं मन्दिर युगों-युगों से।" कहता हुआ कुँवर आगे बढ़ गया। लोकेन्द्र के संग विवाद में उलझ उसे कुछ हासिल न होना था। काम बिगड़ने का ही डर था। उसे बड़ी जीत पर केन्द्रित रहना था।

कुँवर ने अपने आराध्य की नाप-तौल, डील-डौल, मुखमुद्रा उदय सिंह को समझा दी थी। प्रतिदिन आकर काम की प्रगति देख जाता। ज़मीन पर धूल की मटमैली चादर बिछी रहती। वही धूल उदय सिंह और अन्य कारीगरों पर भी अपना असर छोड़ देती, वनस्पति पर भी, रेशमा गंड़कडोयो और कूँ-कूँ कर, उसके आगे-पीछे डोलते उसके घुचटियों पर भी और दिन-भर दौड़ती गिलगावडी पर भी। शातिर बिलाव पर भी। ज्यों किसी देवता के शाप से पूरे गाँव के सब रंग उड़ गए हों।

बापू की थरथराती देह पर उभरी हुई नसों और शिथिल पड़ती मांसपेशियों को लोकेन्द्र देखता रहता। मूर्ति बनाते हुए भावहीन, आसहीन बापू स्वयं किसी कारीगर की बेबस कृति जैसा दिखाई देता था। थके तन और थके मन से हाथ में ग्राइंडर लिये अनगढ़ पत्थर को अभ्यस्त दक्षता से तराशते हुए। मशीन की आवाज़ से लोकेन्द्र के दाँत कसमसाने लगते। तब भी वह मुँह पर कपड़ा बाँध हाथ बँटाने बैठ ही जाता। बापू लगातार खाँसता और पेंसिल से निशान लगाता जाता। उसकी घरघराहती छाती के कर्कश स्वर के आगे ग्राइंडर की मशीनी

आवाज़ दम तोड़ देती। पसीने में तर-बतर होने पर भी असीम धैर्य के साथ वह छैनी-हथौड़ी से नपे-तुले वार करता जाता। दिन-ब-दिन मूर्ति की आराध्य से समरूपता बढ़ती जाती थी। लोकेन्द्र मन-ही-मन कुढ़ता रहता। आख़िर झल्ला उठा वह, "इसे गर्भगृह में विराजकर देवता को कैसे मुँह दिखाओगे बापू?" उदय सिंह के मुख से महीन अहा निकली और वह औज़ार छोड़, सिर पर हाथ रख लाचार-सा बैठ गया।

आधी रात उदय सिंह हीरा जड़ी टाकी और रेगमाल हाथ लिये प्रतिमा की नैन-नक़्श तराश रहा था। उसके सधे हाथों ने उठी नाक पर जमा दर्प रगड़कर उसे सौम्य गरिमा प्रदान कर दी थी। चेहरे के तीखे कोनों को गोलाई दे, स्निग्धता भर दी थी। लोकेन्द्र जानता है पॉलिश के बाद जब आँखों और अधरों को बापू रंग देगा तो सब कुछ बिसराकर उस दिव्य आभा के समक्ष वह स्वयं भी नतमस्तक हो जाएगा लेकिन इस बीमारी में उन्हें काम करते हुए देखना उसका कलेजा छलनी कर रहा था। वह आँखें पोंछता हुआ करवट बदलकर लेट गया।

मुख्यमंत्री के क्षेत्र में आने की ख़बर ने एक चौड़ी मुस्कान कुँवर के चेहरे पर ला दी। लगा शबरी की प्रतीक्षा का अन्त होनेवाला है। उसकी मेहनत विफल नहीं जाएगी। एक अतिमहत्त्वाकांक्षी विचार ज़रूर उसे इन दिनों गिरफ़्त में लिये है। अपने आराध्य की तरह ही वह भी हर ओर अपनी मोहर चाहने लगा था। गर्भगृह के भीतर देवता की सत्ता है लेकिन बाहर वह ही पालक है वही रक्षक। गर्भगृह के रक्षक की आदमक़द मूर्ति बड़े-बड़े पंखों के साथ, कुँवर के प्रतिरूप में न केवल मन्दिर की शोभा बढ़ा देगी वरन मंत्री जी को सन्देश भी देगी कि क्षेत्र में उस पर सबका कैसा स्नेह है। उसने गुपचुप उदय सिंह को इसके लिए तैयार भी कर लिया था कि अचानक चली बथूल में उदय सिंह का कमज़ोर तन तिनके-सा उड़ गया।

लोकेन्द्र आरी लिये कुँवर के सीने पर चढ़ा था। "चौड़े-धाड़ें चीरकर रख दूँगा। मेरे बाप को खा गया।" मीनू उसके पैर पकड़े सुहाग की दुहाई देती थी। एक बेबस नज़र बहन पर डाल लोकेन्द्र पीछे हट गया लेकिन सगातेड़ौ (मृत्यु-भोज)

के लिए रुका नहीं। आरी वहीं फेंक मचान पर जाकर बैठ गया।

रात लौटा तो कुँवर को इन्तज़ार में जागते पाया। कुँवर उसके खटोले पर आकर बैठ गया। उसकी ओर गिलास बढ़ाता बोला, "होनी को कौन टाल सका है।"

"तुम्हारी ज़िद ने बापू के प्राण लिये हैं कुँवर। चालीस के बाद आदमी की साँस आधी बचती है अपने यहाँ।" वह भीगे स्वर में बोला।

"मानता हूँ मैंने ज़िद की पर वह भी तो राज़ी था। ज़िद भी इस कारण कि क्योंकि मुझे उसके हुनर पर नाज़ रहा सदा।"

"अपने भले-बुरे का ज्ञान होता यहाँ किसी को तो क्या इतनी मौतें होतीं भाई? तुम्हारी कोई ज़िम्मेदारी नहीं है? तुम केवल मुनाफ़ा कमाओगे?" लोकेन्द्र का शरीर क्रोध से काँप रहा था। जब पूरा गाँव मर जाएगा तो कौन करेगा तुम्हारी चाकरी? आँखें खोलकर देखो पहले कितने मज़दूर थे तुम्हारे पास और अब कितने बचे हैं?" वह हताशा से चिल्ला रहा था।

"दुख मौकू भी है, पर अम्बर कै थेगली कौनी लाग सके भाई। एक बार मंत्री बन जाऊँ फिर मशीन भी खरीदूँगा, मास्क भी बाँटूँगा। अभी हाथ ख़ाली है। खदान का मामला निपटाने में सब चुक गया। मन्दिर में इतना पईसा लग चुका। अब अधूरा छूट गया तो, बात समझ यह मौक़ा हाथ से निकल गया तो फिर..." उसकी आँख में उतरे पानी ने पंख गीले कर दिये। वह उन्हें सिकोड़कर लोकेन्द्र के क़दमों में बैठ गया। मेरा और इस गाँव का भविष्य अब तेरे हाथ है। द्वार-रक्षक का अधूरा काम तुझे ही पूरा करना होगा।

"द्वार-रक्षक का आदेश देने भी देवता आया सपने में या द्वार-रक्षक ने स्वयं दिया है?" लोकेन्द्र ने उसकी ओर इशारा करते हुए तंज किया, "एक बलि से मन नहीं भरा अभी तेरा? कितनी बलि लेकर प्रसन्न होगा देवता? बोल!"

"शान्ति रख भाई। यों गर्म न हुआ कर। मैं भी तो गली-गली धूल फाँकता ही घूम रहा हूँ। गाँव का एक आदमी सत्ता के गलियारों में पहुँचेगा तो समझो पूरा गाँव पहुँचेगा। यहाँ खड़ा होकर तो तू घणे सालों से चिल्ला रहा है। सुनी किसी ने? वहाँ पहुँचकर जब मैं बोलूँगा तब पूरा देश सुनेगा।"

"सही कहता है तू। बहरों की भीड़ में बोलता अनसुना हो रह गया मैं।

इबके आवाज़ ऐसी तेज़ निकले कि बहरों के भी कान खुल जाएँ। अन्धों की भी आँखें फटी रह जाएँ। बनाऊँगा मैं द्वार-रक्षक, ज़रूर बनाऊँगा।" लोकेन्द्र उसके सामने खड़ा था किन्तु वह उसे इस नये रूप में पहचान नहीं पा रहा था।

"ज़ुबान से फिरेगा तो नहीं न?" किंचित भय के साथ सन्दिग्ध स्वर में कुँवर ने पूछा।

"फिरूँ तो धोबी घाट की कंकरी होऊँ।" लोकेन्द्र ने आवेग में कुँवर का कन्धा दबाते हुए कहा। लोकेन्द्र थककर सो गया लेकिन दुखते कन्धे और संशय के कारण कुँवर देर तक जागता रहा।

लोकेन्द्र की हामी के बाद भी एक काँटा कुँवर के सीने में धँसा रहा। अपने अजन्मे छोरा-छोरियों को वह पंखों पर बैठा उड़ान भरता और वे फिसलकर नीचे गिर जाते। लहूलुहान हो जाते। वह उन्हें सँभालने नीचे उतरता। उनकी मरहम-पट्टी करता। कई मर्तबा ऐसा होने के बाद अन्तहीन निराशा की कन्दराओं में उसका दम घुटने लगता। तभी कहीं से धनुषाकार गर्दनवाला एक कद्दावर घोड़ा दौड़ा चला आता। उसके पिछले पैर अगले पैरों से टकरा रहे होते और तने हुए दोनों कानों के हवा में टकराने से मोहक संगीत उत्पन्न होता। किसी अनजान सम्मोहन में बँधा, घोड़े की लहरदार अयाल को पकड़ वह उस पर सुगमता से चढ़ जाता। बच्चे कराहते हुए पीछे छूट जाते। अकबका कर उठ बैठता। मीनू को जगाकर पूछता, "क्या तू गर्भ से है?"

"इस शोक-घड़ी में यही तुम्हारी चिन्ता हुई? नीच हो तुम।" कहते हुए वह बिसूरने लगती।

वह इस आदिम शोक-घड़ी की टिकटिक बन्द होने की प्रतीक्षा में अन्तहीन रातों को जागते हुए काट रहा है।

पिता के जाने के बाद लोकेन्द्र को जैसे उदय की आत्मा ने क़ब्ज़ा लिया। न वह कुँवर से उलझता न भाई से। कुँवर के साथ भाग-दौड़कर सरकारी योजना के तहत मृतक के परिवार को मिलनेवाली राशि का भुगतान करवाने में उसने ज़मीन-आसमान एक कर दिया। जिस दिन राशि खाते में आई अगले दिन ही ऑटो लाकर सुरेन्द्र को सौंप दिया।

"भाई बींदणी है, मौंढ़ा-मौंढ़ा हैं! इन्हें लेकर निकल जा यहाँ से शहर। मौत का कुआँ है इधर। वहाँ मोहन से सब बात हो गई है। रहने का बन्दोबस्त करवा देगा।" इस बार सुरेन्द्र ने बहस नहीं की। आगे बढ़कर भाई को बाँहों में भर लिया।

बदले हुए लोकेन्द्र को देख कुँवर अपने योजना कौशल पर नाज़ करता। उसकी सब गोटियाँ सही बैठी थीं। 'उसे अकेला छोड़ दिया जाए।' लोकेन्द्र ने यह कहते हुए पूर्ण एकान्त ही तो माँगा था। इसमें भला क्या आपत्ति होती उसे। वह यूँ भी अन्य तैयारियों में व्यस्त था। समय जैसे भागा जाता हो। दिल इन दिनों चौगुनी तेज़ी से धड़कता था। तमाम व्यस्तताओं के बीच वह पशु मेला के मैदान पहुँच जाता। अपने डैने पसारकर लम्बी दौड़ लगाता। घंटों आकाश निहारता। भविष्य की कल्पनाओं से असीम सुख उसके भीतर भर जाता।

पंडित मंत्रोच्चार के लिए फूल-अक्षत लिये धूप-नैवेद्य संग तैयार खड़े थे। मन्दिर को पुष्पमालाओं से सजाया गया था। बगुलों से सफ़ेद कपड़ों में लिपटी प्रतिमाएँ गणमान्यों के हाथों अनावरण हेतु प्रतीक्षारत थीं। नियत समय से चार घंटे देरी से काफ़िला वहाँ पहुँचा था। सीना तानकर सगर्व कुँवर उनकी अगुवानी कर रहा था। गिरधारी सब श्रेय अपने नाम चढ़वाने के गणित में उलझा था। पंडितों द्वारा शुभ मुहूर्त का इशारा किये जाने पर मुख्यमंत्री ने रेशमी चादर को खींचा। चारों ओर कैमरे चमक उठे।

कई चीख़ एक साथ निकलीं और माँओं ने बालकों को आँचल में दुबका लिया। कृशकाय प्रतिमा के अनावरण के साथ भय की तीव्र लहर जनवृन्द में दौड़ गई। द्वार-रक्षक की छाती काली और दाग़दार थी। गुल्मों और तन्तुओं के कारण मधुमक्खी के धूमिल छत्ते-सी दिखती सतह पर बने अनेक गर्तों में परिगलन से एकत्र द्रव्य भरा प्रतीत होता था। खुले मुँह से रिसता रक्त उभरी पसलियों पर जमा था। विशालकाय पंखों में उस्रुत रक्त के धब्बे जहाँ-तहाँ दिखाई देते थे। उसकी टाँगें सूजी हुईं व होंठ नीले थे। पनीली आँखों की पुतलियाँ उलटी हुई थीं। हाथों में छैनी-हथौड़ा पकड़े वह दोनों हाथों से अपनी छाती का दर्द दाबता प्रतीत होता था। पीड़ा और संघर्षों की असंख्य इबारतें उसके मुख पर उभरी हुई थीं।

"अन्त समय उदय सिंह ऐसा ही दिखता था।" किसी ने सिहरते हुए दबे स्वर में कहा। कुँवर की रीढ़ की हड्डी भय से जम गई। लम्बी साँसें छोड़ता हुआ वह अपने फेफड़ों से, हत्यारन धूल का कण-कण निकाल फेंकने का प्रयास करने लगा। अचानक भीड़ से असंख्य हाथ उसकी ओर बढ़ चले। भीड़ ने उसके पंख बेदर्दी से नोंच डाले किन्तु उसने उफ़्फ़ तक न की। द्वार-रक्षक के घावों में भरे मवाद से अनेक बिलबिलाते कीड़े गिरने लगे। सड़ांध का भभका फूट पड़ा। बेपरवाह उन्मादी भीड़ कुँवर को रौंदती हुई गर्भगृह तक पहुँच गई। भीड़ ने पाया कि अपने दोहन से रुष्ट देवता सदा के लिए, अपने नैसर्गिक निवास, घने जंगल में कूच कर गया था।

कुँवर ने कराहते हुए मुख्य अतिथियों के क़ाफ़िले को मदद की आस में तलाशा। अप्रत्याशित धक्का-मुक्की के कारण आराध्य और उसके बीच की दूरी बढ़ने लगी। निरंकुश भीड़ से भयभीत वे उसे अकेला छोड़ भागे जाते थे। उसने घिसट-घिसटकर गिरधारी के पैर पकड़ लिये। वह भी उसे दुत्कारता हुआ चलती कार में सवार हो गया। जलती हुई लाल आँखों से वह उन गाड़ियों द्वारा छोड़े धुएँ के काले ग़ुबार को कातर दृष्टि से देखता रहा। ठीक उसी वक़्त कुँवर को रीढ़ की हड्डी के दोनों ओर उग आईं समानान्तर रेखाओं में एक बेचैन कर देनेवाली चिलक महसूस हुई। चिलक को सहलाने के लिए उसके हाथ सहज ही पीछे के उभार तक चले गए, दर्द से सीझी कुँवर की उँगलियों ने पाया कि वहाँ पंख की जगह पूँछ थी।

वर्षों से छुपाई पूँछ को उसने झटके से बाहर निकाल हाथ में थाम लिया। जन्म के समय लुप्त रही पूँछ अब नाप के बाहर लम्बी हो चुकी थी। क्षण-भर उसे ताकने के बाद उसकी मुखमुद्रा कठोर हो चली। एक कठोर निर्णय के साथ क्रूर अट्टहास करते हुए उसने पूँछ को अपने ही पैरों तले रौंद डाला।

हवा के बदले रुख़ के साथ, खदानों से उठती धूल का ग़ुबार तेज़ी से भागते, कारों के काफिले की ओर बढ़ चला था।

सड़क पार की खिड़कियाँ

ज्यों दुनिया के अधिकतर देशों में सेकंड स्ट्रीट होती है, ज्यों हर हिल स्टेशन पर मॉल रोड, वैसे ही यह एक चमचमाती नई सड़क है जो लगभग हर गाँव, हर शहर, हर देश में उपस्थित है। अनजानी राहों पर चलने के लिए हौसला चाहिए। शुरू में झिझक हुई लेकिन अब इसका अजनबीपन मुझे सुहाता है। यह सड़क ज्यों एक अलग ही दुनिया में ले जाती है। जगमगाती हुई सुन्दर, स्वप्निल, परीलोक-सी! यूँ भी कह सकते हैं कि इस सड़क पर आ, आप पूरी दुनिया को अपनी मुट्ठी में क़ैद कर सकते हैं। हर शाम मैं यहाँ दूर तक निकल जाती हूँ। कोई मुझे जज नहीं करता, मैं भी किसी को नहीं पहचानती। यहाँ अनगिनत जगमगाते घरों में, असंख्य खिड़कियाँ हैं जो अपनी सुविधानुसार खुलती, बन्द होती रहती हैं। कब कौन-सी खिड़की खुलेगी, कौन-सी बन्द होगी, इसका कोई नियम न होने पर भी पिछले कुछ महीनों की अपनी वॉक में कुछ खिड़कियों का पैटर्न मैं समझ पाई हूँ। अब मैं उनके सामने से गुज़रती हूँ तो कई खिड़कियाँ मुस्करा देती हैं, एक औपचारिक मुस्कान जिसके कोई मायने नहीं होते हुए भी कई मायने होते हैं। कभी यह मुस्कान हम परिचय बढ़ाने के लिए देते हैं, कभी आगन्तुक से अपना भय छुपाने, कभी उसकी औचक उपस्थिति से अचकचाकर, तो कभी इस भाव के साथ कि चलो, अब आ ही गए हो तो हँसकर ही झेल लिया जाए।

इस सड़क की चकाचौंध और शोरगुल से निस्पृह गुज़र जाना किसी साधना जैसा लगता है, ज्यों एक आत्मिक सन्तुष्टि! अब इस सड़क से मेरा परिचय बढ़ता जा रहा है और मैं बन्द आँखों से भी इस पर चलना सीख गई हूँ तब

मैं यहाँ की चहल-पहल और अधिक स्पष्ट देख पा रही हूँ। आजकल पीले गुलाबोंवाली खिड़की पर खड़ी महिला मुझे आत्मीय मुस्कान देती है। उसे देखते ही मेरा भी हाथ स्वत: अभिवादन में उठने लगा है। गुलमोहर के पेड़ के नीचे खुलनेवाली खिड़की किसी गायक की है। एक वेदना है उसकी आवाज़ में। उसकी आवाज़ के साथ बहते मैं निर्वात में पहुँच जाती हूँ। जहाँ अन्दर-बाहर का सब शोर शिथिल पड़ जाता है। मैं प्राय: इसी गुलमोहर तले सो जाती हूँ। उससे कोई संवाद कर मैं उसके एकान्त में बाधा नहीं डालना चाहती।

आज एक नई खिड़की खुली है। लुभावनी मुस्कान लिये एक हमउम्र पुकारती है। मैं पलटकर देखती हूँ लेकिन पीछे कोई नहीं है, वह मुझे ही बुला रही है। मैं झिझकते हुए पास जाती हूँ। भूरी आँखोंवाली लड़की मासूम अदा से अपने बाल झटकती है और कहती है, "मैं आपको प्रतिदिन यहाँ से गुज़रते देखती हूँ।"

किसी का यूँ मेरी उपस्थिति का संज्ञान लेना हर्षित कम शंकित अधिक करता है। मैं उसे पढ़ने की कोशिश करती हूँ। एक निष्कलुष मुस्कान उसके चेहरे पर खिली है। उसके उजास की किरणें मेरे अँधेरों को स्पर्श कर रही हैं। मैं तेज़ क़दम बढ़ा वहाँ से दूर जाना चाहती हूँ। आज मैं और आगे निकल आई हूँ। यहाँ अपेक्षाकृत शान्ति है। मकान हैं लेकिन अधिकतर खिड़कियाँ बन्द। कुछ जो खुली हैं वे मुझे नहीं देख रहीं। कोई चिन्ता नहीं। मैंने आँखें बन्द कीं, एक गहरी साँस ली। कई चेहरे और घटनाएँ आँखों के सामने घूम रही हैं। सब चेहरे गड्डमड्ड हैं।

मेरे बॉस की शक्ल मेरे पापा से मिल रही है। मैं उसे देख मुस्कराती हूँ। वह भी मुस्कराता है और शैतान में बदल जाता है। लिफ़्ट अचानक रुक गई है।

माँ का चेहरा निकुंज दीदी का हो गया है। कपड़े वह दादी जैसे पहने हैं। सिलाई मशीन पर झुकी वह हम सबके लिए दीवाली की नई पोशाकें सिल रही है। मैं पास जाती हूँ। कहती हूँ बहुत देर हुई अब सो जाओ। माँ उठती है। सिर पर लिया पल्लू सरकता है। मैं चीख़ पड़ती हूँ। माँ कहाँ गई? यह तो कंकाल है!

सफ़ेद छींटदार फ्रॉक में मैं हूँ लेकिन शक्ल गौरी की। मैं भाग रही हूँ, तनु और लीना भी। हमें पकड़ने चिंकी हमारे पीछे भाग रही है। भागते-भागते

हम पार्क के अलग-अलग कोनों में निकल गए हैं। हमारे नाम पुकारे जा रहे हैं। वापस लौटते हैं। लीना वापस नहीं लौटी। कहाँ गई? वह तनु के साथ थी लेकिन बस फव्वारे तक। वहाँ से वह अलग ओर भागी थी। पार्क के कोने में बने गार्ड रूम की दीवार के पीछे झाड़ियों में लीना सोई है। लेकिन क्यों? थकी थी तो घर क्यों नहीं गई। मैं पास जाती हूँ जगाने। कराहती हुई लीना, गौरी बन जाती है। एक चीख़ के साथ मैं सहमकर आँखें खोल लेती हूँ। गौरी अकेली है घर पर। मुझे लौटना ही होगा। मैं दौड़ रही हूँ। मैं यह सब किसी से साझा नहीं कर सकती। मुझे सब अपने तक ही रखना होगा। बताने से कोई करेगा भी क्या? खिड़कियों पर विरोध के काले पर्दे लगानेवाले कई हाथ स्वयं भी दागदार हैं। लौटकर गौरी के कमरे में झाँका। वह सोई है, अपनी गुड़िया को साथ सुलाए है। गुड़िया को हटा, मैं उससे सटकर सो जाती हूँ। वह अपनी नन्ही बाँहों में मुझे भर लेती है।

2

मुझे लगता है कुछ निर्णय लेना ज़रूरी है। उलझनें बढ़ती जा रही हैं। उपाय दिखाई नहीं देते। गौरी कोई बार्बी मूवी देख रही है। मेरे पास एक घंटा तो आराम से है। बाहर आकर एक सिगरेट जलाई। पिछले चार महीने में यह सातवीं बार मैं सिगरेट छोड़ने में नाकामयाब हुई हूँ। मैं बुरी माँ नहीं हूँ, चाहती हूँ सिगरेट छोड़ना, लेकिन नहीं छोड़ पाती। नहीं छूटतीं कुछ चीज़ें जीवन में, हम स्वीकार क्यों नहीं लेते! सिगरेट के कुछ लम्बे कश खींच मैंने उसे फेंक दिया। बूट्स से उसे रगड़ते, मैंने देखा कि सिगरेट बॉस जैसी दिखती है, धीरे-धीरे मुझे लीलती हुई।

मैं फिर जगमगाती सड़क पर बढ़ चली। पीले गुलाबोंवाली खिड़की मुझे पुकार रही है। मैं नहीं रुकती। नई खिड़कीवाली लड़की मेरे पीछे-पीछे आई। मैंने गति और बढ़ा दी। मैं गुलमोहर के पीछे छुप गई। यह खिड़की आज बन्द क्यों है। खुलती क्यों नहीं? मैंने खिड़की खटखटा दी शायद! वह अचानक से खुल गई। मैं घबरा गई लेकिन कहती हूँ, "आप कुछ गाते क्यों नहीं?" वह

अचरज से मुझे देखता है फिर गाने लगता है। उसकी स्वरलहरियों की थपक से मैं सो जाती हूँ। सुबह आँख खुली तो देखती हूँ वहाँ मैं अकेली नहीं हूँ। एक बड़ा समूह इसी छाँव तले सो रहा है। यह भीड़ मुझे पहले क्यों नहीं दिखी? यह कैसा मायाजाल है? मुझे लौटना है।

3

आज मौसम सुहावना है। ऑफ़िस की भी छुट्टी। गौरी और मैं उसकी फ्रेंड कियारा के फ़ार्म पर जन्मदिन की पार्टी में गए। ख़ूबसूरत दिन जल्दी ढल जाया करते हैं। शाम भी आज जल्दी ही चली आई है। गौरी रिटर्न गिफ़्ट देख रही है। उसने दो गेम भी जीते, वह ख़ुश है। मुझे उस बच्चे का चेहरा भी याद है जो कोई भी गेम नहीं जीत पाया था। हमने उत्सवों को भी प्रतियोगिता बना दिया है, जीत को ख़ुशी का पर्याय। हर सुख की नींव में किसी का दुख दबा है। हर हँसी किसी के आँसुओं से तर। साँझ की लालिमा बढ़ रही है। कियारा और गौरी का गलबहियाँ करते, मुस्कराता हुआ फ़ोटो मेरे सामने है। मुझे लगता है इस ख़ुशनुमा मन से घूमना अच्छा रहेगा। मैं सड़क पर निकल चली हूँ। आज मेरी चाल धीमी है। मैं चारों ओर देख रही हूँ। किसी से नज़रें नहीं चुरा रही। मैंने जाना यह चोर बाज़ार है, कई बेशक़ीमती नगीने छुपाए। कभी समय हुआ तो तलाशने पर बहुत कुछ पाया जा सकता है। पीले गुलाब वाली खिड़की मेरे हाथ में फ़ोटो को देख चिल्लाई, "तुम्हारी बेटी?"

मैंने 'हाँ' में सिर हिलाया।

"तुम जैसी ही सुन्दर है।"

अपनी प्रशंसा सुने मानो युग बीत गए हैं। मुझे अच्छा लगा। तभी कई खिड़कियाँ तेज़ी से खुली हैं। वे सब कह रहे हैं कि बच्चियाँ कितनी प्यारी हैं। दोनों को दुआएँ दे रहे हैं। दुआओं की मुझे ज़रूरत है। मैं सहेज ले रही हूँ। मैं उन्हें गँवा नहीं सकती। मैं नई खिड़कियों की पहचान याद रखने का प्रयास कर रही हूँ। अपने शुभचिन्तकों को याद न रखना अनुचित होगा। आज मैं आगे नहीं जा पाई। यहीं ठहरी रह गई। मुझे एहसास हुआ कि इस सड़क पर

अनुरागी लोगों के घर हैं। किसी अपरिचित पर इतना स्नेह कौन लुटाता है? मुझे अपने खोल से निकलना होगा। मैं घर लौट रही हूँ लेकिन कल पुन: आने की एक बेताबी है।

4

डिवोर्स के केस की पहली सुनवाई थी। प्रसून नहीं आया। अगली तारीख़ दो महीने बाद की मिली है। जब हम मिलना चाहते थे, शादी करना चाहते थे तब परिवार साथ नहीं था, कोर्ट ने हाथ बढ़ाया, विवाह कराया। अब हम अलग होना चाहते हैं, परिवार साथ है पर कोर्ट अड़चनें लगा रहा है। समर्थन की नदी कभी भी अपना रुख़ बदल लेती है। तान्या का फ़ोन आया था वह कह रही थी, "प्रसून गौरी की कस्टडी चाहता है।"

मैं हँस पड़ी। मैंने कहा, "कोई चिन्ता नहीं। मैं किसी भी बच्ची को गौरी कहकर उसके सामने खड़ा कर दूँगी। वह उसे ही गौरी मान लेगा। वह गौरी की शक्ल भी पहचानता है क्या?"

मैं देर तक हँसती रही।

वह बोली, "ऐसे क्यों हँसती हो? तुम्हारी चिन्ता हो रही है। अपना ध्यान रखो।"

फ़ोन रख दिया था पर भय ने मुझ पर क़ब्ज़ा कर लिया। मैं गौरी को नहीं खो सकती। मैं प्रसून को खो सकती हूँ क्या? नहीं, प्रश्न यह है कि मैं प्रसून को पा सकती हूँ क्या? प्रसून को कभी मैंने पाया भी था क्या?

मैं लिख रही हूँ, "हम दुख के नहीं सुखद स्मृतियों के सताए हुए हैं।"

खिड़की पर दस्तक हुई है। मैं आगे नहीं लिख पाती। अपने घर की इस खिड़की से मैं अनजान थी। कभी खोली ही नहीं। दस्तक बढ़ती जाती है। खिड़की खोलती हूँ, "स्मृतियों को दंश न बनाओ। उन्हें प्रसून-सा महकने दो।"

"...और दंश प्रसून के ही दिये हों तब?"

"तब घास बन जाओ। सब पर छा जाओ।"

वे मुस्करा रहे हैं। मैंने उन्हें पहले कभी नहीं देखा।

"आपको मेरा पता किसने दिया?"

"आत्मा अपना पता स्वयं तलाश लेती है।"

मैं इस कथन का अर्थ नहीं जानती पर अनुभूति सुखद है।

"शुभरात्रि! Keep smiling! मुस्कान सौन्दर्य निखारती है।"

मैं यह खिड़की खुली रखना चाहती हूँ। यहाँ से आती हवा की गन्ध मोहक है।

सुबह किसी आवाज़ से नींद उचटी है। मैंने समय देखा। अभी छह ही बजे हैं। गौरी निश्चिन्त सोई है मेरे हाथ पर। भ्रम हुआ होगा। मैं आँखें मूँद लेती हूँ लेकिन फिर वही आवाज़ है। मैं उठती हूँ। रात को खुली छोड़ी खिड़की के पल्ले हवा से हिल रहे हैं। मैं उनींदी आँखों से चली आती हूँ खिड़की पर। यहाँ से सनराइज़ दिखता है।

तुम मुस्करा दो तो सुबह खिले
जो अटक गई थी तुम्हारे जाने से
जो लौट आओ तो
ठहरी हुई वह साँस मिले।

"गुड मॉर्निंग!" मैं जवाब देती हूँ। हालाँकि मेरे लिए यह रात ही है।

अहा, एक कली खिली।

मैं क्या कहूँ? बस एक मौन।

तुम्हारे साथ रहकर
अकसर मुझे महसूस हुआ है
कि हर बात का एक मतलब होता है
यहाँ तक कि घास के हिलने का भी
हवा का खिड़की से आने का
और धूप का दीवार पर
चढ़कर चले जाने का। (सर्वेश्वरदयाल दयाल सक्सेना)

मैं खिड़की से आती हवा की गिरफ़्त में हूँ।

"आप कवि हैं?" पूछे बिना नहीं रह पाती।

"कुछ भले मानस ऐसा मानते हैं।"

वे मुस्कराते हैं। बात आगे बढ़ाते हैं :

मैंने कब कहा
कोई मेरे साथ चले
चाहा ज़रूर। (सर्वेश्वरदयाल दयाल सक्सेना)

क्या वे मेरा मन पढ़ रहे हैं?

"आप सुन्दर लिखते हैं।" प्रशंसा किये बिना न रह सकी।

"सर्वेश्वरदयाल को जानती हो?"

मैं अपने आसपास सभी चेहरों को याद करते उत्तर देती हूँ, "नहीं।"

"पढ़ना इन्हें।"

वे स्नेह छोड़ चले गए हैं। मैं दूसरी खिड़की खोलकर 'सर्वेश्वरदयाल' तलाश रही हूँ।

5

गौरी के लिए उसके पसन्दीदा पेनकेक्स बनाकर उसे जगाती हूँ। वह चहकी, "मम्मी आप कितना प्यारा गाती हो!" तब एहसास हुआ कि अरसे बाद मैं गुनगुना रही हूँ। यह गुनगुनाहट पूरे दिन तारी रही। पिछले दिनों चार जॉब्स के लिए अप्लाई किया था एक से इंटरव्यू की कॉल आई है। मेरी कैरियर कंसलटेंट का कहना है कि इंटरव्यू बस फ़ॉर्मेलिटी है। नई जॉब के लिए शहर बदलना होगा और केस इस शहर में चलेगा। मुक्ति का मार्ग सरल नहीं होता पर आज मैं इन सबके बारे में नहीं सोच रही। मैं कुछ पल जीना चाहती हूँ।

आज लंचब्रेक में मैंने एकान्त नहीं तलाशा, सबके साथ ही लंच किया। बॉस वहाँ से गुज़रा पर मेरी हँसी नहीं छीन पाया। मैं सुरुचि का हाथ पकड़े रही। शायद उसी समय अमन ने भी मेरे कान में शलभ का कोई सीक्रेट बताया था

और शलभ उसे मारने दौड़ा था। अमन वहीं बैठा रहा लेकिन बॉस डरकरभाग गया।

जाने क्यों ऑफ़िस में मैंने कई बार वह सड़क तलाशी! मुझे लगता है कि यहीं-कहीं आसपास है, पर काम की अधिकता से मैं तलाश नहीं पाई। आज दिन और शाम के बीच दूरी कुछ ज़्यादा ही है। मैं अपनी बेताबी पर हैरान भी हूँ और ख़ुश भी।

6

यह सड़क अब सड़क-भर नहीं है। मेरा दूसरा घर बन चुकी है। क्या हैरानी है? जिनके अपने घर नहीं होते सड़कें सदा ही से उनका घर बनी हैं। भले ही वह बुरे मौसम से आपकी रक्षा न कर पाए, भले ही किसी अनियंत्रित गाड़ी के नीचे आप कुचल दिये जाओ, भले ही अपेक्षित निजता यहाँ अप्राप्य है लेकिन हर प्रकार की दरिद्रता का विकल्प सड़कें ही हैं। सड़कों ने कभी किसी के लिए भी अपनी बाँहें नहीं सिकोड़ी हैं।

पीले गुलाबवाली खिड़की पर आजकल मोगरा खिला है। मैं उसे देख मुस्कराती हूँ। वह खिड़की मेरे मुँह पर ही बन्द कर देती है। मैं हतप्रभ खड़ी हूँ। बराबर वाली खिड़की से नीली आँखोंवाली लड़की कहती है, "वह तुमसे नाराज़ है। तुम आजकल उसके पास रुकती जो नहीं।"

मैं नहीं रुकती यह सच है क्या? हो भी सकता है। एक लम्बे समय से मैं अपने पास भी नहीं रुकती।

मैं किसी अपराधिनी की तरह नज़रें झुकाए आगे बढ़ जाती हूँ। प्रेम की अभिव्यक्ति न हो तब वह प्रेम नहीं कहलाता पर अप्रेम व्यक्त न करने पर भी उसकी तरंगें द्रुत गति से सन्देश सम्प्रेषित कर देती हैं। कवि की खिड़की पर चिनार की पत्तियाँ बिखरी हैं। चिनार, विरह का सुनहरा रंग!

"इन सूखे पत्तों में इतना आकर्षण किसने भर दिया?" मैं पूछती हूँ।

कवि के चेहरे पर एक रहस्यमयी मुस्कान पल में जन्मी और क्षण में ही बिखर गई।

"साहित्य और कला में दुख का रूप मोहना है। जो अनिश्चितताएँ जीवन में डराती हैं, गल्प में वही लुभाती हैं।"

वे मेरी प्रतिक्रिया की प्रतीक्षा करते हैं। न मिलने पर आगे बताते हैं, "अधिकतर प्रसिद्ध उपन्यास दुखान्त हैं—हेमलेट, जूलियस सीज़र, निर्मला..."

"न, न! दुख की मार्केटिंग नहीं होनी चाहिए।" मैं उन्हें बीच में ही टोक देती हूँ।

"सुख की शॉर्टेज है, सुख की डिमांड है, वही क्यों न सप्लाई किया जाए? सुख क्यों नहीं बिक सकता?" मैं पूछती हूँ।

"औरों का सुख हमें और दुखी जो करता है। अपने से अधिक दुखी पात्रों से गुज़रते अवचेतन में हमारा अहम् तुष्ट होता है, चेतन में हम इसे संवेदना कहते हैं, हम किताबें पढ़कर, फिल्में देखकर रोते हैं। ज्यों सच ही विकल होते तब क्या अपने आसपास दुख हरने का प्रयास न करते?"

"हम्म!" शायद वे सही थे।

"जो तुम कहो तो मैं लिखूँ एक सुखान्त कहानी?"

यह स्वर कैसा मीठा है! उनकी उम्र झर गई।

"फिर कौन पढ़ेगा उसे?" मैं पूछती हूँ।

"जिसके लिए लिखी जाए क्या उसका ही पढ़ लेना काफ़ी न होगा?"

कवि को अधिक समझ न पाने के बावजूद मैं उनसे संवाद चाहती हूँ, पर रहस्यों का एक झुरमुट उन्हें घेरे रहता है। मैं सहजता की तलाश में हूँ।

लौटते हुए नीली आँखोंवाली लड़की से पुनः भेंट हो गई। वह मुझे पुकारती है। फिर क्षण-भर रुकती है ज्यों कुछ निर्णय करना चाहती हो फिर ससंकोच कहती है, "क्या सच ही सफ़ेद केशधारी वृद्ध कवि तुम्हारे प्रेम में हैं?"

मेरा समूचा बदन काँप रहा है। इतना निर्बल मैंने अपने बॉस के समक्ष भी स्वयं को नहीं पाया। मैं लौट रही हूँ, लौट रही हूँ और सोच रही हूँ कि इस सड़क की विलक्षणता छद्म थी क्या? यहाँ भी वैसी ही ईर्ष्या है, द्वेष है, जजमेंट्स हैं।

मैं घर पहुँच पाती उससे पहले ही किसी ने पुकारा है। आज मैंने पहली बार संज्ञान लिया उनके केशों में कहीं-कहीं चाँदी झलकती है।

"मुझसे बचना चाह रही थी न?"

इस कथन में अधिकार अधिक है, उलाहना या प्यार? मैं निर्धारित नहीं कर पाती लेकिन मैं रुक गई हूँ। शायद मेरी आँखें भीगी हैं।

वे कह रहे हैं कि मैं रो सकती हूँ। मन हल्का होगा। मैं सच ही रो रही हूँ। रोते-रोते जाने कब सो भी गई। देर रात आँख खुली तो जाना कि वे अभी तक ठहरे हैं। वे कहते हैं कि मैं किसी शिशु की तरह रोती हूँ। मैं वही बन जाना चाहती हूँ। मैं माँ का आँचल चाहती हूँ, मैं पिता का संरक्षण चाहती हूँ। मैं एक गोद में सिमट इस दुनिया से छुप जाना चाहती हूँ।

वे कह रहे हैं, "दुनिया से छुपो नहीं, उससे मिलो, मेरी नज़र से मिलो, दुनिया ख़ूबसूरत लगेगी।"

मैं उनकी नज़र उधार ले लेना चाहती हूँ।

वे कह रहे हैं, "मेरी नज़र ही नहीं मेरे मन-प्राण भी तुम्हारे लिए हाज़िर हैं।"

मैं सच में किसी पर इतना अधिकार चाहती हूँ। लेकिन नहीं, उनसे मेरा रिश्ता ही क्या है? मैं पूछती हूँ, "लेकिन क्यों?"

"कुछ क्यों के उत्तर दिये नहीं जा सकते केवल महसूस किये जा सकते हैं।"

मैं मौन उन्हें देख रही हूँ। हमारे चेहरों पर क़िरदार जाने कौन-सी लिपि में लिखे जाते हैं, मैं पढ़ नहीं पाती हूँ।

"उत्तर तलाशना। प्रतीक्षा करूँगा।"

वे लौट गए हैं। मैं भी लौट आई हूँ। सुबह की गुनगुनाहट दम तोड़ चुकी है। एक सन्नाटा साँय-साँय कर रहा है। गौरी का माथा चूमकर उसे देखती रही। उसके कमरे से बाहर आकर आख़िरी सिगरेट सुलगाकर मैं फिर इस नई खिड़की पर बैठी हूँ। न कोई दिख रहा है, न किसी की प्रतीक्षा है। रात की नीरवता को चीरती पंखों की फड़फड़ाहट सुनाई दे रही है। छोटे-छोटे कई चमगादड़ मेरे चारों ओर घूम रहे हैं। कुछ के चेहरे मैं पहचानती हूँ कुछ से पूर्णत: अनभिज्ञ। अचानक वे सब मिलकर एक बड़ा चेहरा बन गए हैं। मुझे निगल जाना चाहते हैं। गौरी को भी निगल सकते हैं। मुझे जीतना होगा। मैं हिम्मत करके उन्हें बाहर धकेलती हूँ। खिड़की बन्द करती हूँ।

7

एक भयावह रात की सुबह मोहक भी हो सकती है। यह कल्पनातीत लगता है किन्तु सत्य यही है। सुबह अंशुकिरणों ने हौले से मुझे छुआ है। उठकर देखती हूँ तो खिड़की पर हरसिंगार गमक रहा है। मैं अंजुली में भर लेती हूँ। काश कुछ लम्हों को, जीवन को भी यूँ ही सहेजा जा सकता।

"बेहद ख़ूबसूरत।"

बिना किसी पदचाप चला आया कवि का यह स्वर मुझे चौंका देता है।

"न, न! आप नहीं आपके पीछे लगी वह चिनार की पेंटिंग। आपने बनाई है?"

"जी।"

मैं सकुचाकर जवाब देती हूँ। मेरे एकान्त पर उनका यह अतिक्रमण मुझे इस पल भला नहीं लग रहा।

चिनार ने फिर बिखरा दी है
एक सुनेहरी चादर
पत्तों के बदलते रंग जैसी
ख़्वाहिशें भी कुछ और
अमीर हो गई हैं।
पेड़ों से छनकर आती किरणों ने
छितरा दिये हैं
यादों के इन्द्रधनुष
पलाश के दोने में
एक सुर्ख़ नाम सहेज रखा है मैंने।

कविता वे अपनी जेब में लिये चलते हैं शायद।

"तुम जानती हो हम सब कोई-न-कोई नाम सहेजे हैं हम अपने दोने के नाम में खोए रह जाते हैं, यही दुख का कारण है। हमें तलाशना उसको है जो हमारे नाम का दोना लिये हो।"

वे कह रहे हैं मैं मौन उन्हें सुन रही हूँ। अचानक मुझे एहसास हुआ कि उन्हें सुनना मुझे अच्छा लगने लगा है। मैं चाहती हूँ कि आज दिन रुका रहे। वे यूँ ही बोलते रहें, मैं यूँ ही सुनती रहूँ।

"कब लौटोगी?" वे पूछ रहे हैं।

ओहो, यह इशारा है कि वक़्त थम नहीं सकता। मुझे ऑफ़िस जाना होगा, गौरी को स्कूल।

"वही शाम तक। मैं कहती हूँ।"

"मैं इन्तज़ार करूँगा। बाय!"

"बाय!"

मैं उन्हें पुकारना चाहती हूँ पर पुकार नहीं पाती। एक सन्देश छोड़ती हूँ।

आपके साथ रहकर
अकसर मुझे लगा है
कि मैं असमर्थताओं से नहीं
सम्भावनाओं से घिरी हूँ। (सर्वेश्वरदयाल दयाल सक्सेना)

वे मुड़ते हैं और मुस्कराते हुए पर्ची उठा लेते हैं ज्यों वे जानते हों कि मैं पुकारना चाहूँगी।

"तो जान ही लिया सर्वेश्वरदयाल जी को तुमने। अब उनके प्रेम में मुझे न भूल जाना।"

वे मुस्करा रहे हैं। उनकी मुस्कराहट का संक्रमण मुझे भी छू रहा है।

8

आज गौरी को बुख़ार हुआ। सुबह वह बिलकुल ठीक थी। क़रीब दस बजे स्कूल से फ़ोन आया। ग्यारह बजे क्लाइंट से मेरी इम्पोर्टेंट मीटिंग थी। बॉस से कहती तो दिक़्क़त होती। मैंने शलभ और सुरुचि को बताया और चली आई। गौरी को सीधे डॉक्टर चेतन को दिखाया। वह बोले कोई चिन्ता की बात नहीं। मौसमी बुख़ार है। कुछ दवाइयाँ लिखी हैं। गौरी का बदन गीले कपड़े से पोंछ

उसे दवाई दी। वह मेरी गोदी नें ही सो गई। मैं उसके बाल सहला रही हूँ। मेरे कुछ आँसू उसके बालों में उलझे हैं। मैं कहना चाहती हूँ कि मैं थक गई हूँ, मैं रोना चाहती हूँ, मैं रोने के लिए एक कन्धा चाहती हूँ।

जाने वह कौन-सा पल था जब मैंने स्वयं को पुनः इस सड़क पर पाया। आज मैं अदृश्य होकर यहाँ से गुज़रना चाहती हूँ। पीले फूलोंवाली खिड़की की महिला से राह में कई जगह सामना हुआ। शायद यह उसके वॉक का समय है। मन में एक टीस ज़रूर उठी पर मैं वहाँ से बिना पदचाप आगे बढ़ गई। गुलमोहर के पेड़ के नीचे गीत की कोई पंक्ति बढ़कर मेरी राह रोकती है लेकिन मैं नहीं रुकती। मेरी आँखें कवि को तलाश रही हैं। उन्हें उनकी खिड़की पर न पाकर मैं मायूस हो जाती हूँ। पुकारती हूँ पर कोई उत्तर नहीं। मैं निरुद्देश्य आगे बढ़ गई हूँ। अनजान खिड़कियाँ मेरे चारों ओर हैं। एक खिड़की के बाहर कवि को देख मैं ठिठक जाती हूँ। यह किसी कॉलेज गर्ल की खिड़की है। वह लजाकर कवि को सुन रही है। उसके चेहरे के सुर्ख़ रंग को देख मेरे चेहरे का रंग सफ़ेद पड़ गया है। कवि जाने के लिए मुड़ते हैं। मैंने देखा उनका चेहरा बॉस से मिलता है। चेहरे पर वही विद्रूप मुस्कान है।

वे उस खिड़की से दूसरी खिड़की पर जा पहुँचे हैं। उन्होंने चिनार के कुछ पत्ते हर खिड़की पर छितरा दिये हैं। हर खिड़की का रंग सुनहरा होता जाता है। एक डोर इन सुनहरी खिड़कियों से उनकी खिड़की तक बँधती जाती है। उन्हें बस डोर खींचनी है। हर खिड़की पर एक कठपुतली है। वे काला जादू जानते हैं? वे मुझे भी कठपुतली बना देंगे?

भीड़ में अकेलापन और तीता हो जाता है। मैं अपने अकेलेपन को समेट लौट आई हूँ। गौरी की दवाई का भी समय हो गया है। पहले दलिया देकर तब उसे दवाई खिलानी है।

"हाऊ आर यू फीलिंग नाउ?"

मैं उसका माथा छूते हुए पूछती हूँ। वह मुस्कराती है। कमरा फूलों से भर जाता है।

"मम्मी मैं खेल लूँ?" वह पूछती है।

मैं उसका डॉल सेट उसे पलँग पर ही दे देती हूँ।

बॉस की कॉल है। मैं नहीं उठाती। फ़ोन स्विच ऑफ़ करके मैं लैपटॉप खोल लेती हूँ। चिनार की पत्तियाँ खिड़की से अन्दर आ रही हैं। मुझे खिड़की बन्द कर देनी चाहिए थी। अब देर हो चुकी। वे कह रहे हैं :

बहारों में टेसू हो तुम
खिली-खिली सुर्ख अंगार
पतझड़ में चिनार हो तुम
झरती बन कंचन हर द्वार।

पत्तों का पूरा गलीचा बिछ गया है। न मैं खिड़की बन्द करती हूँ और न ही उत्तर देती हूँ। अनकहे को पढ़ना कठिन होगा क्या?

9

हमारी पसन्द-नापसन्द महत्त्वहीन हो जाती है जब कोई चुपके से हमारी आदतों में शामिल हो जाता है।

हर शाम मन आतुर हो जाता है जगमगाती सड़क की ओर। मैं सप्रयास स्वयं को रोकती हूँ। वहाँ की हवाओं में अवश्य ही अफ़ीम घुली है।

ऑफ़िस और गौरी, गौरी और ऑफ़िस के बीच कहीं एक रिक्तता है। मैं इसे भरना चाहती हूँ। कभी मंज़िल दिखती है, राह नहीं। कभी राहें अनेक खुल जाती हैं पर मंज़िल नदारद। यह सड़क कहाँ जाती है? कितने मोड़ हैं? अन्त कहाँ?

खिड़की पर आज सहसा चाँद उगा है :

चाँद की चाँदनी-सा तेरा साथ
हौले-हौले कुछ यूँ ही
पसरा है ज़िन्दगी में।
बिना कोई शोर, बिना कोई पदचाप
जैसे चाँदनी बिखर जाती है
हर शाम आँगन में।

तारों की कुछ सरगोशी
और मद्धिम-सी दीपक की लौ
निष्काम, निर्लिप्त
बस शीतल-सा सुकून भरा
एक एहसास!

मेरे सुख की मार्केटिंग कर दोगी क्या?

स्वर मासूम है। मैं अपने द्वंद्व से स्वयं ही आहत। सपने भी हमें रुला सकते हैं। आभासी दुनिया यथार्थ से अधिक क़रीबी हो सकती है। हर ज़हीन व्यक्ति का अनदेखा एक क्रूर चेहरा होता है। कई क्रूर आँखों के आँसुओं ने धोए हैं धरती के दाग़। कुरूप सच या मोहक झूठ किसका चुनाव सुखकर है? जो दुनिया को नहीं छल पाते. वे स्वयं को छलते हैं। वे निष्काम प्रेम में विश्वास करते हैं। हर रिश्ते में एक विक्टिम है, एक कलप्रिट। कुछ लोग हर रिश्ते में ही विक्टिम का रोल पाते हैं। क्या मैं एक और रिश्ते में विक्टिम होने के लिए तैयार हूँ? मेरे पास कभी 'राजा' की पर्ची क्यों नहीं आती? मैं थक रही हूँ। मैं सुकून चाहती हूँ। किसी बेख़ुदी में मैं गुलमोहर के पेड़वाली खिड़की पर झाँककर आती हूँ। वह अभी भी गा रहा है। भीड़ पहले से भी अधिक है। मैं आँखें बन्द कर गीत सुनना चाहती हूँ। कभी-कभी लगता है कि मैं गीत पर अपना नाम चाहती हूँ। किसी और के नाम का गीत मुझे नहीं मोहता।

10

बॉस नाराज़ है। बिना बताए नहीं जाना चाहिए था। बताने पर वह उलझा देता। वह कह रहा है, "ओवरटाइम करो। आज डेडलाइन है।"

बॉस के पीछे खड़ा अमन मुझे शान्त रहने का इशारा कर रहा है। मैंने गौरी की आया को देर तक रुकने के लिए फ़ोन कर दिया। अमन, शलभ और सुरुचि तीनों मेरे साथ ऑफ़िस में रुके हैं। बॉस ने दो-तीन चक्कर लगाए और

फिर अपना बैग उठा चला गया। शलभ उसकी झल्लाहट की नक़ल उतार रहा है। अमन ने पिज़्ज़ा ऑर्डर किया। सुरुचि से मैं बहुत कुछ टिप्स सीख रही हूँ। काम ख़त्म होते-होते आठ बज गए थे। गौरी की चिन्ता न हो तो यूँ दोस्तों के साथ समय बिताया जा सकता है। प्रसून को गौरी की कस्टडी मिल जाए तो क्या बुरा है?

घर पहुँचते नौ बज गए। गौरी ने खाना नहीं खाया। वह मेरा इन्तज़ार कर रही है। पिज़्ज़ा खाते हुए क्या मैंने गौरी को याद किया था? शायद किया था, हाँ पक्का किया था। मैंने सोचा था गौरी होती तो चोकोलावा केक मँगाने की भी ज़िद करती। मैं अपनी नज़रों में गिरने से बच गई हूँ। मैंने गौरी को गले लगा लिया। उसे अपने हाथों से खाना खिलाया।

"गौरी आई कांट लिव विदआउट यू। यू आर माइ लाइफ़ शोना।"

कहते हुए मैं उसका माथा चूम रही हूँ। वह नन्ही उँगलियों से मेरे आँसू पोंछ रही है। जब तक वह सो नहीं जाती मैं उसके साथ हूँ। वह जल्द ही सो गई। मैं आदतन जाग रही हूँ। दिन की गतिविधियाँ सुनने-सुनानेवाला कोई पास न हो तो रातों का क्या औचित्य? साइड स्टूल की ड्राअर से दवाई की बोतल निकालती हूँ। बोतल की आख़िरी गोली खाते हुए मैं खिड़की पर फड़फड़ाती हुई पर्ची पढ़ रही हूँ :

आँगन में हौले-हौले पाँव पसारती
सुरमयी-सी शाम
जानती हो जैसे कि
आज भी तुम नहीं आओगी।
तुम तो नहीं, लेकिन वह कुछ
शर्मिन्दा-सी लगती है
तुम्हें बिना लिये आने का
ख़ुद को दोष देती।
पंछियों ने भी मौन रह
मानो शाम का ही समर्थन किया है।

उन्हें कैसे समझाऊँ? तुम ही बतलाओ!
धुँधलका बाहर नहीं, मेरे भीतर अधिक है।
बाहर तो फैली है दूर तलक नीरवता
पर भीतर का कोलाहल
कई रातों से मुझे जगाए है...!

यह नीरवता, यह कोलाहल दोनों मेरे भीतर एकरूप रहते हैं। मैं दोनों से डरती हूँ। मैं इनसे एक मुलाक़ात चाहती हूँ। मैं इनसे लड़ना चाहती हूँ। मैं एक साथी चाहती हूँ जिसके कहकहे इस नीरवता को भंग करे, मैं एक साथी चाहती हूँ जिसके मृदुल स्वर से सब कोलाहल शान्त हो जाए।

"मुझे अकेला छोड़ दीजिए!" मैं कह उठती हूँ।

"I am here, with you, for you."

वे वही क्यों कह देते हैं जो मैं सुनना चाहती हूँ।

खिड़की की चौखट आँसुओं से भीगी है।

11

रात-ही-रात में खिड़की की नमी आकाश तक फैल गई। दो स्याह दुखों का साझा रंग इन्द्रधनुषी होता है। इन्द्रधनुष क्या है? अधूरी धूप और अधूरी बूँदों के प्रेम भरे साझा हस्ताक्षर! सिर्फ़ एक के हस्ताक्षर से कोई कॉन्ट्रैक्ट पूरा नहीं होता। कवि के हस्ताक्षर खिड़की पर छूटे हुए हैं। क्या मैं भी अपने हस्ताक्षर कर दूँ?

कवि की तलाश में मैं सड़क पर हूँ। मैं यह देखकर हैरान हूँ कि कवि के हस्ताक्षर कई खिड़कियों पर हैं। लेखक ऑटोग्राफ़ देने में अभ्यस्त होते हैं। लेखकों के ऑटोग्राफ़ पाकर लोग गर्वित होते हैं। मैं क्यों उदास हूँ? मुझे कवि नहीं चाहिए, कविता भी नहीं, मैं एक दोस्त चाहती हूँ। मैं दोस्ती में विश्वास चाहती हूँ। मैं दोस्तों की भीड़ नहीं चाहती। मैं एकनिष्ठता चाहती हूँ। कवि पुकार रहे हैं पर मैं भाग रही हूँ। मैं अपनी क्षमता से भी तेज़ भाग रही हूँ। मैं अपनी आत्मा पर एक और आघात नहीं चाहती। वे पीछे छूट गए हैं। मैं वह

खिड़की बन्द कर देती हूँ जिससे वे मुझ तक पहुँच न सकें।

मैं गौरी को जगा रही हूँ। "आज हम साथ रहेंगे। नो ऑफ़िस?" वह हैरान है। "यस, नो ऑफ़िस। मम्मा-गौरी टाइम ओनली।" मैं उसे आश्वस्त करती हूँ। वह मेरे गले में बाँह डालकर फिर सो गई है। जब ऑफ़िस नहीं जाना तब घड़ी से क्यों दौड़ लगानी। मैं भी कुछ और देर सो सकती हूँ।

तान्या का फ़ोन आया है। वह कह रही है कि प्रसून मिलना चाहता है। घर का दरवाज़ा अचानक खुल गया है। मैं गौरी को पूछ रही हूँ, "क्या मम्मा-गौरी टाइम में एक नाम और शामिल किया जा सकता है?"

प्रश्न ख़त्म होने से पहले ही गौरी 'पापा' कहते हुए हाथ फैलाकर दरवाज़े की ओर दौड़ गई। प्रसून उसे गोदी में लिये मुस्करा रहा है। वह प्रसून को देख मुस्करा रही है। वह पापा को किस्सी दे रही है। पापा उसके लिए खिलौने लाए हैं। हर मूवी में पापा से बच्चियाँ यूँ ही मिलती हैं। बस मूवी के अन्त में मम्मी-पापा एक हो जाया करते हैं लेकिन यह तो जीवन है, नहीं यह सपना है, भयानक सपना, आँख खुलती है, शरीर पसीने से भीगा है, गौरी मेरे बराबर गहरी नींद सोई है। समय देखा सुबह के सात। सुबह का सपना सच होता है, माँ कहती है, है नहीं, कहती थी जब कहने लायक़ थी। अस्थिपंजर कब बोलते हैं? माँ के अस्थिपंजर होने का तो सपना नहीं आया था। वह अस्थिपंजर कैसे बन गई? पहले माँ की आवाज़ बदली फिर खाना फँसा और फिर पानी भी। आवाज़ बदलने को कौन पहचानता, माँ इन सालों में पूरी ही बदल गई थी। कोई देख पाया था क्या? वह स्वयं भी तो नहीं। और गले में तो औरतों के जाने क्या-क्या फँसा ही रहता है! जो बातें वह कभी बोल नहीं पाईं, उपेक्षा से ऊब, उन बातों ने बग़ावत की, यूनियन बनाई और एकत्र हो, एक गाँठ बनकर फँस गईं। चीरा लगाकर दवाइयाँ दी गईं, मशीन से जलाया गया, लेकिन यह माँ थी, जो बातें मन में दफ़ना ली वह कभी पिघलने ही नहीं दी फिर। पिघली तो माँ के शरीर की वसा, गाँठ ज्यों-की-त्यों। बाती के अनवरत तिल-तिल जलने पर वसा का उपभोग कोई आश्चर्य नहीं।

मिले हो तुम मुझको बड़े नसीबों से...मिला नहीं कोई बस मेरे फ़ोन की रिंगटोन है जो अनजान नम्बर से बज उठा है।

"हैलो?" मैंने कहा।

गुलों में रंग भरे बाद-ए-नौ-बहार चले
चले भी आओ कि गुलशन का कारोबार चले

(फ़ैज़ अहमद फैज़)

"कौन?"

चार दिन की ज़िन्दगी में नाराज़गी अच्छी नहीं
अपनों से पूछे जो 'कौन' यह अदायगी अच्छी नहीं।

फ़ोन रखने ही वाली थी जब आवाज़ आई, "यशोवर्धन प्रताप, नाम तो सुना ही होगा!"

"अरे आप!" उफ़्फ़! एक खिड़की खुली ही छुटी थी पर मन का कोई ईमान ही नहीं। इस भूल पर भी हज़ार तर्क ठुकरा कर उछल पड़ा।

"नम्बर कैसे मिला?"

"जहाँ चाह वहाँ राह।"

मुझे लगा मैं रो पड़ूँगी

"आई क्यों नहीं?"

"पता नहीं था कि कोई इन्तज़ार करेगा।"

"तुम्हारा मन तो जानता था। तुम न स्वीकारो चाहे।"

मेरी सिसकियाँ उन तक पहुँच रही थीं शायद!

वे बोले, "न न, रोते नहीं। ख़ुश रहो। मुस्कराती रहो। आज कुछ लिखूँगा तुम्हारे लिए। आओगी न?"

मैंने 'हाँ' में सिर हिलाया।

"बोलो? आओगी न?"

"जी।" मैंने आँसुओं को रोकते हुए भरे गले से बमुश्किल कहा।

भुरभुरी मिट्टी के पुतले हैं हम। कोई छूता है और बिखर जाते हैं। सबके साथ रहते भी जाने कैसे एक निर्वात हमारे अन्दर बन जाता है। चारों ओर से हवा उसे भरने दौड़ पड़ती है। द्वंद्व का बवंडर हमें घेर लेता है। आँखों में धूल भर जाती है। कुछ स्पष्ट नहीं दिखता।

12

गौरी को जगाया। दोनों तैयार होकर 'फ्रोजेन-2' का मॉर्निंग शो देखने गए। गौरी को कुछ झूलों पर बिठाया। शॉपिंग की। 'बारबेक्यू नेशन' में लंच किया। गौरी ने कहा, "काश! आज मेरा बर्थडे होता!"

मैंने कहा, "मान लो कि आज ही है।"

बर्थ डे कैप लगाकर केक काटती गौरी के चेहरे पर निर्दोष हँसी खिल उठी। तालियों की गूँज के साथ 'हैप्पी बर्थडे टू यू' के स्वर हवा में तैर गए। कुछ मासूम झूठ सच मान लेने-भर से ख़ुशियाँ यूँ ही सहज मिल जाया करती हैं क्या? मन में सोचा—'Give me the beautiful lie and you can keep your ugly truth. What you don't know won't hurt you.'

(Anonymous)

मॉल की दुनिया उस जगमगाती सड़क जैसी ही ख़ूबसूरत प्रतीत होती है, पर यहाँ ख़ुशी की क़ीमत बहुत अधिक है हम बाहर आ जाते हैं।

"गौरी, घर या पार्क?" मैंने पूछा।

गौरी ने पार्क चुना। वह पार्क में स्लाइड पर दौड़ गई। बच्चों के लिए नीचे गिरना भी कैसा रोचक है। हम जाने क्यों ऊँचाइयों में ही उलझे रहते हैं। गौरी जल्द ही दूसरे झूले पर दौड़ गई। वह पार्क के हर झूले पर बैठेगी। मैं पास ही बेंच पर बैठ उसे देख रही हूँ। मैं उसके आसपास खेलते और बच्चों को भी देख रही हूँ। मैं उन बच्चों के साथ आए उनके मम्मी और पापा को भी देख रही हूँ। मैं गौरी के पास भी उसके पापा चाहती हूँ। नहीं, मैं एक इरेज़र उठा इस तसवीर से सब पापा मिटा देना चाहती हूँ। मैं अपने पापा को अपने पास चाहती हूँ। मैं कवि में अपने पापा चाहती हूँ?

एक यायावर दिन का अन्त कर हम घर लौट आए हैं। पिछले कुछ सालों में गौरी के लिए ऐसे कम ही दिन जुटा पाई हूँ मैं। मैं उसका निर्मल मुख चूम लेती हूँ। ऐसे ख़ूबसूरत दिन का अन्त भी मीठा ही होना चाहिए। पिज़्ज़ा और चोकोलावा केक ऑर्डर किया गया। गौरी डिलीवरी बॉय के डोरबेल बजाने

का इन्तज़ार करती 'माशा एन बेयर' देखने लगी। दरवाज़े से पहले ही खिड़की पर दस्तक हो गई। मैंने झाँका—"कुछ सीले से हर्फ़ लिखे थे, पढ़े थे क्या?"

मैंने पूरी खिड़की की तलाशी ली। कहीं कुछ नया नहीं था। कहा, "कैसे पढ़ती मिले ही नहीं।"

वे बोले, "जाने क्यों तुम मेरा मन पढ़ नहीं पाती?"

मन पढ़ने को ज़रूरी है मन की आँखें
मन ही मर जाने पर कैसे पढ़ूँ मन की बातें।

"देखो, तुम तो कवि बन गई।" वे मुस्कराए।

मैं स्वयं अचम्भित थी। यह क्या हो रहा था? क्या चाहती हूँ मैं? वे क्या चाहते हैं?

"आप शायद मुझे ग़लत समझ रहे हैं।" मेरे शब्द सच ही सीले थे।

"विश्वास रखो, किसी कामनावश तुमसे बात नहीं करता।" उन्होंने कहा।

"आज थका हूँ। जल्दी सोऊँगा।" आगे कहा।

"जी।"

"बस तुम्हारी एक मुस्कान के लिए रुका था। मुस्करा दो तो जाऊँ।"

कहीं दूर बेला महका और हवा के संग खिड़की से भीतर चला आया। वे चले गए। मैं उनकी जाने की दिशा में देखती रही।

सुख पर शंका का परछाया है। विश्वास का टीका लगाना चाहती हूँ। नेह की कुछ बूँद और मन गीली मिट्टी-सा गलता जाता है।

मैं पुकारती हूँ, "सुनिए!"

वे दूर जा चुके थे पर लौट आए। इस पुकार की अनुगूँज उनके चेहरे पर मुस्कान बन थिरक रही है।

"आप न आया करिए। मैं पहले ही टूटी हुई हूँ।"

वे स्तब्ध खड़े हैं।

"नहीं, आऊँगा। पर सज़ा गुनाह पर ही मिलनी चाहिए न। कोई गुनाह किया है क्या?"

प्रेम सबसे बड़ा गुनाह है। भीतर तक तोड़ देता है। मैं कहना चाहती हूँ।

पर नहीं कहती। उन्होंने कब कहा कि वह मुझसे प्रेम करते हैं। मैं ही कब उनसे प्रेम करती हूँ। दो टूटे हुए साज़ हैं जो साथ होने पर एक दूजे के अधूरेपन की तसल्ली बन जाते हैं।

"यक़ीन करो। मैं कभी तुम्हें दुख नहीं पहुँचा सकता। जब पुकारोगी आ जाऊँगा। जब उकता जाओगी चला जाऊँगा।"

"और उकताहट आपकी तरफ़ से हुई तब?"

"कभी भी आज़मा लेना। मैं यहीं हूँ सदा तुम्हारे पास। ख़ुश रहो।"

आशीष दुखों को साध लिया करते हैं। कितने दिनों बाद मैं बिना गोली खाए भी सो सकी।

आजकल दिन ख़ुद को दोहराने लगे हैं। दोहराव प्रतिक्रिया को कुन्द कर देता है। अवसन्नता अब निस्पृहता में बदल रही है। ज़िन्दगी हाथ पकड़ जिधर ले जा रही है उधर बढ़ जाती हूँ। जहाँ बिठा देती है बैठ जाती हूँ। मैं तर्क करते थक गई हूँ।

ऑफ़िस में जो उकताहट बढ़ जाती है। खिड़की पर आकर झर जाती है। खिड़की के फूलों की महक दिन-भर मन महकाती है। मैंने ऑफ़िस से रास्ता तलाश लिया है। अब शलभ, सुरुचि और अमन के साथ होते हुए भी मन कहीं और अटका रहता है। वह कोई प्लान बनाते भी हैं तो मैं गौरी का बहाना बनाकर मना कर देती हूँ। उनके अपने भरे-पूरे परिवार हैं। उनकी पूर्णता मुझे मेरी अपूर्णता का एहसास कराती है। मैं सड़क पर भी और कहीं नहीं निकलती। मेरी दुनिया ऑफ़िस और खिड़की विशेष तक ही सीमित हो गई है। इस जड़ता को तोड़ते कभी-कभी फ़ोन की घंटी ज़रूर बज जाती है। जिसकी आवृत्ति बढ़ती जा रही है और अवधि भी।

13

गौरी का सातवाँ जन्मदिन है। सात फेरे और सात वचनों के पश्चात भी प्रसून नहीं आया है और न ही कोई सन्देश। मैंने गौरी की सभी सहेलियों को 'कैफे पामेरा' में बुलाया। गौरी ने 'ऐलज़ा' के जैसा नीला गाऊन पहना। लगता है

परियाँ आज धरा पर उतर आई हैं। मैं नहीं चाहती गौरी को प्रसून की ज़रा भी कमी महसूस हो। उसने जो भी चाहा मैंने वह सब किय। फ़ोटो खींचते हुए सुरुचि कह रही है कि मुझे अब अपने बारे में भी सोचना चाहिए। जन्मदिन की तसवीरें देखते मैं सोच रही हूँ कि इतनी भीड़ में एक जन की अनुपस्थिति से तसवीरें कैसे अपूर्ण दिखने लगती हैं। मैंने उन तसवीरों को अलग कर दिया जिनमें मैं भी हूँ। माँ की उपस्थिति में पिता की अनुपस्थिति बड़ा प्रश्न बन सकती है। केवल बच्चोंवाली तसवीरें ही अपरिचितों से साझा करना उचित है। साझा करना क्या ज़रूरी है? पर और कौन है मेरे पास मेरे सुख-दुख बाँटने। ज़रा-सी ख़ुशी मिलती है तो सँभाल नहीं पाती। छलक जाती है उसी सड़क पर। मैं जानती हूँ जन्मदिन यहाँ बड़ा उत्सव है। सब खिड़कियों पर आ गए हैं। वे सब ख़ुशी से चिल्ला रहे हैं, "Happy birthday, Gauri!"

कहीं-न-कहीं एक ग्लानि मुझे घेर रही है। उनके बच्चों के जन्मदिन पर पता नहीं मैंने आशीष दिया था कि नहीं! अन्यमनस्कता आजकल हावी हुई रहती है।

गौरी अपने उपहारों से ख़ुश है। हम दोनों ने डॉल हाउस बनाया। बार्बी के साथ आईं नई ड्रेसेस पुरानी बॉर्बी को भी पहनाई गईं। खेलते-खेलते गौरी वहीं सोफ़े पर ही सो गई। उसे पलँग पर लिटा मैं सड़क निहारने लगी। हैप्पी बर्थडे का शोर अभी थमा नहीं है। कई नई आवाज़ें मेरी खिड़की पर दस्तक दे रही हैं पर मैं खिड़की नहीं खोलती। जिसकी दस्तक का मुझे इन्तज़ार है वह जाने क्यों आज अनुपस्थित है। दिन का अधूरापन कुछ और बढ़ गया। सोते हुए आँखें गीली हैं।

सुबह देखा आशीषों से झोली भरी है। सोती हुई गौरी को चूम लिया। उसे जगाया स्कूल के लिए तैयार किया। खिड़की पर दस्तक हो रही है। मन खिड़की पर अटका है। आँखें सड़क के ट्रैफिक पर।

ऑफ़िस पहुँचकर सबसे पहले खिड़की ही खोली। छोड़ी गई चिट पढ़ी, "सदा कैमरे के पीछे ही रहना ज़रूरी है क्या? कभी आगे भी आना चाहिए। फ्रंट कैमरा भी इस्तेमाल किया जा सकता है।"

एक गुलाबी मुस्कान चली आई। दिन को कहा आज पाँव ज़रा तेज़ बढ़ाओ। बॉस ने किसी-न-किसी बहाने चार बार अपने चैम्बर में बुलाया लेकिन अब

जाते हुए मेरा मन नहीं काँपता। मैं उसकी आँख में आँख डालकर बात करती हूँ तो वह अपनी नज़र झुका लेता है।

दिन जितनी आहिस्ता से रात की ओर बढ़ा मेरा मन उतनी ही तेज़ी से खिड़की की ओर। आज गौरी की बातें और खेल बचकाने लग रहे हैं। उसके साथ होते हुए भी मन दूर निकल जाता है। खिड़की पर पहली दस्तक के साथ ही मैं गौरी को कहती हूँ कि वह कुछ देर कार्टून देख सकती है। वह रिमोट उठाती है और मैं खिड़की खोलती हूँ।

"कैसी हो?"

मैं बस मुस्करा-भर दी।

"मुझे मिस किया?"

मैं चुप। कुछ सच चाहकर भी कहे नहीं जा सकते।

"तुम न भी करो मेरा इन्तज़ार। मैं करता रहूँगा, उम्र-भर।"

"मैं किसी वादे पर विश्वास नहीं कर पाती।"

कुछ सच कैसे दयनीय होते हैं। मन में सोचते आँखें भीग उठीं।

"न न, आँसू नहीं। मुस्कराओ।"

यहाँ अनुभूतियाँ पोस्टरों में सिमटी हैं। मैं मुस्कान का पोस्टर उन्हें पकड़ा देती हूँ। वह प्रत्युत्तर में आशीर्वाद का।

"अपनी कोई मुस्कराती हुई तसवीर देना।"

"मुस्कान जीवन से ही रूठी है। तसवीर में कैसे उतरेगी?"

"आज एक सेल्फ़ी लेना। मुस्कराना। इतना कर सकती हो न मेरे लिए?"

मेरा स्वयं से कभी औपचारिक परिचय कराया नहीं गया है। मैं मेरे लिए नितान्त अजनबी हूँ। क्या कर सकती हूँ क्या नहीं, कब जानती हूँ! पर हाँ, उनके जाने के बाद खिड़की बन्द करके सबसे पहले मैंने सेल्फ़ी कैमरा ही खोला। मुस्करा नहीं पाई, उदासी एक क्लिक के साथ क़ैद हो गई। मैं मुस्कान तलाशने सड़क पर निकली हूँ। यहाँ कभी सन्नाटा नहीं होता। कुछ तो रात्रिचर ही हैं, दिन में कभी नहीं दिखते। कई नई खिड़कियों को निहारती मैं आगे बढ़ी हूँ। कवि ने अपनी एक खिड़की भूलवश खुली छोड़ी है। इस जगमगाते जग की यही ख़ासियत है। आप जब चाहें भीड़ चुन लें, जब चाहें अकेले हो जाएँ,

जब चाहें भीड़ में से किसी एक या कुछ को चुन लें। जीवन चयन की यह सहूलियत कब देता है? उन्होंने बेध्यानी में कॉलेज गर्ल के संवाद में मुझे भी चुन लिया। वह लड़की से कह रहे हैं, "मैं सदा तुम्हारे साथ हूँ।"

उन्होंने उसे भी आशीर्वाद दिया है और उसकी भी आँखें छलछला उठी हैं। दुख कब उम्र के मोहताज है! मैं इस लड़की को गले लगाना चाहती हूँ, पर अनामंत्रित मेहमान अपनी उपस्थिति कैसे उजागर करे? मैं उस लड़की के जाने की अपनी खिडकी पर प्रतीक्षा करती हूँ। खिड़की पर हुई असमय दस्तक से कवि हैरान हैं।

"आपने कहा था कभी भी पुकार सकती हूँ।" मैं कहती हूँ।

उन्हें संयत होने का समय मिल गया।

"क्यों नहीं, कभी भी। एक आवाज़ पर सदा पास पाओगी।"

"क्यों?" मैं अवरुद्ध कंठ से बमुश्किल कह पाती हूँ।

एक दमघोंटू चुप्पी

"कुछ रिश्ते आत्मिक होते हैं। आत्माओं के कोटरों में हमारे स्थायी पते लिखे हैं। वहीं लौटते हैं, ठहरते हैं।

मैं स्वयं भी नहीं जानता
किस जन्म तुम्हारे
मन-वृक्ष के कोटर में
मैंने बनाया था अपना नीड़।
सुधियों की पगडंडिया तलाशता
हर जन्म..
मैं तुम तक पहुँचता हूँ।
अवचेतन की स्मृतियों में
गहरे लिखे हैं हम सबके
स्थायी आवासों के पते।"

"और भी कोई है जिससे यह आत्मिक लगाव आप महसूस करते हैं?" सच की भयावहता मुझे डरा रही है। भ्रम का सुन्दर किला सीलन से चरमरा गया है।

"और कौन हो सकता है! बस तुम!"

"Hurt me with the truth, but Never comfort me with a lie." मैं चाहकर भी नहीं कह पाई। बस चली आई।

एक आस थी कि वे पुकारेंगे पर नहीं, कोई पुकार नहीं। खिड़की पर भी कोई दस्तक नहीं।

तारीख़ें बदलती गईं, पर ज़िन्दगी एक पुकार के इन्तज़ार में थमी रही। कभी लगता सपना सुखद हो तो क्या अनवरत नहीं चल सकता? आज चुपचाप काँपते क़दमों से सड़क पर निकली। देखा, कवि कोई नई कविता सुना रहे हैं। नीली आँखोंवाली, कॉलेज गर्ल, गुलाब के फूलोंवाली महिला सभी तो मोहित हो सुन रही हैं। कवि ने सबको गुलाब बाँटे पर जाने कैसे दूर खड़े ही काँटे मेरे हाथ में चुभे हैं। सबके जाने के बाद मैं उनके सामने जा खड़ी हुई।

"एक फूल मेरे लिए भी बचा लेते।" स्वर की विकलता पर मैं स्वयं लज्जित हूँ।

"तुम्हें फूल देनेवाले बहुत हैं।" वे तल्ख़ी से कहकर पलट चले।

अपमान और क्षोभ से छलनी मन आँखों के रास्ते छलक उठा।

हम रात-भर जागकर अपना विद्रोह दर्ज करा सकते हैं, पर सूरज को जाने से नहीं रोक सकते और मुझमें तो नियति के निर्णयों से विद्रोह की ताक़त भी अब शेष नहीं। मैंने सिरहाने रखी शीशी उठाई, उसका ढक्कन खोल पूरा मुँह में उड़ेल लिया। आँधी का तेज़ झोंका आया। सारी खिड़कियाँ आपस में टकराईं और किरचनें फैल गईं। काँच के महीन टुकड़े मेरे पूरे शरीर में धँसने लगे। जानलेवा दर्द रगों में दौड़ने लगा और फिर सब शान्त हो गया। हमारी चीत्कार कोई नहीं सुनता लेकिन चुप होने का निर्णय ख़बर बन जाती है। मेरी देह भी अब एक ख़बर थी और मन अतृप्त आत्मा!

माँ का कंकाल हिचकी ले-लेकर रो रहा है। रोने से हाथ में लगी ड्रिप निकल गई, ख़ून बह रहा है। प्रसून कह रहा है कि गौरी को किसी बोर्डिंग में भेजना होगा। वह अपने साथ नहीं रख सकता। बॉस व्यथित होकर सबको बता रहा है कि मैं उसका साथ चाहती थी किन्तु वह अपनी पत्नी से दग़ा नहीं कर सकता था। कवि ने अपनी एक खिड़की पर मेरी तसवीर लगाई है। लिखा है

कि कोई दुख साझा करनेवाला होता तो मैं बच सकती थी।

ओहो! दुख से नहीं मरता कोई, दुख की नुमाइश कर मर जाता है। मैं चिल्लाना चाहती हूँ। शायद चिल्ला ही पड़ती हूँ :

एक क़त्ल है हुआ इधर पर क़ातिल कोई नहीं
ख़ंजर है सबके हाथ में पर शामिल कोई नहीं।

गौरी, मम्मी! मम्मी! पुकारती, रुआँसी हो मेरा हाथ खींच रही है। अकबकाकर मैं उठ बैठी। सिरहाने रखी दवाई की शीशी वैसी ही भरी है। मैं पसीने से भीगी हूँ। पानी पीते हुए मैं गौरी को गले लगा लेती हूँ। मैंने गौरी को एक बार ही जन्म दिया है, पर वह जाने मुझे कितने जन्म दे चुकी है।

गौरी मेरी गोदी में मुझे कसकर पकड़े सो रही है। चिन्ता की कुछ रेखाएँ उसके चेहरे पर बनी हैं। कहीं दूर कोई गा रहा है :

यह क्या जगह है दोस्तों, यह कौन-सा दयार है
हद-ए-निगाह तक जहाँ ग़ुबार-ही-ग़ुबार है।

(शहरयार)

दूर नहीं मेरे बेहद क़रीब मेरा अन्तर्मन ही गा रहा है। मैंने अपनी उँगलियों से गौरी के माथे की सलवटों को सहलाया। स्पर्श की सुखद अनुभूति स्मित बन झलकी। मैंने आहिस्ता से मोबाइल उठाया और हर उस खिड़की को सदा के लिए बन्द कर दिया जिनसे इस स्मित के खो जाने का ज़रा-सा भी अन्देशा हो।

वारका बीच पर डॉल्फ़िन

होना तो यह चाहिए था कि मैं उसके क़रीब जाती और उसके कन्धे पर हाथ रख देती जिससे उसके भीतर भरा सब आवेग बह निकलता। होना तो यह चाहिए था कि मैं उठकर कमरे से बाहर चली जाती उसे अपेक्षित एकान्त देने, जिसमें वह अपने प्रति हुई तमाम हिंसाओं और क्रूरताओं के विपक्ष में चीत्कार कर सकती लेकिन अनवरत दुख अपना मान खो बैठते हैं सो हुआ यह कि मैंने फ़ोन स्क्रोल करते हुए उससे कहा, "गोवा घूमने चलें?"

मुझे सदा लगता है कि दुखों से उबरने का उसका लम्बा अभ्यास है। उसने एक गहरी साँस लेते हुए मेरी ओर देखा और किंचित अविश्वास-भरे स्वर में पूछा, "क्या हम नया साल गोवा में मना सकते हैं?"

मैंने सर्च करते हुए उसे बताया कि अमुक ट्रेन में दो सीटें वेटिंग नम्बर 125 और 126 के साथ उपलब्ध हैं।

उसने कहा कि वेट (प्रतीक्षा) की अनिश्चितता में लिपटी शामें उसे पसन्द नहीं और हम हवाई मार्ग से क्यों नहीं जा सकते? समय भी बचेगा और हवाई यात्रा में दुर्घटना के बाद अपंग जीवन की विवशता भुगतने को ज़िन्दा न बचने की निश्चिन्तता होती है।

इस निराशावादी तर्क पर मेरे रोंगटे खड़े हो गए होते अगर उसके अतीत से मेरा क़रीबी नाता न बन चुका होता। मैंने एयर टिकट खँगालनी शुरू की और उसे बताया कि नये साल पर किराये बहुत बढ़े हुए आ रहे हैं। हम उसके बाद जा सकते हैं हालाँकि घटे हुए दर पर भी हवाई यात्रा के लिए मेरा बैंक बैलेंस बहुत कम था।

"हम्म, नये साल पर भीड़ भी बहुत होगी। दूसरे हफ़्ते में चलते हैं। और हाँ, यह ट्रिप मेरी तरफ़ से तुम्हारे जन्मदिन का उपहार!"

ऐसी दुविधाओं से उसने कितनी ही दफ़ा मुझे बिना शर्मिन्दा किये सहज ही निकाला है।

"तुम पर इतना बोझ डालना सही नहीं लगता मुझे।" मैंने उसका हाथ पकड़ते हुए गीले स्वर में कहा।

"प्लीज़! आई इंसिस्ट बैंक बैलेंस के सिवाय और है ही क्या मेरे पास?"

यह कहते हुए अतीत ने पुनः उसके चेहरे और स्वर पर क़ब्ज़ा कर लिया। मैं भी अतीत में पहुँच उससे पहली मुलाक़ात याद करने लगी।

लुटियंस दिल्ली की समय की परत के बीच कहीं फँसी हुई यह क़स्बानुमा कॉलोनी थी। जहाँ परम्परागत घरों में पहले दो मंज़िलें बढ़ाकर अधिक-से-अधिक किरायेदार कम-से-कम लागत में हथियाने की व्यवस्था बनाई गई और फिर उन्हें तोड़कर फ़्लैट्स बनाए जा रहे थे। हम भले ही ग्राउंड फ़्लोर के एक कमरे में रहते हैं, पर हमारे ऊपर पाँच फ़्लोर और बने हुए हैं। इस बिल्डिंग में लिफ़्ट का होना यहाँ बड़ी घटना थी और डीलर इसी बात का दम भरते हुए मुझे यहाँ लाया था।

नये बने फ़्लैट लुभा रहे थे पर किराया कुछ ज़्यादा था और मेरे ऑफ़िस से थोड़ा दूर भी। इसी समय डीलर के पास फ़ोन आया था और फ़ोन रखते हुए उसने पूछा था, "क्या आप किसी अन्य महिला के साथ फ़्लैट शेयर करना चाहेंगी? किराया आधा हो जाएगा।" मैं कुछ ज़वाब देती उससे पहले ही व्हीलचेयर पर बैठी वह महिला मेरे सामने थी। पहली नज़र में मैंने वहाँ कुछ भी लुभावना नहीं पाया था, सिवाय उसके बाएँ पैर में बँधी रंग-बिरंगी तितलियों वाली पायल के!

"आइए" कहते हुए वह आगे बढ़ा था और महिला भी। मैं असमंजस में वहीं खड़ी रह गई थी।

"आइए!" डीलर ने पीछे मुड़कर पुनः पुकारा और मैं हिचकिचाते हुए साथ हो ली थी।

"माया जी यहाँ बैंक में भाषा अधिकारी हैं।"

उन्होंने परिचय दिया। माया ने मुस्कराते हुए हाथ आगे बढ़ाया, "माया!"

"मैं शेफाली।"

"मार्केटिंग में हो?"

"जी!" कहते हुए मैंने चकित होकर अपने गले की ओर देखा। नहीं, आईडी कार्ड वहाँ नहीं था। मैं कार में छोड़कर आई थी।

डीलर अब ग्राउंड फ़्लोर का फ़्लैट दिखा रहा था। मैंने अब नोटिस किया कि माया अपनी व्हीलचेयर स्वयं चला रही है। बिल्डिंग के विकलांग अनुकूल होने का महत्त्व मैंने पहली बार जाना। यह माया का आत्मविश्वास ही था जिसने मुझे सबसे पहले प्रभावित किया था। साथ रहते हुए मैंने भले ही इसे कई अवसरों पर अतिरेक में पाया।

आरम्भ में उसका अधिकारपूर्वक अपने काम मुझसे कहना अखरता था किन्तु समय के साथ आत्मीयता स्थापित होती गई। ख़ासकर इसलिए भी कि बिनकहे ही मेरे कई काम वह अपने सिर सहजता से लिए थी। ऑफ़िस से लौटने पर माया के हाथ का बना स्वादिष्ट खाना सब थकान उतार देता था। उसका ऑफ़िस पास होने से वह पहले आ जाती थी और सरकारी नौकरी में ओवरटाइम जैसी स्थितियाँ नहीं बनती थीं।

एकमात्र समस्या उसके नित नये दोस्तों की थी। जो उसके जीवन में आते-जाते रहते थे और उनके साथ घटे अच्छे-बुरे सब पल मुझे सुनने पड़ते, जिन्हें सुनते मुझे गिरीश कर्नाड की किताब में दर्ज, उनकी सहपाठी एन फ्रांसीसी स्मरण हो आती। उस किताब को पढ़ते मुझे आश्चर्य हुआ था क्योंकि तब एक खेदपूर्ण विचार मेरे साथ बना रहता था कि अपूर्ण देह के संग जीवन के संघर्षों में मन चुक जाता होगा किन्तु कैलिपर्स के सहारे चलती फ्रांसीसी को मैंने दुगुने उत्साह से जीवन जीते पाया था। इसी आश्चर्य ने मुझे तब भी घेर लिया था जब माया ने अपने प्रेम-विवाह के विषय में बताया था। उसने शायद मेरी नज़रों में उतर आया अविश्वास पढ़ लिया था।

"तब मैं व्हीलचेयर पर नहीं थी कैलिपर की मदद से चलती थी।" उसने स्पष्टीकरण दिया। मुझे अपने ओछेपन पर गहरा अफ़सोस हुआ।

"एक पैर जन्मजात पोलियो से ख़राब था।" उसने स्वयं ही आगे बताया,

"दूसरा प्रेम-कहानी पूरी करने में गँवा बैठी।"

शादी के बाद वे हनीमून मनाने के इरादे से देश भ्रमण पर निकले थे लेकिन उसकी तबीयत ख़राब हो जाने के कारण उन्हें बीच में ही लौटना पड़ा था। लौटते समय ट्रेन में हुए बम विस्फोट ने उसके पति और उसकी स्वच्छन्दता दोनों को छीन लिया था। स्पाइन में हुई इंजरी के कारण एक लम्बा समय उसने पलँग पर बताया था और अब वह व्हीलचेयर के माध्यम से अपनी दिनचर्या सँभाले हुई थी। उसकी कहानी सुनकर मैंने अपने पैरों को देखा। इनमें भागने का साहस कभी क्यों नहीं भर पाया!

उस रात मैं उन अनजान परिवारों के बारे में सोचना चाहती थी जिनकी इस हादसे ने ज़िन्दगी बदल दी होगी लेकिन भटकते हुए विचार बार-बार सुयश के पास पहुँच जाते और फिर देर तक मैं केवल सुयश के बारे में सोचती रही। हमारे बीच की भावनात्मक नज़दीकियों और भौगोलिक दूरियों के विषय में। इस सोचने में कई कठिनाइयाँ थीं। मुख्य यह कि इस समय सुयश किन भौगोलिक और मानसिक स्थितियों में है इसका कोई सूत्र मेरे हाथ नहीं था। पास थी तो बस एक अनकही स्वार्थी प्रार्थना जिसमें मैंने सुयश से दूर हो जाना चाहा था और ईश्वर ने उसे बिना कोई ना-नुकुर के स्वीकार लिया था। सुयश पल-भर को कौंधे किसी विचार-सा मेरे जीवन से अचानक ग़ायब हो गया था। साथ बचा तो उसके होने और खोने से उपजा, उलझा हुआ भारीपन!

कभी-कभी मन होता कि माया को सुयश के विषय में बताऊँ किन्तु मन ऐसा संकोची है कि स्वयं को सात पर्दों में छुपाए रखना चाहता है और फिर यह केवल मेरा निज भी तो नहीं, इस बताने में सुयश के वे सभी मानसिक अवसाद और उन्माद भी शामिल होंगे जिनसे निजात पाने मैंने वह प्रार्थना रूपी शाप स्वयं को दे डाला था। और वह सभी कर्ज़ भी जिन्हें चुकाते मेरी नौकरी छोटी पड़ जाती है।

शारीरिक संघर्षों से उपजे मानसिक संघर्ष माया ख़ूब पहचानती है। जीवन की कठोरता को उसने क़रीब से देखा-परखा है। तब भी मुझे लगता है कि वह सुयश और मेरे रिश्ते को अपेक्षित नरमाई से न देख मुझे कठघरे में खड़ा कर देगी और मैं उन अँधियारों में और अकेली पड़ जाऊँगी।

ऐसा नहीं कि हमें हमारी समानता ने जोड़ा था। हमारे बीच असहमतियों के प्रति पर्याप्त सम्मान था। मेरे नास्तिक और माया के आस्तिक होने से हमारे संवादों में अनचाहे उपजे तंज़ से भी वह अविचलित रहती थी। "ईश्वर पर विश्वास के अतिरिक्त मेरे पास जीवित रहने का और क्या साधन है?" वह मुझसे उत्तर चाहती। उत्तर मेरे पास कब था। इतना ज़रूर कि उसके दैनन्दिन संघर्षों ने मुझसे शिकायत का अधिकार छीन लिया था। उसके अदम्य जीवट के समक्ष मैं स्वयं को बेहद बौना पाती।

मेरी रातें अतीत में प्रवेश का कोई चोर दरवाज़ा तलाशते बीतती। दिन, रात की भटकन की थकान लादे। ऐसा लगता कि सुयश की अलमारियों में बिछे अख़बारों में पाई गई अनेक पुड़िया मेरे रक्त में आज भी उतर जाती हैं। कमरा सुयश के छोड़े कशों से भर जाता है। खाँसते हुए मेरी आँखें पलटने लगती हैं। मैं हवा की तलाश में बाहर भागती हूँ। दूर मोड़ पर एक साया मुड़ता दिखाई देता है। सुयश! मैं पुकारती हूँ लेकिन उसे रोकने पीछे दौड़ती नहीं।

एक लम्बी प्रतीक्षा में मेरे कैलेंडर से वार, त्योहार, तारीखें सब उड़ चुकी हैं जबकि माया का हर पल नये रोमांच से भरा रहता है। जितना समाज उससे छीनता है वह उससे दुगुना वसूल लेने पर आमदा हो जाती है। उसे कोई ज़िद हो जैसे नफ़ा कमाने की! मेरे सारे बहीखाते नियति सील कर चुकी है। एक महीन ईर्ष्या मेरे भीतर घर बना रही है जिससे आँख मिलाने का साहस मुझमें नहीं है। अपने ख़िलाफ़ मुक़दमा लड़ते मैं हाँफ जा रही हूँ।

दिल्ली से गोवा तक की यात्रा में माया कई नये दोस्त बना चुकी थी जिनमें बच्चे-बूढ़े, स्त्री-पुरुष सभी शामिल थे और इन दृश्यों में अपनी निर्लिप्त उपस्थिति के प्रति मैं भीतर-ही-भीतर लज्जा से भरती गई।

उसके पास गोवा की पूर्व स्मृतियों के अनगिनत पोस्टकार्ड थे। माता-पिता के संग, दोस्तों के संग, प्रथम प्रेमी के संग और पति के संग भी।

मेरे पास केवल एक, वह भी सुयश से चुराया हुआ! जिसमें डॉल्फ़िन का एक जोड़ा लम्बी दूरी तक एक साथ समन्वय में तैर रहा है। हर कुछ देर में साँस लेने पानी के ऊपर ऊँची छलाँग लगाता हुआ! सुयश के लिए यह दृश्य कभी ओझल नहीं हुआ और सुयश के ओझल हो जाने के बाद जाने कैसे मेरी

आँखों में बस गया। यह ज़रूर की मेरी दृष्टि इसे देखते धुँधला जाती है और गड्डमड्ड होते दृश्य में डॉल्फ़िन के स्थान पर मैं और सुयश दिखाई देते। जल्द ही हम सतरंगी मर्फ़ोक में तब्दील हो जाते, मधुर संगीत पर उठती लहरों के संग अन्य जलजीव भी हमारे संग नृत्य में शामिल हो जाते। रूमानियत के ख़ुमार में डूबे हम ख़तरे की आहट नहीं सुन पाते। अचानक एक बड़ी लहर उठती और मुँह में अनचाहे उतर आए खारे स्वाद के साथ मेरी आँख खुल जाती।

तब मैं कमरे से बाहर निकल आती हूँ। लिफ़्ट से नहीं सीढ़ियों से ऊपर जाती हूँ। बुरी ख़बरों को जितना टाला जा सके उतना बेहतर। छत पर पहुँच उनींदी आँखों से मटमैले आकाश में, काँपते मन से कोई परिचित तारा तलाशती हूँ। आकाश के पास कोई अलंकार नहीं! तारे पहले ही बेघर हो चुके हैं। उनका नया पता मुझे मालूम नहीं है।

वारका बीच स्थित हमारे होटल के भीतर से बीच के लिए सीधा रास्ता जाता था। रास्ते में बिखरी सूखी रेत की मोटी परत के कारण व्हीलचेयर वहाँ चलाना सम्भव नहीं था। होटल स्टाफ़ की मदद से हम वहाँ सनसेट देखने पहुँचे थे। बीच पर बने शैक्स रोशनी की झिलमिल लड़ियों से सजे थे। पर्यटकों को परोसने के लिए तैयार किये जा रहे समुद्री भोजन की गन्ध हवा में घुली हुई थी। पैरासेलिंग के लिए रस्सी से बँधी, रंग-बिरंगी छतरियाँ इन्द्रधनुष बना रही थीं। एक स्थानीय लड़का विशालकाय, जीवित केकड़ा लिये हमारे पास से गुज़रा।

"अभी पकड़ा?" माया ने जानना चाहा।

"नहीं, बाज़ार से लाया। सब्ज़ी बनाने।" कहता हुआ वह आगे बढ़ गया। केकड़े की हिलती भुजाएँ मानो गुहार लगा रही हों—'मुझे बचा लो, मुझे बचा लो।'

शंधिनी चिड़िया समुद्र की लहरों से रेस लगा रही है। वह उड़ नहीं रही। तेज़ क़दम भरती ज्यों लहरों की अगुवानी कर रही है। इसे तैरना आता होगा। डूबने के डर से मैं सदा किनारों पर ही ठिठकी रही, पर किनारे भी सदा सुरक्षित नहीं होते। कई दफ़ा लहरें इस वेग से आती हैं कि आप न केवल भीग जाते हैं बल्कि लौटती लहर आपको अपने साथ खींच ले जाती है।

डॉल्फ़िन देखने की अदम्य लालसा के चलते अगले दिनों में हमने कलंगुट,

पालोलेम बीच, अगोंडा बीच, मिरामार बीच, अगुआडा बे, डोना पाउला बीच और ग्रैंड आइलैंड हर उस जगह उन्हें धैर्य से तलाशा था जहाँ उनके दिखने की सम्भावनाएँ रहतीं, हमारे नाविकों ने मोटर बन्द कर लम्बा इन्तज़ार किया था लेकिन हमें निराशा ही हाथ लगी थी एक-दो बार वे चिल्लाए, "उधर! उधर उसका सींग देखो!" लेकिन हम उन्हें लक्षित नहीं कर पाए और अपनी कल्पनाओं में डॉल्फ़िन को ऊँची कूद लगाते हुए बने चित्र को तलाशते रहे। हम रोज़ नई आस के साथ निकलते और पुरानी निराशा के साथ लौट आते और बीच पर डूबते सूरज के हाथ अपनी समस्त चाहनाएँ भी सौंप देते।

माया के एक पुराने मित्र के गोवा में होने की ख़बर उसे मिली है। आज का दिन वह उसके साथ बिताएगी।

"कॉलेज के पहले दिन से ही मृणाल का मुझ पर क्रश था, पर तब मुझे उसका भाई सृंजय अधिक भाता था।" वह चहकते हुए कहती है। उसकी कहन में चला आया अहंकार मुझे अखरता है। मैं मौन चुनती हूँ।

"तुम क्या करोगी आज?" वह मुझसे पूछ रही है। प्रश्न अप्रत्याशित नहीं है। ऐसे समय पर वह सदा मुझसे बेहद दूर खड़ी हो जाती हैं। 'Restricted entry' का बोर्ड लगाकर। शायद उसे डर है कि मैं उसके दोस्त चुरा लूँगी जबकि मैं अपने दोस्तों को भी कब सहेज पाती हूँ। मैं बिना कोई उत्तर दिये उसे मृणाल के साथ जाते देख रही हूँ।

अपने और प्रकृति के संग समय बिताने की मैं आदी हूँ। आधा दिन पंछियों और फूलों के नाम जानने के प्रयास में और आधा सोकर बिता सकती हूँ लेकिन माया की उपेक्षा ने ट्रिगर दबा दिया है। कमरा यातनागृह बन गया है। हर दीवार पर मानो प्रोजेक्टर लगा हो जिस पर एक ही फ़िल्म के अलग-अलग दृश्य चल रहे हैं। ड्रग्स के लिए सुयश के तड़पने के, चीख़ने-चिल्लाने के, बेहोश हो जाने के, ख़ुद को नुकसान पहुँचाने के, पैसे और जेवर चुराने के। लाल आँखों और पीली उँगलियों के साथ 'मुझे बचा लो' की गुहार लगाने के! तेज़ी से गोल-गोल घूमते इन दृश्यों से घबराकर मैंने वह रिमोट तलाशना चाहा जिससे एक झटके में इन सभी दृश्यों को एक साथ ऑफ़ किया जा सके।

इसी वक़्त डोरबेल बजी थी। मेहमानों से कतरानेवाले सुयश ने स्वयं ही कोई अदृश्य कोना तलाश लिया।

चेहरे से पसीना पोंछते हुए मैंने दरवाज़ा खोला। बाहर भीतर से भी अधिक उजाड़ था। जाते समय की माया के चेहरे की चमक अब खो चुकी थी। माया उदास मन लौटी है।

"पुराने दोस्त अजनबी कैसे बन जाते हैं?" वह पर्स पलँग पर फेंकते हुए मेरी ओर देखती है।

उत्तर की अनिश्चितना में मेरा मुँह खुला रह जाता है। मैं ख़ाली दीवारों को देख स्वयं को दिलासा देती हूँ कि मेरा कोई दोष नहीं।

उत्तर की प्रतीक्षा में माया की नज़रें अभी भी मुझ पर टिकी हैं।

"ज़िम्मेदारियों से बचने के लिए शायद..." मैंने शब्दों को निगलते हुए बमुश्किल कहा। माथे पर पुनः पसीना चला आया।

"साला, जीवन का सनसेट ख़त्म ही नहीं होता।" माया ने बेबसी से कहा। उसके मुरझाए चेहरे ने मुझे क्षणिक राहत दी पर अगले पल मन भर आया।

"प्रेम पर मेरा भी हक़ है। मैं सिर्फ़ दोस्त नहीं बनी रहना चाहती। अपना एक भरा-पूरा घर चाहती हूँ।" वह सिसक रही थी।

मैंने आगे बढ़कर उसका कन्धा सहलाया और कमरे में अचानक उमड़ आई जड़ता को तोड़ने, उसको व्हीलचेयर थाम बीच की ओर बढ़ चली। आन्तरिक दुनिया के संघर्षों से बचाव के लिए वाह्य दृश्यों में उलझे रहना अनिवार्य है।

उमंगित मन और पूरी कलात्मकता से एक परिवार रेत का महल बना रहा है। इसके सौन्दर्य में खोए हम भूल जाते हैं कि इसका ढह जाना तय है। एक बड़ी लहर और महल ओझल हो गया। परिवार के लोग एक साथ चिल्लाए हैं। इन चीख़ों में आकस्मिकता का आश्चर्य अधिक है, खो देने का दुख कम। मेरी नज़र इस रिक्त दृश्य को छोड़कर आगे बढ़ जाती है। 3-4 लोगों के छोटे-से झुरमुट के पास पसरा विराट अँधेरा!

"वह क्या है? डॉल्फ़िन?"

"बलून होगा।" माया ने उकताहट संग कहा।

हम इस सम्भावना को नकारते हुए भी उस ओर बढ़ जाते हैं और 10

फीट लम्बी डॉल्फ़िन हमारे सामने है वारका बीच पर...वहीं जहाँ हम पिछले पाँच दिनों से ठहरे हुए थे, जहाँ उसे देखने के विषय में हमने कभी सोचा नहीं था! वहाँ वह अपनी सम्पूर्ण देह के साथ हमारे सामने थी लेकिन यह साँस लेने नहीं साँस छोड़ने पानी के बाहर आई थी।

"सुख हमेशा दुख के बोझ तले दबा हुआ ही हम तक क्यों पहुँचता है?" उसने ठंडी हताशा के साथ पूछा।

"सम्भव है कि किसी शैतान को हम ईश्वर मान पूज रहे हों।" मैंने उसकी व्हीलचेयर दूसरी दिशा में घुमाते हुए सपाट स्वर में कहा। उसने सिहरकर मेरी ओर देखा किन्तु प्रतिवाद नहीं किया।

"इसकी मृत्यु के बाद लहरें इसे किनारे पटक गई होंगी न?" उसकी आँखों में भय की जगह अब सूनापन उतर आया।

मैंने उत्तर की तलाश में विस्तृत फैले समुद्र को देखा। इसी अथाह ज़ल राशि के नीचे किसी भँवर में मैं मथी जा रही हूँ, उस अन्तिम श्वास की प्रतीक्षा में जब निष्ठुर लहरें मेरी बेदम देह को किनारे पटक देंगी और कोई जिप्सी उसे अपने पीछे खींचती हुई ले जाएगी इस संशय के निवारण हेतु कि मेरे तन से रिसा ज़हर अन्य जीव-जन्तुओं को हानि तो नहीं पहुँचाएगा!

चन्दा क ख ग...नहीं चीह्नती

घटनाएँ चलचित्र-सी चन्दा के मन में चलती रहती हैं जिनका पारदर्शिता से मौखिक वर्णन करने की लत, अकेले रहते चन्दा को लग गई है। आख़िर कोई भीतर कितना भरे रह सकता है। रिसाव अपना मार्ग तलाश ही लेता है। कोई आश्चर्य नहीं कि बड़बड़ाना इन दिनों चन्दा की फ़ितरत बन गया है। दिन में कई-कई मर्तबा ऐसा होता है कि कहनेवाली भी चन्दा, हुँकार भरनेवाली भी चन्दा। यही कारण है कि मैं बस वही हूँ, जहाँ चन्दा चुप साध लेती है। उसकी वाचालता की तह में दफ़न, अनकहे को बेधने के प्रयास में ही मैं चन्दा तक पहुँची हूँ। इसके अतिरिक्त हम दोनों को एक करती कोई राह नहीं है। इस अँधियारे, घोट भरे सफ़र पर परस्पर दूरी बनाए चलते हुए हम दोनों ही उसे चन्दा पुकारते हैं। तृतीय पुरुष से प्रथम पुरुष में बदल जाने की, इस 'दम्भी स्त्री' की यात्रा में मेरे साथ चलते धैर्य रखिएगा। यह बेहद पथरीला और बीहड़ इलाक़ा है, जहाँ घास भी पाँव धरते हिचकती है।

आज आषाढ़ का पहला दिन है, चन्दा जानती थी। भले ही इस नाम की किताब नहीं चीह्नती। चीह्नती तो वह क ख ग भी नहीं। काग़ज़-पत्री सामने पड़ने पर सिर पर हाथ मारकर कह उठती, "मुझ करमजली खौं करिया अच्छर भैंस बुरोबर।"

इसी आषाढ़ के दहकते हुए दिन वह पाँव पटकती चली जाती थी। सीने में साँस धौंकनी-सी चल रही थी। वह घबराकर स्वयं से कह उठी, "हे राम, अभईं तक तो रातई में सुआँस छूटत लगत तौ। अब भोरई से होन लगौ, तो कैसे निभहै?"

हलक सूख, चिपक गया। न पास पानी, न लहसुन की गाँठ। क्या करे चन्दा। कोई स्कूटर, फटफटिया तो है नहीं उसके पास कि जितनी मर्ज़ी पुटरियाँ लादे घूमे। दिन-भर पैदल ही हलकान होना है। वह भी बुन्देलखंड के किलबिलानेवाले घाम में। चन्दा ने दूर तक नज़र दौड़ाई। एक-दो ऑटोरिक्शा गुज़रे भी, तो पहले ही सवारी से भरे थे।

"तब भी नासपीटे रुकहैं ज़रूर।" चन्दा ने जले मन से कहा, "बैठ जाओ, बैठ जाओ, का उनके मूड़ पै बैठ जाए चन्दा!" उसने मुँह बिचकाया। बँधे मुँह छोटी उम्र समझते होंगे। खैर, बड़ी उम्र से भी कुत्तों को गुरेज़ कब है? मन में सोचा। कल की ही बात लो। चन्दा को याद आया। लूला बाबा के मन्दिर सै जल ढारकै बाहर निकरी ती। सकुटरवाले ने अंगोंट लऔ। बोला कि किते मरत जा रईं। बैठो, छोड़ देहैं।"

उसकी भी मति मारी गई थी जो बोली, "सराफा जानै, उतै जाउत हो तो छोड़ दो बेटा।"

आगे उसने जो कही कानों में गर्म सीसा भर गया। लवे जल उठीं। तमतमाता चेहरा लिये चलते स्कूटर से कूद गई थी।

क्या कहता था हरामी? चन्दा ने दिमाग पर ज़ोर डाला।

"बेटा काहे कह रईं! तोसे बेटा की चाह है मोहे।"

"तोओ डील ढड़क जाए नासपीटे, चाच्चार मौंड़ा बैठे घरैं, सुनी! ज्जे ऊँचे ठाणे। चीर कै रख देहैं तोए भी...और मोए भी।"

वह दहाड़ी थी। मुँह नोंचने आगे बढ़ी तो स्कूटरवाला यह जा, वह जा। चप्पल खींचकर मारी और कछोरा बाँध पीछे दौड़ी। कंकरा पाँव में चुभते रहे। उँगलियाँ छिल गईं। सीने में आग धधकती रई।

चन्दा का एकालाप जारी था, "कीरा परैं, ठठरी बँधे कमीने। पूरौ दिन बिगार दऔ।" आगे काम पर जाने की इच्छा मर गई। उल्टे पाँवन घरैं लौट आई। सराफ़ा वाली दिन-भर फौन पटकत रहीं। "चन्दा बेन आ जाओ, कमर पिरा रई, पेट टर गऔ। चन्दा क्या-क्या कर दे! किस-किस के दर्द समेटे! चन्दा से कभी किसी ने उसका दर्द पूछा? भुनसारे कोई नहीं कहनेवाला कि काए जल्दी-पल्दी मचा रई। अलसाई पड़ी रै। रात कोई नहीं, जो गर्म रोटी

खुआ दै। रोज़ कुआँ खोदना रोज़ पानी पीना। पानी से तो और जान आफ़त में है। मेघ बरसते नहीं यहाँ, उस पर बोरिंग और बोल गई है। गहरी करवानी पड़ेगी। आग लगी पड़ी सब जाँगा। दूर के हैंडपम्प से पानी लाना पड़ता है। चार पइसा जुर जाएँ, तो सब में पैले बोरिंग कराएँ। पर जुरहैं कैसें? अब सरीर साथ कित दे रऔ! दो-तीन जगह जाकै तो हाथ भर आत। पैले एक दिन में दस-दस घर हो आत ती।

इतनी मेहनत और आढ़तवाली कउत, "आँहा चन्दा, हम तो सौई रुपईया देहैं। तुम ऐन बढ़ाउत रऔ पइसा।" पार्लरवाली मौड़ी कौ आये दिन बुलात रैहे। कभऊँ पैर घिसबावे, कभऊँ मौं घिसबावे के लाने। वौ आग लगी मुट्ठी-भर नोट लैं, मटकत चली जैहै। सब औरन खौं चन्दा कौ पेटई काटने है। अब जैहैई नईं चन्दा! बुला लेओ जीए मर्जी होए। बहुतेरी फिर रईं। कोऊ चन्दा जैसौ काम कर तो दे। लच्छन हैं काऊ में? फिर फौन करहें। बातन के पुआ देंहें। चन्दा रिसाऔ नहीं बैन, चन्दा आज ज़रूर आ जाओ। हुँह, कलपन दो। जैहे मेई जुत्ती।

सामने रुके ऑटो में बैठते हुए चन्दा ने प्रतिज्ञा कर ली। कोछा भाँवर उतर, हाथ का नोट ऑटोवाले की ओर बढ़ा दिया। पसीजे नोट हाथ में ले, गिनते हुए, उसने मुँह बनाया, "जितै तुम खड़ी हतीं, उतै धन्धे वारी ठाँड़ी होउतीं।"

चन्दा का बदन थरथरा गया।

"सीधौ चलौ जा कमीने। नईं तो मौं चूर दैं।" साथ चली आनेवाली गालियों को बमुश्किल भीतर ही दफ़न करते हुए चन्दा ने कहा। तेज़ चलती साँसों पर काबू पाते वह सड़क किनारे ही बैठ गई। बीड़ीवाली की बहू याद हो आई।

बहू कउत, "चाची क्यों अपनी जबान ख़राब करती हो।" ऊँची कोठी में रहनेवाली बहू-बिटियन क्या जाने चन्दा के दुख! चन्दा ने मुँह बनाया। अपने हाथों की तनी नसों को बेबसी से सहलाते हुए चन्दा का चेहरा उतर गया। वह बुदबुदाई—'फिरत-फिरत गन्दुम बदन ताम्बई हो गया। धूप-ताप में जलत-जलत तन फतरा सौ सख़्त हो गऔ। सब नमी सोख लई समय ने।' समय की निष्ठुरता पर पल-भर को ठिठक गई चन्दा। शायद समय भी ठिठक जाए,

पर नहीं, समय भागता रहा और उसी गति से चन्दा के आवेशित विचार भी।

“जाने क्या ललचाता है करमजलों को। पहनने-ओढ़ने का शऊर तक नहीं। तेल सनी चीकट धोती, बेमेल ब्लाउज। नंगे-बूचे हाथ-कान।” उसने स्वयं को धिक्कारा।

अब आवेश के कोने पिघलकर वेदना में ढलने लगे। अफ़सोस भरी नज़रों से चन्दा ने ख़ुद को ऊपर से नीचे तक देखा। उच्छ्‌वास छोड़ती उठ खड़ी हुई। घर कैसा भी टूटा-फूटा हो, बाँहें फैलाए थकी देह को पुकारता ज़रूर है। घर की ओर बढ़ते, सोने की चेन पहने दमकती-चमकती लज्जो आँखों के आगे झूल गई। देह की टूटन और बढ़ गई।

“पैर (पहन) कैं ऐसी मटकत जैसे खसम की कमाई से खरीदी होए। पानी अलग बर्तन में पीबे मिलत उतै, बिस्तर एक किये है छिनारन। ऐसे जीबे से तो मरबो भलो।” चन्दा ने घर का ताला खोलते हुए मन को समझाया पर मन अलाव पर चढ़ा उफन रहा था।

“दिन-भर की थकी-माँदी घरैं लौटो तो पूरौ घर घूरे का ढेर बना मिलता है। हरामज़ादी लज्जो छत पर चढ़ी दिन-भर झाँकी लिये रहेगी।”

“डटैयाँ काए लगाएँ रत। आ, देख लै, भीतर छह-छह खसम दुकाएँ हूँ।” चन्दा ने मड़िया का दरवाज़ा पूरा धकेलते, लज्जो को निशाने पर लेते हुए चिल्लाया। लज्जो तुरन्त ग़ायब हो गई। जानती है चन्दा बड़ी झाड़ है। तभी तो लज्जो मुकेश की ओट में वार करती है।

लज्जो के हट जाने पर भी चन्दा का क्रोध नहीं घटा।

“मँजे-मँजाए बासनन में कूड़ा भर देत कमीनी। अनाज सुखाऔ तो भिंजा दैहे। बा बेरें बास के मारे जीबौ मुश्किल हो गऔ तौ।” सामने वारे दर्जी ने बताया था, “जोरू कौ ग़ुलाम, तेओ देवर, नासमिटा मूतत है, ऊपर सैं। भगवान कौ डरई नई हैगो इन्हें। विधवा भौजाई खाँ सताउत हैं, और वौ छिनारन लज्जो, सबसे कउत फिरत कै पग्गल के साथ सम्बन्ध हैं चन्दा के।

दिमाग़ का कम है, लेकिन नीयत कौ पूरौ है पग्गल। रिस्तन कौ लिहाज इन दिमाग़ वारन सै जादा करबो जानत है।” चन्दा ने उसाँस छोड़ते हुए भीगे स्वर में कहा था। अफ़सोस ज़रूर हुआ घरवालों द्वारा लगाए गए ऐसे घिनौने

आरोपों पर। याद करते हुए दुख पुनः आवेश में बदल गया। भूले-बिसरे दृश्यों में होड़ मच गई, सतह पर आने की।

"इन सुंअरन को का दोष देबे! ऊ आदमी ने कबै सोची, जीके संगे फेरे पड़े थे। अकेले कमाया-जमाया सब कुछ, छोटे भाई मुकेस के नाम साझा लिख गया। उस पर कचहरीवाली दुकान का तो मुकेस को पूरा मालिक बना गया।" वह कच्चे फ़र्श पर ही निढाल-सी पसर गई।

माधो का सुदर्शन रूप चन्दा की आँखों में भर गया। उसे कैसे गाली दे! पूरी ज़िन्दगी कभी कोई कड़वा शब्द नहीं कहा माधो ने किसी को। मन भीग उठा।

आग तो लगे ऊ करमजली ननद को। कउत रई, "चन्दा तो बाँझ है। भाई मानो तौ, और बेटा मानो तौ, मुकेसई सब कछु है।

जा आस्तीन के साँप से भी तब बड़े भैया से पैलेऊँ खाना नहीं खबत था। अब देखो, भौजाई के हलक से कौर खींचबे खाँ तैयार है। वौ तो भला होए ऊ हवलदारनी कौ, जीने आँखें खोल दईं। नई तौ पड़ी रउती कुठरिया में सबके लाने रोटी पैउती। दिन-भर फिरत-फिरत काम करती। मकानमालकिन कौ मौड़ा खेलबे चलौ आउत तौ।"

एक दिन वह भी चली आई, "फिर मायके जा रई बिन्नू?" ख़ुशी-ख़ुशी हाँ में सिर हिलाया था उसने। ख़ूब याद बनी है चन्दा को।

"ये जो दो गटा (आँखें) दए भगवान नै, इनसे दिखात नइयाँ का तोए कि काए सास हर पन्दरइया में मायकै भेज रई। लौटा-बाटी में मताई अनाज के बोरा भेज दउत और तुमाई सास बाँध-बाँध मौड़ियन के घरैं सरका दउत। ब्याही बिटिया इतै काए रतीं? नाँय की माँय करत फिरतीं।"

हाथ में पकड़ी सुआपाखी रंग की पसन्दीदा साड़ी दूर छिटक गई। वह सोच में पड़ गई थी।

बात तो सई ही थी। इतेक बिलात अनाज जल्द बढ़ा जाता था। कितेकऊ आटौ सान लो। टुकना-भर रोटी बना लो और पीछे सब ख़त्म। कई बेर पानी संग चाय की पत्ती फाँक लेती। पेट पर गीली पट्टी बाँध कै सो जाती। कहे तौ कीसे कहे! का दो रोटी के पीछे रार ठान ले! आदमियई ऐसौ मिलौ, जनानियन जैसी नज़र ज़मीन से चिपकाए रैहै। सुबेरे काम पै गऔ, तौ संजा बीते लौट है,

और फिर साँउटे होकैं सनीमा देखबे कड़ जैहै। रात को कोठा के दो कोनन में दोनों पड़ कै सो जाते या शायद जागे रहते। बीच में मताई, भैया, बहनें सबकी पहरेदारी रहती, उस पर जनी मांस कउत थी, "चन्दा बाँझ हैगी।" चन्दा की आँखों से मेघ बरसने लगे थे।

"अरी लूघरलगी, रोएँ से का फ़ायदा, ऊ माटी के माधो से मूँड़ फोड़। कुछ तिरियाचरित भी सीख लै मूढ़मति।" हवलदारनी ने खीझते हुए कहा था।

चन्दा खड़ी एकटक हवलदारनी को देखती रह गई थी। यहाँ वह पति को तरस रही, बच्चे को तरस रही और यह अपने बच्चे-पति छोड़, आधी उम्र के विधर्मी हवलदार के घर आ बैठी है।

"मौड़ी-मौड़न की तनकऊ याद नईं आउत?" सुबकते हुए पूछा।

"ऐ तेओ नास मिट जाए। मैं का समझा रई। जौ कुभागन का पूछ रई।" हवलदारनी सिर पर हाथ मारती बोली थी।

"ऐन आउत याद, मौड़ी-मौड़ा का पेड़न सैं टोरे ते!" वह साँस लेने रुकी, "का करती? आँख लग गई ती हवलदार सैं। वौ मेए मन में आन बैठो। मैं ऊके घर में उरयाई।"

चन्दा को यह गणित न समझा। समझता भी कैसे? वह तो पहले आदमी को भी पूरी तरह न पा पाई अब तक। यह दो-दो को पीछे घुमा रही थी। इस स्तब्धता में ईर्ष्या की कोई घालमेल न थी।

"पैलो वारो पति रेलवे वारौ कैसो अच्छो दिखात तौ। आऔ हतौ एक दिना कछु काग़ज़ साइन कराबे। पूरा मोहल्ला उसे देखने टूट पड़ा था। हवलदार भी तो ऐन हीरो-सौ दिखता था, बिलकुल धरमेन्दर।" चन्दा ने याद किया।

"कल काम की छुट्टी करकै डरी रइओ।" सीढ़ियाँ उतरते हुए हवलदारनी ने सलाह दी। तीन साल का बबलू उसकी गोद से उतर चन्दा के पास चला आया।

"किते जा रई?"

"कितऊँ नईं।" कहते हुए बक्से का सब समान पटक दिया था चन्दा ने। सहमा हुआ बिट्टू उसका रौद्र रूप देखता रहा।

अगले दो दिन पेट में मरोड़ उठती रही। तीसरे दिन दाँत पिराउन लगे। अपने बहाने याद करते तिर्यक मुस्कान चली आई चन्दा के चेहरे पर।

चौथे दिन हवलदारनी ने मौनी बाबा की क्लास ली, "बैनन को ब्याबे, घुमाबे खाँ ख़ूब पईसा है। घरवारी ख अस्पतालई नईं लै जा रऔ। चल मेए संगे।"

"धरती बंजर नईयाँ, बिना बीज डारे अँखुए उगत भी हैं कितऊँ?" मेडिकल से लौटते हवलदारनी ने माधो के कान उमेठे थे।

हवलदारनी के हंगामे का नतीजा यह निकला कि सास ने कहा, "जौ कुलटा है ही घरतोड़ू। अपएँ घरबार में आग लगाकै सौत बनी बैठी है। ऐसी सैं तौ दूरइयई भली।"

किराये का दूसरा घर उस बस्ती से बहुत दूर लिया गया। यह ज़रूर कि नये घर में दो कमरे थे और अगले बरस बंसी के जन्म के साथ वे 2 से 3 हो गए। यह भी कि हवलदारनी से बोलचाल टूट गई और आगे माधो की मेहनत से लिये गए दुकान-मकान सब में दोनों भाइयों का नाम लिखा गया।

सब में काहे...? चन्दा ने आह भरी, तहसील की दुकान तो अकेली ऊ सुँगरा के नाम चढ़ी है। हुआँ हजामत करके हज्जारन कमा रहा है मुकेस। वाह री क़िस्मत! दुकान मिली चतुर भैया को, और बीवी को मिले पगला भाई और बूढ़ी मताई। अब करौ उनकी सेवा। बाएरैं काम करौ, घरैं काम करौ, और दुनिया-भर सैं लड़त फिरौ। फिर कउत फिरत कै चन्दा पूरी डाकिन हो गई, अब डाकिन न बनै तो घरई के लूट लें। बो कमीनौ ननदोई, माधो की तेरईं के दिनाई कमर पै हाथ फेरन लगा था।

"चिन्ता नईं कन्नै, हम सब सुख देहैं।"

"ई में आग लग जाए, नास जाए।"

"ग़ुस्सा काहे..."

"चोप्प हरामज़ादे।" चन्दा ने बात पूरी होने से पहले ही हाथ मरोड़ दिया था। घूँघट पलट दिया था।

"जब तुमईने सरम-लिहाज छोड़ दई, तौ हमने भी छोड़ दई। सुनी! आज के बाद जा देहरी पै पाँव न धरिओ, कएँ दै रई।"

सास के पास बात पलथन लगकर पहुँची।

"कछु दिनन गम्म खा लै, फिर जितै बैठने होए, सो बैज्जइए।" बेटे के गम में डूबी सास ने एक-एक शब्द मुश्किल से उगला था। पल्लू मुँह पर रख सिसक उठी थी।

"इतईं जीने और हैंई मन्नै। सुनी! तुमाऔ बुढ़ापौ हमईं पार लगाहैं। जिदना ई निगोड़े सरीर में आग लगहै, नद्दी में डूब मरहैं।"

उसने आँगन बुहारते कहा था और साथ ही सारे भय भी बुहार दिये थे। बीती याद करते, चन्दा की नाक से झीना पानी बह चला। आँखें तो कब की सूख चुकी थीं।

उस दिन पीछे सास ढाल बन गई थी। अपनी बेटियों को भले ही पची लेकिन मोहल्लेवालों को लांछन नहीं लगाने दिया। डांकिनी बन दुनिया में अपनी जगह बनाने निकल पड़ी थी चन्दा! नन्हे बंसी का पैर घर में नहीं रुकता था। एक बार बंसी ट्रक के नीचे आता बचा, दूसरी बार तालाब में डूबकर बमुश्किल बचा। तीसरी बार बीड़ी पीते मिला। डर गई थी। उसकी अच्छी देखभाल, अच्छी परवरिश, अच्छे खाने के वास्ते, कठकरेज हो बंसी को मायके पटकना पड़ा था। जो फिर वहीं का होकर रह गया। बेटे का क्या दोष! उसके अन्दर इतनी कोमलता बची ही कब थी कि बच्चे को लुभा पाती। जब जाती ननिहाल की शह पर उसे बिगड़ते देखती रहती।

वह चिल्लाती तो सब कहते, "बच्चा है। सुधर जैहैं।"

मताई-भाई कहते, "इतनी कड़वी कैसे हो गई चन्दा?"

जवाब लुका-छुपा है क्या? सब कुछ तो उजागर है। चन्दा कहना चाहती फिर सोचती क्यों जवाब देना। बस जब-तब बेटे को छूने को मन तड़प उठता और वह ठंडी आह भर रह जाती।

माधो के जाने के महीने-भर बाद घरों में काम पकड़ लिये थे चन्दा ने। बिना पुरुष की स्त्री सबके लिए अवसर थी। कोई एक दिन की बात नहीं, रोज़ का ही जूझना था। कहीं लड़ी, कहीं दहाड़ी, कहीं चुपचाप काम छोड़ चली आई, लेकिन उसने उनके मंसूबे पूरे नहीं होने दिये।

मोहल्ले की लच्छमी, बतासे-सी हँसीवाली। पैरन में चिपट गई थी। चन्दा ने याद किया।

"घर के काम करत-करत टैम पै नईं पौंच पात। मुश्किल से लगी सरकारी नौकरी छूट जैहे।"

"ठीक है, पर तुम घरैं रैहौ. तभईं करहैं।"

शर्त रख दी थी, पर शर्त निभ न सकी। सरकारी नौकरी में चुनाव भी निपटाने होते हैं। वोट डलवाने मुँह अँधेरे चली गई थी लच्छमी। वह दिन चन्दा की स्मृतियों में कभी धुँधलाया नहीं।

"भाभी...ई!" पुकारकर झाड़ू उठाकर बुहारना शुरू किया और वह हरामी उघारे आंग कमरे में घुसा चला आया, "टीवी के ऊपर से पइसा उठा देओ।"

500-500 के हरे-हरे करारे नोटों की गड्डी। उसने उठाकर दी थी। तभी कुत्ते ने हाथ पकड़ लिया था। गड्डी उअई के मौं पै मार कै चली आई थी।

सास ने कहा, "मैंने तौ पैलेई मना करी ती।"

"हात पै हात धरै रैबे से कैसें नैया पार लगहै, काम तौ करनैई आए।"

"कितनन सै पार पाहै?"

"खांड कौ घुल्ला नइयाँ चन्दा, कै जौन चाँए घोर कै पीलै।" कहते हुए उसका चेहरा दमक उठा था।

माधो क्या गया, सब सुख साथ ले गया। देवर ने घर के बीच दीवार उठा ली थी। कच्चा घर चन्दा के हिस्से आया। छोटी-छोटी दो कुठरियाँ मिली थीं। जौ कुठैया रखने या ढोर बछेरू रखने बनी थी।

अब आकर देखे माधो, कैसौ छोटो नाग, भौजाई को नौकरन जैसौ डारैं है। चन्दा सिसक उठी, "घर-घर न भटकने पड़े, यही लांजैं बुखरिया और पौंर मिला, दुकान बनाने की सोची थी। पइसा बचाने अपने हाथन मसालौ सान कै मिस्त्री को देत ती। कुत्ते मुकेस ने पुलिस में रपट करवाकर काम रुकवा दिया। क्लबवाली ने कही थी—"ऐसें कैसें तोड़ गए। हमिन फौन काए नई करौ?"

"हम कौन फौन मिलाना जानत भाभी।" वह तड़प उठी थी, "मरन देओ भाभी। नास मिट जाए कमीनन खौं। आगी लगौ कउत तौ कै पाँच फुट का हिस्सा और बनत मेऔ, आदे के हिसाब सै। चाएँ फीता डारकै देख लेओ, ऊकी सक्कल देखतई मन होउत कै घिची मरोर देंऊँ, और उतईं पाँच फुट के गड़ा में दफ़ना देऊँ नासमिटे खाँ।"

कहा ज़रूर, पर टूटे सपनों की किरचन आँखों में चुभती हुई महसूस हुई चन्दा को। सब जमापूँजी लगाने के बाद दुकान अधबनी रह गई। समय के साथ ढह गई। यूँ दुकान का क्या रोना, चन्दा भी तो आधी ही बची है, आधी कबकी ढह चुकी। इस ढहने को आत्मबल से ढाँपती रही है चन्दा पर समय के साथ ढहने की चरमराहटें तेज़ हो उठी हैं।

तभी तो गन्धीयानीवारी पूछ रही थी, "साँची बता चन्दा तेओ कभऊँ जी नईं भऔ?" निढाल हो, लेटते हुए चन्दा को अचानक याद आया।

"भाभी, सब भूख मर गई। कोई चाह नहीं बची इस निगोड़े सरीर में। मन भटकतौ तौ जाकै बैठती कोऊ नौ।" कहते हुए मन के भीतर भरी सुनहरी रेत फिसलकर गिरने लगी थी। चन्दा को लगा रेत के इस बड़े टीले के नीचे, साँस को तरसती वह दब मरेगी।

इस उखड़ती साँस के मारे ही आज सुबह उस कलमुँहे हकीम के पास गई थी दवा लेने। नब्ज़ टटोलते, वह हाथ पर दबाव बढ़ाता बोला, "दो रोटी के लांजैं काए इतेक मेहनत करत चन्दा। इतै चली आऊ करे।"

वह भड़क उठी थी, "काहे? लज्जो जैसौ न समझइए चन्दा खां। हैंई चीर डारैं। सब जानत, लुगाई ऊपर लाचार डरी और नीचे तुम ऊ छिनार के संगै गुल खिला रए।"

हकीम झेंपकर भीतर भागा। मरीज दाँत निपोरने लगे।

"जब तक गाल पै बोटी, यार दै रऔ रोटी।" उसने दाँत पीसते हुए कहा।

कम्पाउंडर धकियाता हुआ बोला, "राँड़ की ज़ुबान तो देखो। आगलगी कितेक बकत।"

"तेई ठठरी बँधे कमीने, ख़बरदार जो हाथ लगाऔ। कोऊ इच्छा से राँड़ नईं होउत।"

"कल्हारन के का मुँह लग रऔ। जान दै।" भीतर से खिसियाई हुई आवाज़ आई थी।

वह दरवाज़े पर चार बार थूक चली आई थी। दो दिन से जाड़ा चढ़ा था। हर रात दत्ती बँध जाती। कुठरिया चमचमाते रेत से भर जाती। कोई लकीर-सी उठती और छाती चढ़ बैठती। ताजी हवा तलाशती वह, अकबकाकर उठ जाती।

पग्गल अपनी कुठरिया के फटकियाँ खोले सोता होगा। इस दुनिया में बिना मर्द की औरत होने से, सिर्रिनब्याऊ (बावला) होने में कम ख़तरा है। सोचते हुए, साड़ी के पल्ले से मुँह पौंछती, हवा तलाशती बुखरिया में बाहर चली आई थी चन्दा।

"क्या हुआ चाची?"

मोहल्ले का अंटू घर के बाहर बाइक लगाएँ बिड़ी धुर्र रऔ तौ, कै जाने सिगरट खैंच रऔ तौ। आँखन से दिखत कबै है अब। चन्दा ने याद करने की कोशिश की, पर स्मृति धुँधला रही।

"जा मौसम में अलग आग लगी पड़ी। बद्दल होत, पर बरसतई नईयाँ।" वह कसैंड़िया के पानी से मुँह धोती हुई बोली थी।

"मैं बरसा देउँ?" साथ आई थी लिजलिजी हँसी।

"गू खा जाकैं सुँगरा। चेंथरी चढ़ रई।" उसने ग़ुस्से में कसैंड़िया औंधा दी। फावड़ा उठाकर दौड़ी उसकी तरफ़ और बड़बड़ाती हुई लौटी।

"बाइक ढड़काउत भग गऔ कमीनौ। चौतरपा दुसमन बैठे इतै। कितऊँ और जांगा मिले, तो हियाँ से बैंच कै हरामियन के मुहल्ला से निकल जाएँ।" माथा सहलाते हुए चन्दा धम्म से वहीं बैठ गई थी।

कुठरिया के भीतर से चन्दा ने धूप की झालर पहनी बुखरिया को देखा। दुकान के खँडहर और सूखे नल को देखा। जूठे बर्तन के ढेर और गन्दे कपड़ों को देखा और कल्पना में बुखरिया पर तन गए छप्पर को देखा। छाँव की कल्पना ने धूप के घाव निर्ममता से खुरच डाले।

घाम में जी कुलबुलाने लगता है। गर्दन पीठ पर चुचाता पसीना सुरेरी-सा रेंगता है तन पर। पइसा जुड़ जाए, तो छत डलवाए। नहीं, पहले बोरिंग। चौमासे में छाजन भी टपकन लगेगा। कितेक बेरें सोची कै पक्कौ करा ले, पर पइसा है कै पाँव लगाए हाथ आत और हाल छू मन्तर हो जात। आह भरी चन्दा ने।

पीपरवारे ने ईंट रखवाबे को तीन हज़ार लिये थे। सुसरे नै न ईंटा उतरवाए और न पइसा लौटाए। ऊकी लुगाई ने ज़रूर बुलाऔ तौ एक दिना। लड़का आओ हतौ। लड़के की बुशर्ट पर बने हाथी के छापे तक याद हैं चन्दा को।

"अंटी ईंटें आ गई तुमाईं, चलौ।"

"अरे मोई मताई। उतैं काए उतरवा दईं। इतैई उतरवाओने हतीं। अब जे इंटा ढोउत-ढोउत मर जैहैं हम।"

अधीर हो दौड़ पड़ी थी साथ। लाल-लाल ईंटों का सलोना रूप निरखने। उतै न ईंटा थी और न पीपरवारी।

"तुम हो चन्दा?" काला चश्मा चढ़ाए लड़का चकित होता हुआ बोला था।

"हओ..."

"ईए मारबे बुलाऔ तौ, देखो तौ! मरी-मराई को मारबे कौ पाप सिर चढ़ाबौ चाउत पीपरवालौ, साला बुड्ढा!" वह अन्तिम शब्दों को चबाता हुआ अपने साथ वाले से बोला।

"जाओ बाई जाओ।"

"ईंटा?"

"बावरी हो गई का। घरैं जाओ। जान बच गई तुमाई, जाकै खातियन लौं दूद नरियल चढ़ाऔ।"

"चलो रे।"

लड़के चले गए। वह काँपती टाँगों से खड़ी रही, जब माजरा समझा तो बिफर पड़ी। पीपरवाले का दरवाज़ा पीट डाला।

"निकल बाहरें। कायर! दम है तो पीट लै, जितेक तेई मर्जी होए। हैंई ठाँणे खड़े हम। सुनी! तेई चिता की लकैय्या के लांजैं रख तीन हज़ार कमीन। ऊपर बारौ सब देख रऔ, गर्म ईंटों में ही चिनहै तोए सुसरे। नरक में भी तोए जगा नईं मिलहै।" चिल्ला-चिल्लाकर गला छिल गया था। वह सिर पीटती लौट आई थी। डरपोक दबड़े में छुपा रहा था।

सबरे पन्ना तो स्याह धरे। कितने पलटबें? गहरी साँस भरती उठ बैठी चन्दा। साड़ी बदलकर खाना बनाने की सोची, दिल धक्क रह गया। क्लीनिक पर हुई नौंचा खसौटी में पल्लू की गाँठ में बँधे 150 रुपये कहीं हिरा गए थे।

सुहाग हिरा जातौ, रुपैया हिरा जाते। विधवा पेंशन का अकाउंट हिरा जाउतौ। बस यह कुभाग ही है, जो कहीं नहीं हिरता। दुबारा कौन जाए उते मरबे। धूरा परन दो 150 पै। मन को समझाया।

आज कौ दिनई शनिच्चर है। बैंकवारन की बहू बोली भी थी, "चाची इतैक घाम में कितै जा रई। डरी रऔ हैंई। दो रोटी खा लो इतईं।"

क्या पता था भरी थरी ठुकराबे से निराहार बीतेगा दिन। रुकती भी कैसे! महीने-भर बाद तो ऊकौ आदमी आया था। जाने कैसी नौकरी है? जब देखो बाहर।

रोज़-रोज़ बुलाने पर आनलगी ज़बान एक दिना कह उठी थी, "पति की कमी हमसै पूरी करबौ चा रई तुम भुज्जी!"

वह अवाक रह गई थी। फिर "बहुत मौंफट हो तुम" कहते हुए फ़ोन रख दिया था। चन्दा का मन भारी हो गया था तब।

औरतन को कितऊँ सुख नहीं। जिनके पति संगे हैं, वे भी नरक भोग रहीं। बच्चा भए, शरीर फैलकर तम्बू। पति फिर का करें पास आकर? जो आहैं भी तो छुअन की कोई सिहरन नहीं उठती उनमें। बस दर्द भरा है नस-नस में। वह अपनी जान पूरा जोर लगा देती दर्द ऐंचने में। जाँघों में रुका ख़ून बह चलता। कड़ी पड़ गई नसें मुलायम हो जातीं। कमर का दर्द सँभालने नमक रगड़ती, पर इन औरतों का अपने पति से सम्बन्ध अलोना ही रह जाता।

मालिश से बने नीले निशानों को देख चन्दा सोचती, 'इन्हें मुझ करमजली के हाथों नहीं होना था।'

कल सराफा निकलूँगी सबसे पहले। भूखे ही बिस्तर पर पड़, चन्दा ने सोचा। करौंटा बदलते दरवज्जे से कौड़िया साँप के भीतर आने का एहसास हुआ।

"साँप, गोह सब ही तो घिसक आते हैं बन्द दरवज्जे में से, बस मौत को ही छोटो पड़ रहा।" चन्दा ने लेटे-लेटे ही भाग्य को कोसा। और दिनों जैसी सूपा में साँप पकड़कर बाहर छोड़ने उठी नहीं। उसाँस छोड़कर भटकता मन वापस सराफा पहुँच गया। सराफावाली से कहा-सुनी के पीछे उधर पैर न रखे थे।

जाने को एन बुला रहीं। फौन ख़ूब बजता है। उसका ही जी न हुआ। बार-बार के फ़ोन से भड़क कह उठी थी, "जब बेटा ब्याऔ तौ, तब तौ चन्दा याद नईं आई तुमैं भाभी। आज तुमैं चन्दा याद आ गई। तुम तो सोर में पड़ी थी। तुमाई अम्मा खौं तो सब मालूम। इतेक सौ हतौ पिंटू, हमई नै आँग सूंटौ तौ। नहाऔ-धुबाऔ। रतुआँसे खाँ कोऊ जनी छूबौ तक नईं चात ती। तुमाई ददियासास बोली थी—मौड़ा जिया दऔ तुमने चन्दा ईके ब्याऔ में सोने की

चैन देहैं तुमैं। डुकरिया तो चली गई ऊपर और तुम सास-बहू बड़ी सयानी निकरीं! न चन्दा को मिठाई खुआई, न साड़ी पैराई।"

"शादी के काम में ध्यान भूल जाता, चन्दा। तुमैं पतौ लगौ, तौ चली काए नईं आईं। कौन पराए कौ घर हतौ, हक़ से आउने तौ।"

"आँहा, पतौ तौ ऐन चल गई ती हमें, पर बिन बुलाए आए मेओ ठेंगा। सबने पूछी हमसे—ए चन्दा तुमिन नईं बुलाऔ। इतेक साल उतै लगी रईं। बूढ़ी अम्मा की सेवा करी। हमने कई, नहीं बुलाऔ तौ कौन मर गए, हैंई तौ ठाँणे खड़े तुमाए सामने। भगवान सबको बनाए राखें, ख़ुशी दें।"

"अच्छा आज आजा गुइयाँ..." भाभी ने इसरार की, किन्तु चन्दा ताव में बिना सुने बोलती रही।

"सोर में तुमाए गन्दे कपड़े तक बदले हमने। मौड़ा तुमाऔ चुनमुनात रत्तौ। तुम हाय-हाय करत परी रउत तीं। तुमाए दूध से मौड़ा लगाएँ घंटा-घंटा ठाँणे रउतते। उअई मौड़ा के ब्याऔ पै चन्दा कौ ध्यान भूल गऔ तुमैं?"

सराफावाली एक़दम चुप्प। खरी-खरी सुन चाब खाकै रै गई। अपनी जीत याद कर कलेजे में ठंडक पड़ी चन्दा को। होंगी बड़े घर की! चन्दा कौन उनका मुफ़्त दिया खा रही है। आवेश में तेज़ साँसें भरते सोचा। विचार भटककर दूर निकल गए।

मुटियानेवालीं कउत, "चन्दा लालचन है।" एन कउती रहें। लालचन है चन्दा तभी इतै-उतै पड़े कंगन-बाली बीन-बीन रख आती इन औरतन के हाथ। और कामवालियन जैसी झोले में डाल चलती बने तो सिर पीटती सब्र कर लेंगी। मेहनत का माँगे, तौ चन्दा तेज़ है! इतेक दऔ भगवान ने पर दया-धरम नई दऔ। हुँह! मन्दिरन में, बाबान पै लुटात फिरहें। कभऊँ तुलसी ब्याह, कभी सिव-पारवती खाँ, पंडित भी ख़ूब उल्लू बनाउत। पंडताइन कौ तीन सालन से अभिमन्यु ही पैदा नईं हो रऔ। अकेले में भी हँसी छूट गई चन्दा की।

"काय सबके बच्चा 9 महीने में हो जाते, तुम तीन साल में नईं कर पाई।" कह दी थी उसने। भड़क गई थी पंडताइन।

"ठहर नहीं रहा बच्चा तो हम का कर दें। तुम बड़ी सयानी हो। तुम्हीं मंत्र पढ़ दो कोई।"

"पंडताइन कौन कम मुँहज़ोरी करती है।" चन्दा ने मुँह बनाया।

किलब वालियन को पागल बना रोज़ बढ़िया खाउतीं ससुरी। ऐन खाएँ, चन्दा को का! पहले ही तो वज़न के मारे चल नहीं पाउत। स्वाद पूरे चाहिए। सोचते हुए चेहरा विकृत हो उठा चन्दा का। हाँ, यह ईर्ष्या ही थी। पंडताइन से कम उसके भाग्य से ज़्यादा।

कमीन औरत। ख़ुद पंडित के कुर्ते में से पईसे चुराउत दिन-भर। पंडित दाँत पीसेगा। बड़बड़ाएगा—'घर में भी दो घड़ी चैन नहीं!' लेकिन लुगाई से कुछ नहीं कहेगा। आदमी में ढंग हो तो तमीज में रखे औरत खौं।

उसने अनजाने दाँत पीसे। फिर गहरी साँस लेते हुए सोचा, कोई सोने का लालच नहीं चन्दा खां, बस बात की बात है। जब कही थी तो दैनै थी। ऐसौई झोकनबाग वारी ने किया था। जब बहू का बच्चा अटक गऔ, तब चन्दा याद आई। ड्राइवर गाड़ी ले, घरैं चली आई, "नाराज़ मत हो, मैं पायल दूँगी तुझे।"

"बहू खाँ पैरा लिओ भुज्जी। सुनी! चन्दा पायल ख़ुद कमाके पैर लेहै और चार कौ और पैना देहै।"

"ओहो, इतना गुमान चन्दा?"

"देखत तौ हौ भुज्जी। हीरा जबारातन सै कोठा भरौ मेओ। काए ना एड़याऊँ?"

"अरे तू तो देउरानी-जिठानी-सी लड़त है। सास-ननदन से उलाहने देत है।"

अब चेहरा बदरंग हो गया चन्दा का। भीगे स्वर बोली, "सास, माँ, ननद, बैन सब तुमइ औरें हौ। तुम औरन के सिवा न प्यार खाँ कोऊ और...न तकरार खाँ। चलो, देखूँ तौ का गुल खिला रऔ बच्चा। और तुम बहू खाँ अकेलौ छोड़ कै काए चलीं आईं। ड्राइवर भेज देतीं बस।"

बहू क्या थी। रुई का फोहा थी। उजली, दुबली। चन्दा ने याद किया। बहू के सिर पर हाथ फेरते कहा, "न पौंछा लगाउत न कौनहुँ और काम। बैठी-बैठी कम्पुटर चलाउत रत और फिर हाय-हाय करतीं आजकल की मौड़िएँ।"

आड़ा था बच्चा, पर चन्दा ने कुछ ही देर में घुमा दिया। भला हो उस बूढ़ी अम्मा का, जिसने रोज़-रोज़ घरों में होती फजीहत देख चन्दा को मालिश का काम सिखाया था। वह सदा अम्मा का अहसान मानती।

"नाउन होकर चमरन के काम काए करतीं?" बूढ़ी ग़ुस्सा होते बोली थी।

"काय खाँ लगीं अम्मा। राँण कौ का धरम और का जात? ग़रीब खाँ कोऊ नईं होत सगौ। सुनी! जी देउर खों मताई बनकै पालौ, बौ तौ गारीं देउत, कउत है कै दफ़ा हो जा चुड़ैल कितऊँ की।"

"बुरौ वखत जो न सुनवाए, सो कम। खैर, औरतन के पाँव सूतो, आदमियन से काम नहीं पड़है। उनके जाए सैं पीछे बुलाहैं।"

फिर सीखत-सीखत ऐसी 'एक्सपर्ट' हो गई, अब सबखाँ चन्दा ही चाहिए। काऊ और हाथ नहीं पुसाता। बीड़ीवालन की लुगाई कत- चन्दा पहले मालिस का नशा लगा देती फिर तरसाती है।

गर्वदीप्त मुस्कान चन्दा के चेहरे पर तैर गई।

संगवालियन ने ऐन कहीं, "बावली है चन्दा। जितनी ताक़त सूतन में लगत, चार घर खौं सफ़ाई बर्तन हो जैहैं।"

उनको क्या बोले चन्दा? भरे परिवार लिये बैठी हैं सब। पैइसन को भगी जा रही बस काम करने। चन्दा के लाने इस मालिश के काम ने कुनबा जुटाया है। तन-मन की कहते-सुनते बहनापा जो बन जाता। बराबरी से बात होती।

सराफावाली का फ़ोन याद आया, कउत थी—"ऐन कतन्नी-सी जीभ चलत तेई।"

"तो काए फौन करतीं भौजी। चौंटिया लेओ, न भकौटा भराऔ।"

"अच्छा-अच्छा ग़ुस्सा छोड़, आकर बहू का मुँह देख जा।"

नई बहू के नाम पर चन्दा पसीज गई थी। "आहें, तुमसै लड़ाई है, बहू से मिलबे तौ ऐन आहें।"

"पक्का आ जाना। कहकर आती नहीं तो..."

"आहें! तुम हमें हैरान करतीं, तो हम तुम्हें करत।" चन्दा की हँसी छूट गई थी। जो उसके समय की कद्र नहीं करता उन्हें वह भी यूँ ही छकाती है।

नई बहू-बिटियन की मालिश करते चन्दा सिहर जाती थी। स्मृति में दर्ज काँच की चूड़ियाँ झनझना उठती थीं। मखमल से बदन पर प्रेम के धागों से उकेरे गए लाल-नीले फूलों को मसलने का जी न होता। उन्हें हौले से सहला,

ख़ुशबू का पीछा करती बीती रात की पगडंडी उतर जाती चन्दा, सुनहरी रेत पर निर्बाध फिसलती हुई!

एक पगडंडी दूसरी पगडंडी की बाँह गहती, बदरंग चन्दा को रंगों की चटक दुनिया में छोड़ आती। वह घबराकर आँखें मूँद लेती। लौटने की पगडंडी तलाशती। तभी कोई हँसी खनकती। यथार्थ का दरवाज़ा खुलता, तिलिस्म टूट जाता। वह हतप्रभ लौट आती।

"जा आग लगे फौन कौ, उतै पटक देओ! तुम डरी रऔ, मोबाइल लएँ ही ही ठी ठी करत रऔ...हम गोड़े दबाउत रएँ?"

वह उबल पड़ती—"औरतन खाँ बिगाड़ रखौ जा फौन ने। दिन-भर बातेंई ख़त्म नहीं होउतीं।"

"सॉरी! सॉरी" कहकर वे फ़ोन रख देतीं। छूटी हँसी होंठों पर तिरती रहती। चन्दा पगडंडी की राह भूल जाती। चाहकर भी उस स्वप्निल लोक में पुनः प्रवेश न पा पाती। गुस्सा होती कहती, "कल कौन आहे हम!"

क्या करे चन्दा! सूरज में तप-तप अंगारा बन गई है। अंगारा बुझाने कोई नदी नहीं उसके पास। सवेरे अँधियारे उठ के सपर लेती है। ग़ुसलखाना हिस्से में आया नहीं है। उस पर कुछ मरदूद और चले आते ताँका-झाँकी करने, जैसे कोई सिनेमा चल रहा हो।

"जौन तुमाई मताई नौ है, बस बौई हमनौ है सुगऱऊ।" वह चिल्लाती तो निकल जाते मुँह छुपाते

जब सास थी तो कहती थी, "काए खाँ ज़ुबान काली कर रई।"

वह ग़ुस्से में भुनभुनाती हुई सोचती कि क़िस्मत ही काली लिखी भगवान ने। उसी निर्मोही भगवान को मनाने वह कुंजबिहारी, लूला बाबा, कैमासन, मैमासन, सैयद बाबा.. सबरन की देहरी पर नाक रगड़त घुमती है। हर अषाढ़ में नरियल-बताशे चढ़ाती है। नोरातन में नौ दिन केवत तुलसी पत्ते पर गुज़ारती है लेकिन भगवान चन्दा पर पसीजते ही नहीं।

लोग कउत—"बामन की सेवा सै सब पाप कट जेहैं।" वीरांगना नगरवाली माँ-बेटी की कितेक सेवा की। बहुत दूर रेतीले शहर में रहती थीं दोनों। बाड़मेर... कै जानै कौनऊँ और जगह। नाम भूल गई! ख़ूब क़िस्से सुनाती थीं हुआँ के।

ट्रैन में बैठे फौन कर देती थीं—"चन्दा, हम आज पहुँच रहे। चाबी पहुँचा रहे तेरे पास।"

उनकी बहन का लड़का आकर चाबी दे जाता। चन्दा जाकर महीनों का बन्द पड़ा घर चमका देती। खाना बनाकर तैयार रखती। रात उन्हीं के पास रुकती। पैर दबाती, क़िस्से सुनती।

सास कहती, "जाने क्या जादू किये हैं डायन। बेमोल उनकी ग़ुलाम हुई है।"

"उअई सै परलोक सुधरहै।" चन्दा कहती।

मताई-बिटिया हर बेर लौटते पर संगै चलने की कहती थीं, "साथ चल चन्दा। रोटी, कपड़ा, लत्ता, मकान सब देहैं।"

"तीन पेट जुड़े हैं मोसे। उनकौ का?" चन्दा पूछती।

"मोड़ा कौ कौन-सौ सीना सै चिपकाएँ तैं। हर महीने पइसा भेज देहैं दोऊ जगा।"

चन्दा चुप, कैसे समझाए। साँस बटोरती कहती, "तुमने कै लई, अब हमाई सुनौ। पईसा तुम ऐन भेज दैहो। पर पकाबे को हैगो? न पगगल घर सँभाल सकत, न बौ डुकरइया सास।"

"तुम तो चलो चाची, फिर बुला लेना उन्हें भी।" बेटी ने पल में समस्या सुलझा दी।

एक बड़ा गोला गले में फँस गया। बमुश्किल निगला।

"ऊ शहर नईं जानै बेटा, पीवणा* रउत उतै।" कहते हुए बहुत दूर जा बैठी चन्दा। पास बैठे से वे जान जाती कि उसके भीतर पीवणा का ज़हर पहले से ही भरा है। जो सूरज की रोशनी देख ली, तो उसका मरना तय है। भगवान ने तभी अँधियारा लिख रखा चन्दा के हिस्से।

"अरे चाची!" हँस पड़ी थी बिटिया, "सब क़िस्से हैं। बिना काटे कैसे कोई साँप ज़हर छोड़ देगा शरीर में? सोचो तो।"

चन्दा चुप। वह जानती है कि कैसे पास से गुज़र जाने भर से, बिना किसी स्पर्श भी ज़हर फैल जाता है। उतारे नहीं उतरता।

---

* राजस्थान के कई इलाक़ों में माना जाता है कि यह साँप काटता नहीं, रात के समय साँस खींचकर प्राण ले लेता है।

"तुमै कीने बताई? तुम गई भी हौ कभऊँ उतै?"

चन्दा कैसे बताए कि हर जगह जाकर ही उसे नहीं जाना जाता। कभी-कभी दो शहर एक ही समय तीसरे शहर चले आते हैं। तीनों शहर उसके भीतर भरने लगे। कान्हा की बजती बाँसुरी पर पीवणा राई नाच दिखाने लगा। किसी दिन ज़रूर ही उसकी छाती इस भार से फट जाएगी।

"हमै अपनौ गाँव छोड़ केतऊँ नईं जानै भाभी। जीहैं इतईं, मरहैं इतईं। तुम सुनाउतीं क़िस्सा, सो सब सुनाउत मोए। कौन-कौन की याद रखबे चन्दा!" स्वर सख़्त हो चला। भावभंगिमा भी।

"अरे भोली, तौ कौन तोए डांग मै पटक दैहैं। ख़ूब बड़ो पक्कौ घर है, एन जगमग-जगमग।"

"हम कौन गए, मोए का पतौ।" उसने पैरों की उँगलियाँ चटकाते हुए कहा। गले में फँसा गोला और बड़ा हो चला।

"ट्रैन छूट जैहे।" वह सामान उठाती हुई बात बदल देती। उन्हें स्टेशन छोड़ लौट आती।

जिस बरस सास मरी। चन्दा गाड़ी के काँच से भीतर झाँक रही थी। वे बोलीं, "चल भीतर चलकर देख तो ले ट्रैन।" उत्सुकतावश चढ़ गई थी वह।

"देखो चाची, कैसी बढ़िया सीटें हैं। चाहो तो बैठो, चाहो तो पैर फैला सो जाओ, ख़ूब ठंड।"

"मोए कितैं जानै जिज्जी। मायके और ससुराल के अलावा तीसरौ गाँवई नईं चीनत।"

"बैठो तो।" बेटी ने इसरार किया।

चन्दा बैठ गई। माँ-बेटी उसके अगल-बगल।

"लाओ चाची तुम्हारे नाख़ून रंग दूँ।"

"आँहा जिज्जी। न हमने सोहगी खोली कभऊँ, न कजरौटा। न होंठ रँगे, न नाख़ून। अब इस उम्र में का सजनै।" वह घबराकर उठ खड़ी हुई। उसके धक्के से ही मानो गाड़ी चल पड़ी। वह चिल्लाने लगी। घबराकर गेट की तरफ़ दौड़ी। माँ बेटी ने हाथ पकड़, बिठा लिया।

"डरा काए रईं चन्दा। बनी तो रऔ।" माँ ने कहा।

बेटी के हाथ में ज़ोर का बटुका-भर चलती ट्रेन से कूद गई थी। सटेसन के बाहर आ सबसे पास अंजली भाभी ही याद आई। पता पूछत-पूछत अंजली भाभी के घरैं सीपरी जा पहुँची थी। चन्दा ने याद किया।

"इतैक दूर कैसे आ गई? लँगड़ा क्यों रही है?" अंजली भाभी उसे यूँ हैरान-परेशान देखकर चौंक उठी थी।

"कछु नईं भाभी, घरैं जानै, तुम बीस रुपैया दै दो बस। तुमाऔ आना पाई सै चुका दैहें।"

"बीस रुपैया कौन बड़ी माया है, जो लौटाबे आहौ।" कहते हुए 50 रुपये हाथ रख दिये थे भाभी ने।

"परेशान काए लग रईं। तुमै हमाई सौं, कऔ तौ।" भाभी कन्धे पर हाथ रखते हुए बोली थी।

"कछु ना पूछौ भाभी। क़िस्मतई खोटी है।" कहकर ज़ार-ज़ार रो उठी थी चन्दा।

"हाय राम, जबरन काए लै जाबौ चाउततीं? का बैंचबे खाँ ले जा रई तीं? उतै ब्याऔ के लाने औरत नईं मिलत। दूर-दूर से ख़रीद कै लियाउत।" पूरी बात सुनकर वह बोली थी।

अब तक चन्दा मन-ही-मन उलझ रही थी। उस शहर में नहीं जाने के पीछे उस जबर 'साँप' से टकरा जाने का भय था जो अपनी एक नज़र से उसकी सबरी साँसें ऐंच सकता था, पर अब भाभी की बात समझते ही तन का ख़ून जम गया। वहीं ढह गई। इस नर्क में जाने के लिए सेवा की थी क्या?

"इतेक नईं घबराओ। तनक लेटीं रऔ। पानी पियो। कछु खा लो।"

"नईं भाभी। अब घर खाँ जैहें।"

"रुको तो, ड्राइवर भेजे दै रए। बौ स्कूटर से छोड़ दैहै।"

अंजली भाभी ख़ूबई अच्छे सुभाव की हैं। उन्हें याद करते चन्दा के माथे की तनी नसें सहज ढीली पड़ गईं। जब गन्धीयाने में रहती थी तो रोज़ का जाना था। दोनों के जी जुड़े थे। उनके सीपरी चले आने पर चन्दा का मन टूटा था। कितनी ही जगह साथ घुमाया है उसे।

बीते साल मथुरा वृन्दावन लिवा ले गई थीं। संग खिलाया, संग सुलाया। काम के हर्जा के पैसे अलग दिये। वहीं तो पहली बार साँस अटकी थी चन्दा की। वहीं पीवणा को जाना था। एक चेहरा आँखों के सामने उतरा और पेट में एक बड़ा गोला घूम गया।

"जी अकबका रऔ भाभी। फिर कभऊँ आहैं।" कहकर चली आई थी चन्दा। रास्ते-भर सोचती हुई कि तन की आग बुझाई जा सकती, लेकिन मन पर रखी बर्फ़ की सिल्ली कभी नहीं पिघलती।

मथुरा से लौटने के बाद उसका उतरा चेहरा देख, अंजली भाभी ने कई मर्तबा कहा था, "चल मरजानी मथुरा चल।"

"बौ नासपीटौ कौन उतै मर रऔ हुइए। रात गई बात गई।" पाँव के टूटे नाख़ून को खींचते चन्दा बोली थी। एक घुटी चीख़ टूटकर वहीं कहीं गिर गई।

"उऊ मीणा कौ रंग मन सै ऊसई न उतरहै, कछु भेद तौ पाहैं उतै।" भाभी ने कन्धे पर हाथ रखते कहा था।

"मरन दो निगोड़े मन कौ भाभी। ईकी सुनती, तो आज तुमाए सामने ऐसी ना ठाणी रउती चन्दा। कैऊ आए, कैऊ गए।" अंजली भाभी से आँख चुराते समतल स्वर में बोली थी।

जिसे पास रहना था, वह चन्दा से दूर सीपरी चली आई थी और दूर वाला भुला देने के भरसक प्रयासों के बाद भी बहुत पास बना रहा। किसी घने अँधेरे रहस्य की तरह चन्दा खांड का घुल्ला बन उन चार दिनों की यादों में जब-तब घुलती रहती, जब मीणा और उसके अनगिनत क़िस्से आसपास बने रहे थे। देर तक शून्य में निहारती, आपसे लड़ती रहती।

क्यों हो गया था मीणा से प्रेम? उसकी नज़र में एक विधवा स्त्री को आसान शिकार समझ साबुत निगल जाने की लोलुपता जो नहीं थी। उस अजनबी शहर में जा, विधवा विशेषण त्याग वह केवल स्त्री हो गई थी। स्त्री से अधिक भावनाओं और उल्लास से भरी ज़िन्दा मानुस हो गई थी।

निर्णय के लिए कोई सन्देह नहीं था चन्दा को। पति के जाए पीछे मन न डिगने का जो आभामंडल रचा है उसने, उसे किसी भी क़ीमत पर खोया नहीं

जा सकता। अपनी इन्द्रियों पर नियंत्रण का यह गुमान ही उसे सिर उठाकर 'ठाणे' रहने की शक्ति देता है। जबकि जानती है कि कुछ दिनों की चर्चा के बाद हवलदारनी की तरह उसके निर्णय को भी सब अपना लेंगे पर वह ख़ुद से नज़र कैसे मिलाएगी? एक बार कमज़ोर पड़ी तब नदी ही उसकी शरणस्थली बचेगी। अपने ही विरुद्ध यह कैसा शिकंजा कस लिया था चन्दा ने!

चन्दा के मन की भटकन का कुछ भेद तो सास ने पा लिया था। तभी तो बार-बार कहती थी, "जाने कौन रोग लगा लै आई उतै से। मरजानी, हर रोग कौ उपचार होउत। ठाँड़े-ठाँड़े गोड़े पिरान लगत। आगे बढ़ जा अभागन।"

वह बिना उत्तर दिये घर के काम करती रहती। सास कभी भाग्य को कोसती, कभी कपूत बेटे को और थककर सो जाती।

सास के परलोक जाने पर जाना था कि वह बड़ा सहारा थी इस निर्दयी दुनिया में। ससुर तो शादी के कुछ समय बाद ही चल बसे थे। ट्रक खरपच्चे उड़ाता चला गया था। परिवारवाले रेशा-रेशा बीनते ख़ुद बिखर गए थे। माधो ने घर सँभाला था।

ऊ अजगर मुकेस खाँ, बैनन खाँ, बाप बन कै पालौ हतौ। आज माधो के बीवी-बच्चन की ही दुर्गति है। सोचते हुए उसकी आँखें नम हो उठीं। ससुर की याद बहुत देर बनी रही।

बालपन कौ ब्याह हतौ। वे आते तौ खेलत-खेलत उनकी गोदी में बैठ जाउत ती। स्मृतियों के साथ स्नेहिल स्पर्श की ऊष्मा महसूस हुई चन्दा को।

मताई धमकाती। घूँघट के पीछे से आँखें दिखाती कहती, "ससुर हैं।" वे मीठौ देत कउत ते, "बच्ची है।"

"समय की मार! जो कछु मीठो हतौ, सबमें चिंटा लग गए। अब तौ कड़ुअई कड़ुआ बचौ बस। सब क़िस्मत के खेल!"

चन्दा ने आह भरते स्वयं को याद दिलाया। आँखों के पोखर अब पूरे भर उठे।

जीना जितना मुश्किल है, मरना उससे भी मुश्किल। न मथुरा जा पाई चन्दा, न नदी में कूद पाई। नदी ज़रूर पूरी-की-पूरी उसके भीतर उतर गई। हर रात नदी चढ़ने लगती। छाती पर बोझ बढ़ने लगता। साँस में साँस घुलने लगती, साथ ही साँसों में घुला विष भी!

दूर पटरियों पर धड़धड़ाती हुई ट्रेन गुज़र गई, लम्बी सीटी देती! ट्रेन में सवार हो कोई पास चला आया। सीने पर लोटने लगा। चन्दा के गले में गोला अटक गया। साँस साथ छोड़ने लगी। आँखें लाल हो, झरने-सी छलक चलीं।

"हम फौन कौन मिला पाउत निगोड़े! तुमै तो आउत है।" चन्दा ने तकिये में मुँह देते बुदबुदाया।

भीतर भरी नदी, तटबन्ध तोड़ बह चली। पानी के पर्दे के पार चन्दा ने कौड़िया को पीवणा में बदलते हुए देखा। लहसुन भी कहीं रुल गई थी। खोजे न मिली।

जहाँ हवा को भी पढ़ना आता है

नई दिल्ली के इन्दिरा गांधी अन्तरराष्ट्रीय हवाई अड्डे के टर्मिनल-3 से बागड़ोगरा की दो घंटे की विस्तारा एयरलाइंस की फ़्लाइट इतनी आरामदेह और सुकून भरी थी कि न तन थका न मन! दो घंटे बादलों में अठखेलियाँ करते विमान में ही 1120 किलोमीटर की दूरी तय कर, दिल्ली के चिलचिलाते सूरज को बहुत पीछे छोड़, अब यहाँ बादलों की आँखमिचौलियों और रिमझिम बरखा से ख़ुशगवार हुआ मौसम किसी के भी चेहरे पर एक सतत मुस्कान ले आने को पर्याप्त है। बागडोगरा के अपेक्षाकृत छोटे-से एयरपोर्ट से बाहर आकर पहले से ही बुक गाड़ी ढूँढ़ने में कोई परेशानी नहीं हुई। बीस-पच्चीस साल का जीवन्त युवक जीतू मेरे नाम का प्लेकार्ड लिये मुस्तैदी से खड़ा था। संकेत करते ही उसने आगे बढ़कर मेरा सामान ले लिया और बिना किसी भूमिका के शुरू हो गया, "आप अच्छे दिन आए मैडम जी, कल तक ख़ूब गर्मी थी यहाँ! मैं सोच रहा था कि बुकिंग तो ले ली लेकिन हालत ख़राब हो जाएगा मेरा बागडोगरा की गर्मी से!"

अपनी ही बात पर एक निःस्वार्थ हँसी बिखेर, वह गाड़ी आगे बढ़ाता हुआ बोला, "मैडम जी, चाय के बाग़ान यहीं देख लीजिए। आगे फिर नहीं मिलेगा आपको। दार्जिलिंग आप जाएँगे तभी दिखेगा, नहीं तो टेमी में दिख पाएगा!"

मैंने खिड़की का शीशा नीचे कर सड़क के दोनों ओर लगे चाय के कोमल पत्तों को देखा। हाथ बाहर निकालकर बारिश की बूँदों को हथेली में भर लिया।

"पानी है...मत रोको...बहने दो।"

मैंने सहमकर हाथ अन्दर कर लिया। काँच चढ़ा दिया। नहीं, यह जीतू ने

नहीं कहा। वह तो फ़ोन पर किसी अन्य से बात कर रहा है। रंग गोरा, छोटी आँखें जिनमें एक हँसी तैरती रहती है। बात करता है तो यूँ लगता है कि हर शब्द की ऊर्जा से उसकी आँखों में लगे छोटे-छोटे बल्ब झिलमिल करने लगते हों। दीवाली पर लगी लड़ियों जैसे!

"कहाँ के रहनेवाले हो?" मैंने पूछा।

"जहाँ आप जा रहे हो, कलिम्पोंग!" वह हँसा।

फिर आगे बोला, "मेरा बाबा लोग तो रहता था नेपाल बॉर्डर में। नेपाल बॉर्डर क्लोज हुआ, तब सब कुछ ख़त्म हुआ। मेरी मम्मी ने बोला पापा को, अभी तो मेरे भाई के पास चलो। उसको मदद करो होटल में।"

जीतू की कहानी पूरी होती इससे पहले ही तीस्ता और मेरी कहानी जुड़ गई। "यहाँ रोकना गाड़ी..." मैंने अधीरता से कहा।

"तीस्ता है मैडम जी, बंगाल की लाइफ़ लाइन।" उसने गाड़ी रोकते हुए कहा।

मैं गाड़ी से बाहर आ गई और पुल पर खड़े होकर अपने और तीस्ता के बीच की दूरी महसूस करने लगी लेकिन वह मुझे अपने पास, बहुत पास, अपने भीतर ही बहती हुई महसूस हुई।

तीस्ता के जल पर सालों पहले लिखी गईं तहरीर पुनः उजागर होने लगी।

"आज नदी कितनी उदास है!" वह पानी को बेहद आहिस्ता से छूता हुआ बोला था। मानो तीस्ता की रुग्ण आत्मा को सहलाता हो।

"उदास है?"

"हाँ बहुत उदास।" उसके स्वर में एक अनचीन्हा शैथिल्य था।

"उदासी का कारण?" मैंने जानना चाहा।

"उदासी एकान्त की पूँजी है, चेतना। कारण साझा किये जाने से दरिद्रता अनावृत्त हो जाती है।"

आवाज़ की संजीदगी अन्त तक यूँ गहरा गई कि उसके कोहरे में मेरी हँसी ओझल हो गई।

"फ़ोटो ले लीजिए मैडम जी!"

जीतू की आवाज़ का सूरज उगा। बर्फ़ के तन पिघल गए। मैंने अपना

काला चश्मा आँखों पर लगाया और वापस कार में बैठ गई। पिघली बर्फ़ का गीलापन आँखों में तैरने लगा। सिलीगुड़ी में बारिश बढ़ने से सड़कें और ख़ाली हो गई थीं। गाड़ी निर्बाध गति से आगे बढ़ रही थी और मेरा मन पीछे। गाड़ी के फ्रंट मिरर से लटकी छोटी-सी एक विंडचाइम घंटी स्वर लहरी उत्पन्न कर रही थी जो रह-रहकर स्टीरियो पर चलते गीत की धुन से एकमय हो जाती।

'चेतना, संगीत सुनो न तब आँखें बन्द कर लेनी चाहिए। आँखें मन भटकाती हैं। मन की आँखों से देखोगी तब हर धुन मूर्त रूप ले लेगी।'

मैंने आँखें बन्द कर लीं।

यू नो यू लव मी आई नो यू केयर
जस्ट शाउट व्हेनयेवर एंड आई विल बी देयर
यू आर माय लव यू आर माय हार्ट
एंड वी विल नेवर एवर एवर बी अपार्ट

गाना आगे बढ़ता गया और मैं एक ही पंक्ति पर रुकी थी—'जस्ट शॉउट व्हेनेवेर एंड आई विल बी देयर।'

"अभीक!" मैंने बुदबुदाया और रुलाई से साँस रुक जाने के कारण खिड़की खोल ली।

"मैडम जी!" जीतू ने पीछे मुड़कर देखा और गाड़ी किनारे लगा दी।

"आप पहली बार पहाड़ आए हैं क्या?" वह पानी की बोतल मुझे पकड़ाता हुआ बोला।

मैंने बोतल लेकर मुँह-आँख धोए। स्मृतियों में बची राख में से एक शोला फड़फड़ाया। गले में पड़े स्कार्फ़ से मुँह पोंछते हुए मैंने कहा, "नहीं दूसरी बार।" और एक गहरी साँस ले, वापस अपनी सीट पर जा बैठी।

"कुछ लोगों को बहुत दिक़्क़त होती है। सिर घुमा देता है न रास्ता।" वह बोला।

जीवन से अधिक तो नहीं घुमाता, मैंने सोचा। पीछे सीट पर सिर टिका बाहर देखने लगी। प्रकृति से बड़ा हीलर और कौन है। नीले, लाल, हरे गहरे रंग और ख़ूबसूरत फूलों से सुसज्जित घर और चारों तरफ़ फैली हरियाली से

गुज़रती हुई मेरी निगाहें मानो चिह्नित कर लेना चाहती थी कि इन पाँच सालों में यहाँ क्या-क्या बदल गया है।

"दो दिन में आप कलिंपोंग अच्छे से देख लेगा मैडम जी। लोग गंगटोक जाते हैं, पर मैं बोलूँ जितना शान्ति यहाँ है और किधर नहीं।'

मैं उसकी बात पर बस मुस्कराकर रह गई। कोई जवाब न पा, उसने बैक व्यू मिरर पर नज़र डाल मेरे प्रति आश्वस्त होना चाहा।

"अब अच्छा लग रहा है आपको? कोई दिक़्क़त हो तो मेरे को बोलो आप, मैं गाड़ी रोकता हूँ।"

"नहीं मैं ठीक हूँ। तुम्हें चाय पीनी हो तो कहीं रोक लेन।"

जीतू शायद मेरी अनुमति का इन्तज़ार ही कर रहा था। मेल्ली पर दोनों ओर की छोटी-छोटी दुकानों पर से एक पर उसने गाड़ी लगा दी। दुकानों के पीछे की ओर तीस्ता बह रही थी, प्रेम में ठुकराई हुई, विरहणी-सी उदास, उपेक्षित!

"मेल्ली का अर्थ जानती हो, चेतना? श्मशान, जहाँ मुर्दों को दफ़नाया जाता है।"

उपेक्षित प्रेम भी तो मुर्दा ही हो जाता है। दफ़न कर देना चाहिए उसे। मैंने सोचा।

"आप क्या लेंगी मैडम जी?" जीतू का स्वर था।

फ़ोन पर गाड़ी के रेट पर अडिग रहनेवाला जीतू अब मेरी छोटी-छोटी सुविधा का ध्यान रख रहा था।

"बस एक कप चाय।" मैंने ग्राहकों के लिए रखी गई कुर्सी पर बैठते हुए कहा।

स्टॉल पर मैगी बनाती महिला पहाड़ी महिलाओं के मुकाबले ऊँचे क़द की थी। ढीला पजामा और टी-शर्ट पहने। सिर पर रेशमी रूमाल बँधा था। मुस्तैदी से सबका ऑर्डर लेती, बनाती, हिसाब करती। पहाड़ों की महिलाएँ छुईमुई नहीं होतीं, पहाड़-सी ही अडिग होती हैं उनकी जिजीविषा। मुझे अपनी ओर देखता पा मुस्कराई और बोली, "चाय और मैगी?"

मैं 'नहीं' बोलती उससे पहले ही स्मृतियों में हलचल हुई।

"खा लो, पहाड़ की ठंडक में गर्म मैगी से लज़ीज़ और कुछ नहीं। इससे

अधिक ज़हर तो तुम्हारी दिल्ली की हवा में घुला है।"

मेरे मौन को स्टॉल की स्वामिनी ने स्वीकृति ही समझा और एक गिलास में चाय और एक प्लेट मैगी मेरे सामने रख अन्य पर्यटकों पर अपना ध्यान केन्द्रित कर लिया। जहाँ इनकार मुखर न हो वहाँ सदा सहमति स्वीकार लेना इतना ही सहज होता है क्या? मैंने सोचा और प्लेट में रखे प्लास्टिक के छोटे-से फोर्क से मैगी खाने लगी। मैगी से जुड़ी यादें कसक बढ़ाने लगीं। कुछ गीत, कुछ बातें, कुछ महक, कुछ व्यंजन, कुछ स्मृतियों का अनुबन्ध यूँ दृढ़ हो जाता है कि उनका पृथक अस्तित्व अधूरा महसूस होता है। पल बीत जाने पर भी वह प्रेम के स्वाभाविक उद्दीपक बन जाते हैं। जाने कभी पावलाव ने इन पर प्रयोग किये या नहीं। किये भी होंगे तो प्रेम में निरीह मनुष्य सीख ही लेता है कला, अनुक्रिया नियंत्रित करने की, जबकि सत्य यह है कि प्रेम के सन्दर्भ में अनुक्रिया का विलोप असम्भव ही रहता है।

"मैडम जी चलें। आप तो खाए ही नहीं। चाय भी ठंडा हुआ। दूसरा बनवा दूँ?"

"नहीं-नहीं अभी मन भी नहीं है। चलते हैं।" मैंने उठकर पर्स से पैसे निकाल स्टॉल की महिला की ओर बढ़ाए।

"हो गया।" वह हँसी और जीतू की तरफ़ संकेत किया।

"अरे नहीं, नहीं, उसके वापस कर दीजिए। यह रखिए।"

लेकिन उसने सुना ही नहीं और मोमोज़ बनाने में व्यस्त हो गई। मैंने असमंजस में पैसे जीतू की तरफ़ बढ़ाए। वह कार का दरवाज़ा खोलता हुआ बोला, "बैठिए मैडम जी!"

"तुम मुझसे छोटे हो तुमसे कैसे ले सकती हूँ?"

"मैडम जी, अगली बार आप सर जी के साथ आना तभी मैं ले लूँगा।" अपनी बात कह स्वयं ही हँस लेना जीतू की आदत में शुमार है। उसकी निर्मल हँसी पूरी कार में भर गई।

फिर वही स्वर गूँज उठा, "जाने क्यों हम हँसने के लिए भी अन्यों की प्रतिक्रिया तलाशते हैं और रोने को एकान्त, जबकि रोने को एक कन्धा सुलभ होना चाहिए और हँसी अकेले में भी स्थगित नहीं की जानी चाहिए!"

लगातार बारिश से ठंड अब ज़ोर पकड़ रही थी। मैंने हैंडबैग से शाल निकाल कन्धे पर फैला लिया। जीतू ने कार का वार्मर चला दिया। कलिम्पोंग पहुँचते हुए एक बज चुका था। होटल पर मुझे छोड़कर वह बोला, "मैडम जी दो घंटे बाद आता हूँ।"

"नहीं आज मुझे कहीं नहीं जाना। कल सुबह ही आना।"

मैंने कार में बिखरी उसकी मुस्कान से कुछ कण उठा अपने होंठों पर सजा लिये।

"ज़रूरत हो तो फ़ोन करना मेरे को आप। मैं थर्टी मिनट्स में ही आ जाएगा, मैडम जी।" वह इंजन स्टार्ट करता हुआ बोला।

जीतू की उन्मुक्त हँसी की जगह अब व्यावसायिक अदब ओढ़े होटल के स्टाफ़ ने ले ली। रिसेप्शन पर औपचारिकता पूरी करके मैंने आई.डी. पर्स में रख ली। जूही की रंगत लिये यौवना ने गुलाबी मुस्कान के साथ कहा, "लंच टाइम तीन बजे तक है मैम।"

एक निर्देश को मुस्कान की पैरहन पहना, विनय का रूप दे देना ही हॉस्पिटैलिटी सेक्टर की विशेषता है।

"मैं रूम में ही ऑर्डर करना चाहूँगी।" मैंने स्पष्ट किया।

"जी, आप 06 पर कॉल कर दीजिएगा।"

वही औपचारिक मुस्कान जैसे कोई एल.ई.डी. बल्व, स्विच दबाया, उजास फ़ैल गया, ऑफ़ किया तो बल्ब के अस्तित्व का एहसास तक नहीं होता। और जीतू की मुस्कान जैसे अँधेरी रात में जलता कोई घी का दीपक! बुझ भी जाएगा तो उसके अस्तित्व की सुगन्ध देर तक वातावरण में तैरती रहेगी। होटल के स्टाफ़ के पीछे-पीछे चलते मैं अपने कमरे तक पहुँच चुकी थी। चारों ओर पहाड़ियों से घिरा यह रिजॉर्ट तन-मन की थकान मिटाने को उपयुक्त चयन था। नहाने के लिए गर्म पानी टब में भर ही रही थी कि माँ का फ़ोन आ गया।

"पहुँच गई सकुशल? कोई दिक़्क़त तो नहीं? खाना खाया?"

वही प्रश्न जो दुनिया की हर माँ अपने दूर गए बच्चे से करती है और फिर वही बात जो पिछले एक महीने में अनगिनत बार कह चुकी है।

"दिल्ली की नौकरी छोड़ इतनी दूर जाने का क्या औचित्य है?"

माँ को कैसे समझाती कि विगत का बोझ मन पर लादे अब और नहीं भागा जाता। शरीर थकने लगा है। गरम पानी की तपन से कसाव कुछ ढीला हुआ। जींस-टॉप पहनी, उधर कॉफ़ी के लिए पानी गर्म होने रखा। ड्रायर से बाल सुखाते शाम के चार बज चुके थे।

कमरे का एकान्त अपनी गिरफ़्त में लेने लगा तो जैकेट उठा होटल के बाहर निकल आई। जानती थी कैक्टस गार्डन यहाँ से पास ही है। किसी के पास लौटने की चाह हमें उस हर जगह खींच ले जाती है, जहाँ से हम कभी साथ गुज़रे हों। सोचा पैदल ही चली जाऊँगी लेकिन बाहर गेट पर ही जीतू मिल गया। वहाँ पहुँचे तो वह बन्द हो चला था लेकिन बाहर दरवाज़े पर खड़ी महिला ने टिकट दे दिया। कैक्टस की कितनी प्रजातियाँ यहाँ हैं। अभीक के साथ जब पहली बार यहाँ आई तब देखकर चौंक पड़ी थी।

"काँटों को उगाने के लिए इतना श्रम!"

वह ठहर गया था। बोला था, "जब जीवन से प्रेम की नमी लुप्त होने लगती है तब क़तरा-क़तरा सहेजने को काँटा बन जाना पड़ता है। कभी काँटों में फूल नहीं खिलते देखे तुमने?"

तब मन सुख से भरा था। कहाँ समझ पाती थी उसकी बातें। जब नमी खो गई, तब काँटों से प्रेम हुआ।

होटल वापस आने पर काफ़ी का मग ले बालकनी में बैठी रही। दूर गुलमोहर के बड़े पेड़ पर एक़ बादल लटका हुआ था। बादलों के होने से साँझ जल्द ही गहराने लगी थी। अदृश्य सूरज की लालिमा ज़रूर बादलों के पीछे से यूँ झाँक रही थी जैसे किसी बंगाली सुन्दरी के घने काले बालों के बीच दुर्गा पूजा के लिए लगाया गया सुर्ख़ सिन्दूर। इस लालिमा के श्यामल हो जाने तक मौन से संवाद करती रही। समय देखा नौ के ऊपर हो चला था।

यहाँ माँ तो थी नहीं कि भोजन के लिए मनुहार करेगी। कमरे के अकेलेपन को वहीं लॉक करके डाइनिंग रूम में आ गई। पर्वतीय इलाक़ों में बने होटलों में काफ़ी चढ़ाई-उतराई हो ही जाती है, न चाहते हुए भी। अनजान लोगों की भीड़ में खाना खाते हुए अधिक अकेलापन महसूस हुआ। डायनिंग हॉल की बड़ी खिड़की से दिखती पहाड़ियों पर छोटे-छोटे तारों से चमकते घर और

तारीकाविहीन ध्वान्त आकाश! मैं टेरेस पर आ, उम्मीद का कोई रेशा तलाशने लगी। बहुत दूर एक तारा टिमटिमाया और मुझे अतीत में खींच ले गया।

दिल्ली में जून की गर्मियों की यह एक उमस भरी सुबह थी जब भारतीय आर्मी की 27-माउंटेन डिवीजन में मेजर-जनरल विक्रान्त शर्मा अपनी प्यारी भांजी को दिल्ली से लौटते हुए साथ लिवा लाए थे। कुछ संशय मन में उपजने पर और मम्मी और मामा की आँखों में गुप्त सन्देशों को पूर्णत: डिकोड न कर पाने के बाद भी मैं सहर्ष इसलिए चली आई थी क्योंकि भारत के उत्तर-पूर्वी इलाक़े की ख़ूबसूरती और रहस्यमयी हवा मुझे सदा रोमांचित किया करती है।

अगली ही शाम ऑफ़िस क्लब की वीकेंड पार्टी के लिए मामी ने मुझे लाड़ से सजाया और गहरे मरून, ऑफ़शोल्डर गाउन के साथ मामी के डायमंड डैंगलर्स पहन मैंने ख़ुद को 6 फ़ुट 3 इंच लम्बे कैप्टन अभिजय के साथ 'अगर तुम साथ दो' पर थिरकते पाया। अभिजय के कन्धे पर हाथ रखे, जाने क्यों मेरी नज़र एक अनजान चेहरे पर ठहर जाती थी या फिर उस अनजान चेहरे की निगाहें मेरे चेहरे पर अनवरत टिकी थीं। 5 फ़ुट 3 इंच की मेरी हाइट और चार इंच की हिल्स के बावजूद अभिजय की ऊँचाई से आँखें मिलाए रखना मेरे लिए सहज न था। कुछ चेहरों का ओज ऐसा होता है कि उनके प्रकाश में आपके अँधियारे और मुखर हो जाते हैं।

"ही इज द मोस्ट वांटेड बैचलर हेयर!" मामी ने फुसफुसाया था।

भीतर एक डर ने करवट बदली और मन जागृत हो बैठा। अकसर होता है मेरे साथ। फ़िल्म का सबसे प्रसिद्ध गाना नहीं, बैकग्राउंड में बजा, कोई धीमा गीत कई दिनों तक लूप में बजता रहता है। मुख्य कलाकार से ज़्यादा कोई सहयोगी कलाकार मेरी नज़र बाँध लेता है। रोशनियों में अँधेरों को तलाशने की यह अनसुलझी विकलता सदा मुझे हैरान किया करती है। मैंने अपना कोना तलाशा। स्वागत एक हाय से हुआ।

"आप?"

"हाय अनइम्प्लॉयड अभीक...अभिजय'स चाइल्डहुड फ्रेंड..." उसने हाथ बढ़ाया।

"हाय, अनइम्प्लॉयड चेतना! अभिजय'स जस्ट मेड फ्रेंड।" कहते हुए एक बड़ी मुस्कान चेहरे पर स्वतः चली आई।

"यू लुक ब्यूटीफुल व्हॉइल डांसिंग।"

"ओहो.. रियली?" एकान्त तलाशते मिलनेवाली प्रशंसा असहज कर रही थी।

"लेकिन एकान्त में बैठ प्रकृति की धुन पर ब्रह्मांड का नृत्य महसूस करती हुई किसी साधिका-सी लगती हो।" कहता हुआ वह मेरे बेहद क़रीब चला आया था।

मेरा चेहरा सफ़ेद पड़ गया। कोई आपको अनावृत्त कर भीतर तक झाँक ले, यह एक बड़ी आपदा की आहट प्रतीत होती है।

"सी यू! बाय!"

गिलास में बची शैम्पेन को एक घूँट में ख़त्म करते हुए मैंने कहा। वापस लौटते हुए उसकी आँखों की ऊष्मा पीठ पर महसूस होती रही। एक अनकही चाह के विपरीत मेरे पीछे पदचाप सुनाई नहीं दिये।

अगली सुबह अभिजय को ब्रेकफ़ास्ट टेबल पर देख कोई आश्चर्य नहीं हुआ। मुझे देख वह खड़ा हुआ और मेरे लिए चेयर खींची।

'ट्रू जेंटलमैन...' मैंने सोचा और शुक्रिया कहते हुए एक पूरी नज़र उस पर डाली। व्हॉइट टी-शर्ट और ब्लू जीन्स में वह दिलकश दिख रहा था। वह मेरे बिलकुल सामने बैठ गया और जाने क्यों मैंने हाथ बढ़ाकर उसके गीले बालों को छू लेना चाहा। दिन की उजली रोशनी में चोरी से उसे देखा और पाया कि उसकी चंचल निगाहें मुझे अपनी ज़द में लिये हैं। तब अनचाहे ही ख़ुद पर गुमान हो उठा। उसकी तिरछी मुस्कान कह रही थी, "यू कांट एस्केप माय चार्म।"

"चुप-चुप बैठे हो ज़रूर कोई बात है।" यह मामा का सुरीला स्वर था।

"लेट मी इंट्रोडयूज़ यू बोथ अगेन।"

"अभिजय, चेतना।"

"चेतना, अभिजय।"

"मामा!" मैंने उन्हें आँखें दिखाईं।

"दो यंग बच्चे ऐसे चुप बैठते हैं क्या? जाओ दोस्तों के साथ घूमो-फिरो।"

“अभिजय, प्लान अ नाइस डे फ़ॉर हर। चेतना को ख़ुश रखना अब तुम्हारी ज़िम्मेदारी।”

“यस सर!” वह सैल्यूट करता खड़ा हो गया।

एक हँसी की लहर से कमरा जगमगा गया।

अगले कुछ दिन अभिजय और उसके दोस्तों के साथ पैराग्लाइडिंग, राफ़्टिंग और ट्रेकिंग करते बीते। शामें अधिकतर हमारी अकेले की होतीं।

वह वीकेंड पार्टी थी। अभिजय एक फ़ोन सुनने बाहर गया था और मैं उसके जोक्स पर हँसती, भीग चली आँखों को पोंछ रही थी जब अभीक मेरे पास आया और बोला, “यू डोंट लव हिम।”

“एक्सक्यूज़ मी!” मेरा चौंकना स्वाभाविक था। मेरी नज़रें उसके चेहरे पर गड़ी थीं। साधारण क़द-काठी, साधारण रंग-रूप, कुछ असाधारण है तो बस पल-पल पड़ताल करती गहरी आँखें जो जब मुझ पर टिक जाती हैं तो मेरी नज़रों को भी अनजाने बाँध लेती हैं।

“तुम अभिजय से प्यार नहीं करती।” उसकी आँखें अब भी मेरे चेहरे पर आते-जाते भावों को पढ़ रही थीं।

“जल्द ही हमारी सगाई की अनाउंसमेंट होनेवाली है।' मैंने सफ़ेद झूठ बोला।

“यह ख़बर सबसे पहले अपनी निगाहों को सुनाइए। वे जाने क्यों मुझे खोजा करती हैं।” वह इत्मीनान से कुर्सी पर बैठता हुआ बोला। मैं उसकी इस धृष्टता से तिलमिला गई थी।

“तुम्हें नहीं खोजा करतीं, बल्कि यह खोजती हैं कि तुम मुझमें क्या खोजा करते हो।” मैंने तल्ख़ी से कहा।

“हम्म, तब तो यह ज़रूरी है कि हम इन निगाहों को कुछ समय दें और इस खोज को किसी मुकाम पर पहुँचाएँ।” चुनौती उसके स्वर में हावी हो गई थी।

“आर यू आसकिंग मी फ़ॉर अ डेट?” मैं उसकी हिम्मत पर हैरान थी।

“नहीं! मैं तुम्हें तुमसे मिलने के लिए कह रहा हूँ। सच से कब तक भागोगी?”

उफ़! जटिलताओं के बिना प्रेम सम्भव क्यों नहीं हो पाता? मैंने मन में सोचा।

"एक्सक्यूज़ मी!" मैंने खड़े होते हुए कहा और सामने से अभिजय को आता देख कुछ निश्चिन्त हुई।

अभिजय की बॉर्डर पोस्टिंग आ चुकी थी। सब चाहते थे कि उसके जाने से पहले एंगेजमेंट का अनाउंसमेंट कर दिया जाए। उसके पेरेंट्स भी अगले वीकेंड आनेवाले थे। मैंने कहा था कि मुझे समय चाहिए। मैं अभी किसी कमिटमेंट के लिए तैयार नहीं थी। सब हैरान थे। मामी ने कहा, "यू बोथ मेक अ लवली पेअर। ख़ुश दिखती हो उसके साथ!"

"इन्तज़ार करूँगा।" मेरा माथा चूमते हुए अभिजय ने कहा।

मैं चाहकर भी कोई आश्वासन न दे सकी। सजल नयन उसे अनझिप देखती रही। आँखों में वही चंचलता, वही मनोहारी रूप। इससे बेहतर कोई लड़की कुछ पा सकती है क्या?

मैं ख़ुद पर हैरान थी। बस जल्द-से-जल्द दिल्ली जाना चाहती थी जहाँ दो जोड़ी आँखें मेरी आँखों का पीछा न करें। मैं अभिजय और अभीक से दूर जाना चाहती थी, मैं स्वयं से भी बहुत दूर जाना चाहती थी पर मामा ने कहा कि अभी गईं तो तुम्हारी माँ जान ले लेगी तुम्हारी। ग़ुस्सा शान्त होने दो।

अभीक मिलना चाहता था। अभिजय की अनुपस्थिति में उससे मिलना मुझे अनुचित लग रहा था, पर वह सुबह ही आ गया। जाने से पहले अभिजय मिलने आया लेकिन अभीक को देख बिना कुछ कहे ही लौटने लगा।

"सुशान्त और प्रिया भी आते होंगे। जाने से पहले सब मिलना चाहते थे।" मैं अपने झूठ पर चकित थी।

"उनसे रात ही मुलाक़ात हो गई थी। तुम्हें ही बाय कहने आया था।" अभिजय ने दरवाज़े पर ठिठककर कहा। सलोने मुख पर म्लानता का दोष मुझे था।

अगले दिन मैं अभीक के साथ एक अनजान सफ़र पर थी। मैंने 'हाँ' कब कहा था, पर इनकार भी तो नहीं किया था। गाड़ी एक कच्चे रास्ते पर उतर चली थी। उसने गाड़ी पार्क की। एक पथरीले रास्ते को पार कर हम नदी के किनारे पहुँचे।

"रँगीत और तीस्ता, दो प्रेमियों का मिलनस्थल है यह लवर्स पॉइंट।" उसने संगम की ओर इशारा करते हुए कहा।

"रंग देखो दोनों के अलग, स्वभाव भी।" निगाहें अभी भी नदी के जल पर ही टिकी थीं।

"तुम्हारा और मेरा स्वभाव तो मिलता है, रंग भी।" मैंने मुस्कराने का प्रयास किया।

मेरी मुस्कान उसके लबों को न छू सकी। लगा कोई नितान्त अपरिचित सामने खड़ा है।

"जानती हो खेल-खेल में यह दोनों मैयल लियाँग से मैदानों की ओर बह निकले थे। तीस्ता तब रोगनयु कहलाती थी। रँगीत को रोगनयु का रेस जीत जाना रास नहीं आया। पुरुष अहम आहत हुआ। वह चिल्लाया, तीस सी ता? (तुम कब आईं?) और वापस लौट चला।"

यह कहानी कैसे हमारे उलझे समीकरणों को सुलझा सकती थी मेरे लिए समझना सम्भव नहीं हुआ।

"तब तीस्ता ने मनुहार की, मनाया और उसे साथ ले, आगे बढ़ी।" अभीक की आवाज़ मुझसे दूर हो रही थी।

"मैं तीस्ता क्यों नहीं बन पई? सिक्किम आकर मैंने अमरकंटक की कहानी दोहरा दी। बस पात्र बदल गए। नर्मदा, सोनभद्र और जुहिला की कहानी में मैं सोन बन गई न?" मैंने अभीक की आँखों में उत्तर तलाशा। एक अटल मौन हमारे मध्य खड़ा रहा। अभीक मेरे लिए अनसुलझी पहेली ही रहेगा सदा। मैं व्यथित हो चली।

"चलो, मुझे पैकिंग भी करनी है। कल की फ़्लाइट है।" मैंने उठते हुए कहा।

वह चौंका फिर सँभलते हुए बोला, "कुछ दिन और नहीं रुक सकती?"

"नहीं, बस समर वेकेशन के लिए ही तो आई थी।"

"सब कुछ यूँ ही बिखरा छोड़कर चली जाओगी क्या?"

'उलझाया किसने?' कहना चाहा पर अब मौन मेरे पक्ष में था।

"कलिम्पोंग को पहले डलिंगोट कहते थे। लेप्चा में अर्थ हुआ—खेलने की जगह। ग्रीष्मकालीन क्रीड़ा-स्थल, मनबहलाव का स्थान!" उसकी आँखें अब मुझ पर टिकी थीं।

जाने क्यों मुझे लगा यह मुझे लक्षित करके कहा गया है, जबकि सत्य

यह था कि खेल विधाता ने खेला था। मैं अनचाहे मोहरा बन गई थी। मामा से ज़िद करके अगले दिन का टिकिट बुक कराया। मना करने पर भी अभीक एयरपोर्ट तक साथ आया।

"वह प्रेम ही क्या जो अपना अधिकार न जता पाए चेतना। प्रेम सदा त्याग ही नहीं माँगता कभी-कभी संघर्ष भी माँगता है।"

प्रेम का यह त्रिकोण पाइथोगोरस थ्योरी से भी अनसुलझा रहा। मैं स्वयं से लड़ती रही। नर्मदा की तरह चिरकुँवारी होने का प्रण नहीं किया पर फिर कभी किसी से मन बँध नहीं पाया। मैं अपराध-बोध से उबर न सकी। फ़ाइट, फ़्लाइट, फ्राइट में से फ़्लाइट को चुन, मैंने नया नम्बर लिया और पुरानी सिम तोड़ डाली। साथ चलने का प्रयास करते तीन जीवन, तीन भिन्न दिशाओं में चल पड़े थे। हमारे रास्ते फिर कभी नहीं टकराए। रिटायरमेंट के बाद मामा नोएडा आ चुके थे। उनसे पता चला अभीक की कोई ख़बर नहीं है। मन में कुछ डूबा।

"और अभिजय? वह कैसा है?" ज़िक्र छिड़ा तो डरते-डरते पूछ डाला।

"तीन साल पहले शादी की उसने। एक बेटी है गोलू-मोलू-सी। इन्तज़ार किया तुम्हारे उत्तर का उसने! पर तुमने संवाद का कोई मार्ग नहीं छोड़ा था। इट वाज़ वाइस टू मूव ऑन।"

"यस, यस। इट वाज़...आई एम हैप्पी फॉर हिम।"

"तुम भी आगे बढ़ो।" वह स्नेह से मेरा कन्धा थपथपाते बोले।

"आई नीड योर हेल्प मामा!" मैं थक चुकी थी।

"सदा तुम्हारे साथ हूँ मेरी बच्ची।" वे मेरा माथा चूमते बोले।

डेलो और दूरबीन पहाड़ियों को जोड़ती हुए रिज़ पर बसा कलिम्पोंग, सिक्किम से तीस्ता नदी द्वारा विभक्त हो जाता है। आज इस नदी के एक ओर मैं विगत की यादें समेट रही हूँ और कल तीस्ता के उस ओर अपने भविष्य के उत्तरों की तलाश में भटकूँगी।

सुबह सुशान्त और प्रिया आए। उनकी दुनिया में जल्द ही एक नन्हा फ़रिश्ता आनेवाला था। इन पाँच सालों में कितना कुछ बदल गया था। उनसे भी कोई सम्पर्क नहीं था अभीक का। सुशान्त ने अभिजय को फ़ोन मिलाया।

अभिजय ने आगे कई और फ़ोन...पता चला कि चार महीने पहले आख़िरी बार जब बात हुई तब वह ज़ोंगू के लिए निकल रहा था।

"ज़ोंगू...स्वर्ग का द्वार!" मैंने याद किया।

मुझे कल मणिपाल यूनिवर्सिटी के ह्यूमैनिटीज एंड सोशल साइंस विभाग में जॉइनिंग लेनी थी। इसके बाद ज़ोंगू निकलना तय हुआ। सुशान्त और प्रिया साथ आना चाहते थे लेकिन प्रिया की अवस्था देखते हुए मैंने इनकार कर दिया।

जीतू आ चुका था। सुशान्त और प्रिया के साथ नाश्ता करके मैं भी आगे के सफ़र की ओर चल दी। जब सफ़र शुरू किया हल्की धूप खिली थी लेकिन अब सड़क के किनारे बहता बारिश का पानी जीप से रेस लगा रहा था। तेज़ हवा के साथ बारिश की बूँदें मुझे भिगा रही थीं। सड़क के किनारे लगे बड़े झंडे दरचोग और यहाँ-वहाँ बँधी रंग-बिरंगी झंडियों पर लिखी प्रार्थनाओं को छूकर आती हवा में, काश मेरी भी प्रार्थना सम्मिलित हो जाती। तीस्ता अब फिर मेरी हमसफ़र थी। किसी मोड़ पर साथ छूटता तो किसी मोड़ पर पुनः हाथ थाम लेती। उसकी उदासी और गहरा चुकी थी। नदी की उदासी अब मैं पहचानती थी। अभीक ने पूछने पर नहीं बताया था फिर कुछ दिन बाद स्वयं ही तीस्ता के किनारे बताया था।

"चेतना, सिक्किम में कई जल विद्युत बाँध बनाए जा चुके हैं। नदी की प्रवृत्ति है बहना, उसे रोकना विनाश लाएगा। नदी रुकेगी तो जीवन रुक जाएगा। 'रन ऑफ़ द रिवर' के नाम पर नदी को रोका जा रहा है उसका मार्ग बदला जा रहा है। तुम जानती हो हिमालय नवजात शिशु है। सबसे कम उम्र का पहाड़; कोमल गात लिये! यह निर्माण गतिविधियाँ नहीं सह सकता। यहाँ मॉनसून में भी लैंडस्लाइड हो जाते हैं। यह मनुष्यों का हस्तक्षेप नहीं सह सकते। पहले की परियोजनाओं ने धोखा दिया है, नदी कितनी ही जगह सिकुड़ गई। जहाँ पानी को रोका गया वहाँ के घर डूब गए। तुम देखना किसी दिन नदी लौटेगी। अपनी ज़मीन वापस माँगेगी।"

अल्पभाषी अभीक आज अनवरत बोलता था। मैं अपने मन की उम्र का आकलन कर रही थी। जानना चाहती थी कि वह सम्पूर्ण मृत्यु से पहले कितने आघात सह सकता है।

"हम तुम सिक्किम नहीं बनाते चेतना। सिक्किम है लेपचाओं से, वे लेपचा जो कंजनजंगा की सन्तानें हैं। वे लेपचा जिनकी गर्भनाल माँ से नहीं प्रकृति से जुड़ी है। इस नाल को काटा तो माँ और बच्चे कोई नहीं बचेंगे।"

यह अभीक नितान्त नया था मेरे लिए। अपरिचय की दीवार अचानक कहाँ से आ गई? मैं यहाँ बस पर्यटक थी। लेपचा और कंचनजंगा के दुख से निर्लिप्त मैं चिन्तित थी तो अपने मन के द्वंद्व के लिए। अभीक की ये बातें मेरे भविष्य को कोई दिशा नहीं देतीं। अभिजय जा चुका था। वापस आ सकता था, पर पुकारने की चाह नहीं थी। अभीक सामने था, पर उसके साथ जीवन की कोई आश्वस्ति नहीं दिखती। न वह कोई आश्वासन देता है। मैं अभिजय की ओर बह रही थी। अभीक ने मुझे बाँध दिया। मेरी राह मोड़ दी। अब मैं अपने भीतर सिकुड़ रही थी। आनन्द की लहरों पर बहती मछलियाँ तड़प उठी थीं, दम तोड़ रही थीं।

अभीक अभी भी बोल रहा था, "यूनेस्को ने कंचनजंगा बायोस्फ़ीयर रिज़र्व में शामिल किया है लेकिन हम स्वयं क्या कर रहे हैं। हम देश की रक्षा के लिए पड़ोसी देशों से लड़ सकते हैं, पर अपनी जन्मभूमि की रक्षा के लिए अपने ही देश में नहीं लड़ सकते।" वह निश्चित ही मुझसे नहीं कह रहा था। स्वयं को ललकार रहा था। मुझसे कहा भी हो तो मैंने सुना कब था। सुना भी हो तो यह सब सुनना तो नहीं ही चाहा था। जो सुनना था वह अनकहा ही रहा था। थकान उसके स्वर पर हावी होने लगी। मेरा हाथ पकड़ते हुए बोला, "चलो चलें।"

मैं एक बार उसकी आँखों में झाँक परिचय के अवशेष तलाशना चाहती थी।

कार आगे बढ़ रही थी। मन पीछे। पाँच साल कम होते हैं क्या? चाहता तो ढूँढ़ सकता था। मामा से भी पूछ सकता था। नम्बर ही बदला था मैंने, शहर तो नहीं, घर तो नहीं। क्यों जा रही हूँ मैं? किस भरोसे पर? सेवन सिस्टर फाल्स पर जीतू ने गाड़ी रोकी। मेरी अरुचि पर वह चकित था। उसे कैसे समझाती कि अभी हर पल मेरे लिए क़ीमती है। उसकी मायूसी देखते मैंने कहा, "लौटते हुए रुकेंगे।"

कार आगे बढ़ चली। रास्ते की ख़ूबसूरती मन का सन्ताप हर ले रही थी। कुछ ठंडी हवाओं और कुछ भीगी स्मृतियों के मिले-जुले असर से रास्ते-भर

उनींदापन छाया रहा। नींद तब टूटी जब जीतू ज़ोंगू चेक पोस्ट पर परमिट दिखाने के लिए रुका और कार के आगे बढ़ने के साथ एक बार फिर मेरे मन का विचलन बढ़ा और साथ ही सड़क किनारे होर्डिंग्स भी। छोटे-छोटे समूह पोस्टर लिये नारे लगाते हमें क्रॉस करते जाते।

"पानी है, रोको मत, बहने दो।"

"एक नदी पर कितने बाँध, और न बाँधो इसके पाँव।"

जीतू से पूछने की ज़रूरत नहीं पड़ी। वह ख़ुद ही बताने लगा, "जल विद्युत परियोजना के लिए बाँध का निर्माण ज़ोंगू में प्रस्तावित है जिसका आदिवासी विरोध कर रहे हैं। लेपचा भूख हड़ताल पर बैठे हैं और सरकार उनके ख़िलाफ़ कार्यवाही की चेतावनी दे रही है। मैडम जी जंगल लेपचाओं का ही है न। सरकार छीन ले रही है। अपनी मिट्टी से कौन प्रेम नहीं करता? आप बोलो।"

कहा था न, "प्रेम सदा त्याग ही नहीं माँगता कभी-कभी संघर्ष भी माँगता है।" मैंने याद किया। वह अपने प्रेम के लिए संघर्ष कर रहा होगा और मुझे अपने प्रेम के लिए करना पड़ रहा है। पर मंज़िल कैसे मिलेगी?

"मन अपनी मंज़िल पर ले तो हवा में छोड़ देना उत्तर। यहाँ हवा को भी पढ़ना आता है।" एयरपोर्ट पर मेरा बैग ट्रॉली पर रखते, उसने कहा था।

मैंने अपना दुपट्टा उतारा। पर्स से मार्कर निकाल उस पर लिखा, "एक पत्र हवाओं के नाम...अभीक तुम कहाँ हो?" और दुपट्टा खिड़की के बाहर लटका दिया।

ज़ोंगू में मेरे रहने की व्यवस्था सुशान्त ने पहले ही पासिंगडन में (Passingdang) लेपचा होमस्टे में करा दी थी। मेरे मेजबान अधेड़ उम्र के ज़िन्दादिल युगल थे। मील का एक पत्थर कह रहा था 'हैप्पीनेस—ज़ीरो किलोमीटर' क्या सच ही भाग्य मेरे पक्ष में है?

बादलों की छोटी-बडी चादरें हवा में तैर रही हैं। इलायची की ख़ुशबू हवाओं संग तरंगित होती है। पंछियों के स्वर पर तितलियाँ नृत्यरत हैं।

चार घंटे के सफ़र की थकान चार पल में उतर गई। चारों ओर हरियाली और पहाड़ों से घिरे लकड़ियों से बने ख़ूबसूरत घर किसी देवालय जैसे लगते हैं। प्रकृति यहाँ इस क़दर अनछुई है कि मुझे लगा मैं जन्नत में हूँ। ज़ोंगू को

यूँ ही तो स्वर्ग का द्वार नहीं कहा जाता। सफ़ेद, नीले और गुलाबी हाइड्रेंजिया की झाड़ियों से घिरा, बैम्बू का बना कोई अदृश्य पुल ज़रूर ही मैयल लियाँग (ईश्वर की नगरी) को जाता होगा।

जीतू ने कार से निकालकर मेरा बैग कमरे में पहुँचा दिया। हवाओं के नाम दुपट्टा मैंने वहीं केले के झुरमुट में बँधवा दिया।

"हवाओं ने सन्देश अब तक पढ़ लिया होगा।" जीतू ने उसका फ़ोटो क्लिक करते हुए कहा।

"ग्रुप में डाल देता हूँ, मैम जी।" स्वर में आस की उमंग थी।

वेजिटेबल सूप परोसते हुए ग्यात्सो ने बताया कि उनके पिता तेनजिंग से यह होमस्टे ही नहीं कंचनजंगा और ज़ोंगू को बचाने का संघर्ष भी उन्हें विरासत में मिला है। यह बड़ी सान्त्वना है कि ग्यात्सो अभीक से मिले हैं। वह दो महीने पहले तक यहीं था। उन्होंने आश्वासन दिया कि वे अफ़ेक्टिड सिटिजन्स ऑफ़ तीस्ता (एसीटी) के सदस्यों से पता लगाने का प्रयास करेंगे।

सूर्योदय, पंछियों के कलरव और निर्झर बहते झरनों के मधुर संगीत के साथ हुआ। ग्यात्सो चाहते हैं कि मैं थोलिंग मोनेस्ट्री जाऊँ। सौ साल पुरानी इस मोनेस्ट्री में क्या अभीष्ट प्राप्ति होगी? ग्यात्सो ने तेज़ी को मेरे साथ भेजा है। वह टूटी-फूटी हिन्दी और अंग्रेज़ी बोल लेता है। लोहे के पुल को पार करते हुए हवाओं ने पुकारा, "चेतना!"

मैंने पीछे मुड़कर देखा। अभीक दौड़ता हुआ आ रहा था। पास आ, हाँफता हुआ बोला, "तीस सी ता? मुझे तो लगा कि तुम्हें सदा के लिए खो चुका हूँ।" उत्तर देने को, कंठ अवरुद्ध था। आँसू बहने को आतुर हो चले पर साथ चल रहे तेज़ी की उपस्थिति के कारण उन्हें रोके रखना ज़रूरी था।

"पानी है, मत रोको, बहने दो!" वह बाँहों में भरता हुआ बोला।

"मेरे प्रेमी को रास्ते से हटा तुमने अपना रास्ता ही बदल लिया।" आँसुओं के बीच हँसी ने अपनी राह तलाशी।

"मन किसी और पर आ गया। क्या करता?" बेचारगी से भरा स्वर उसे बहुत दूर ले गया, पर जल्द ही वह लौटा और मेरी आँखों में झाँकता हुआ बोला, "उसकी सुन्दरता से जलोगी तो नहीं?"

"नहीं, उसके चिर यौवन की दुआ करूँगी।" मैंने उसके कन्धे पर सिर टिकाते हुए कहा।

"कोई दिन बिन तुम्हारी याद के नहीं बीता। अब कभी नहीं छोड़ना।" मेरा माथा हौले-से चूमता वह बुदबुदाया।

मैं नहीं जानती कि यह लड़ाई कितनी लम्बी चलेगी और जीत किसकी होगी लेकिन मैं यह समझ चुकी हूँ कि प्रेम का अर्थ मंज़िल पर पहुँचना नहीं, विषम राहों पर भी साथ बने रहना है।

शैतानी तुरही

तूफ़ान पर बर्बादी के आरोप बेबुनियाद थे

कल रात आए तूफ़ान ने दशकों से जमे पेड़ों के पाँव भी उखाड़ दिये थे। खपरैल के घरों की तो बिसात ही क्या थी। टेराकोटा के बैरल सूखे पत्तों से उड़ गए थे। बिजली के खम्बे और तार औंधे मुँह पड़े थे। तूफ़ान जाहिल था आँगन द्वार पर बने कोलम पर पाँव रख उसके अंग-भंग करता गुज़रा। देवी आंडाल और भगवान तिरुमाल अवश्य ही कुपित हुए होंगे। अच्छा? तूफ़ान ने उपेक्षा से ठहाका लगाया। सच बोलो यहाँ आबाद ही क्या था?

शोभना ने समय देखा। 7:10 के हिसाब से अँधेरा कुछ अधिक ही गहरा था और फ़ोन की बैटरी ख़तरे का लाल निशान दिखा रही थी। पूरा दिन बीते भी बिजली महकमा सुधार नहीं कर सका था। शहर किसी महीन टुकड़ोंवाले जटिल जिगसॉ पजल-सा दिखता था जिसे जमाने के लिए लम्बा धैर्य, समय और दक्षता चाहिए थी।

"डायलन!" उसने बेहद हल्के नर्म स्वर में पुकारा। दो दिन से नीम बेहोशी में तपते अपने अर्धमूर्छित बच्चे को वह चेताना चाहती थी लेकिन जगाना नहीं।

"कुछ खा लेता?" कहते हुए बच्चे की आँख का पीलापन बढ़ा देख वह और चिन्तित हो उठी।

मोबाइल की सीधी रोशनी आँखों पर पड़ने पर वह कुनमुनाया। पीड़ा की संघनित रेखाओं से उसका कोमल चेहरा भर गया। दो गीली लकीरें शोभना के

गालों पर बह चलीं। इन नहरों में डूबे रहने की अनुमति समय नहीं दे रहा था। डायलन के कन्धों तक कम्बल चढ़ाती, वह झटके से उठ खड़ी हुई।

नई नौकरी और रोज़ की देरी। आज फिर देरी से पहुँचने के लिए अस्पताल में डाँट खानी होगी। शोभना ने अपनी कनपटियों को दबाते हुए सोचा।

"अम्बर! आरिया!" इस दफ़ा स्वर तेज़ हो उठा जिससे बिखरते बेबसी के कतरे बच्चों के कानों में जा धँसे। कमरे के सीले कोने में दो मुरझाए बुत उग आए।

"मैं जोसेफ़ को ढूँढ़ने जाती हूँ। डायलन का ध्यान रखना।" कहते हुए वह दरवाज़े तक पहुँच चुकी थी। बिना उत्तर की प्रतीक्षा करे वह सँकरी गली पारकर मुख्य सड़क पर आ गई।

कमरे में जलती मोमबत्ती के मटियाले प्रकाश में भुकभुक करती दरिद्रता को फटी उलझी आँखों से निहारते बुत, पुनः ज़मींदोज़ हो गए।

उसे टॉर्च लेकर आना चाहिए था। घुप्प अँधेरे ने कानों में फुसफुसाया। अब उसे अपनी भूल का एहसास हुआ।

लौटूँ क्या?

समय कहाँ है? पहचानती तो हो मुझे। रास्ते ने दिलासा दिया।

उसने सहमति में सिर हिलाया, हालाँकि रास्ता केवल उसका जाना-पहचाना न था। जंगली जानवरों से भी उसका वैसा ही अपनापा था।

लम्बे डग भरती वह सीधे बालकृष्ण के अड्डे पर पहुँची। शराबियों की जमात जुटनी शुरू हो चुकी थी।

"जोसेफ़?" उसने हाथ के इशारे से चिल्लाकर पूछा।

"विष्णुवर्धन।" बालकृष्ण ने पैसे गिनते हुए निर्लिप्त उत्तर दिया।

वह आगे बढ़ गई। दोनों ओर कॉफ़ी और केलों के बाग़ानों की बीच का यह अति सँकरा रास्ता था। तिस पर हाथियों का पसन्दीदा! बीते माह ऐसी ही काली रात श्रीधर के दोनों लड़कों की जीवन ऊर्जा हाथियों के पाँव तले रौंद दी गई थी। मेढकों का बढ़ता स्वर उसे निरन्तर चेता रहा था—लौट जाओ, लौट जाओ!

नम कोहरे में घुली तहदार बेचैनी बढ़ती जाती थी। रुकी हुई पानी की

बूँदें कभी किसी पेड़, कभी किसी ढलुआ छत से विपदा जैसी बिना किसी पूर्वसूचना धमक जातीं। उनसे उपजा नाद रात को और रहस्यमयी बना देता। चेहरे पर चुहचुहाते पसीने को उसने कमीज़ की बाँह से पोंछा। काँपते हाथों से मोबाइल की टॉर्च जलाई। प्रकाश की पीली बत्ती देख एक पतंगा फड़फड़ाता हुआ आ बैठा। घुटी हुई बेआवाज़ चीख़ के साथ उसकी विकराल छाया को चीरती वह आगे बढ़ गई। कभी कुछ चकित नहीं करता था और अब अपनी ही साँसें उसे चौंका देती हैं। अपना ही स्पर्श साँस रोक देता है। उसे अधिक दूर नहीं जाना पड़ा। विष्णु के घर के मोड़ से पहले ही जोसेफ़ और उसकी बोतल औंधे पड़े मिल गए।

"हरामी, नाली का कीड़ा!" पहली दफ़ा उसके मुँह से गाली निकली। मोबाइल पर बैठे कीट-मकोड़े घबराकर उड़ गए। ऊँघता जंगल जाग बैठा। अपने इस बदलाव पर उसकी आँखें भर आईं। दया...करुणा...रविवारीय प्रार्थना के शब्द स्वयं को स्मरण कराते उसने कुछ गहरी साँस भरी। मदद की आस में दूर तक अँधेरे को टटोला। हवा साँस रोक नारियल के पत्तों में जा छुपी।

जोसेफ़ पाँच फ़ुट नौ इंच का भारी आदमी। उसे उठाना शोभना जैसी कोमलांगी के लिए सरल नहीं था। बोतल में बची शराब उसके मुँह पर छिड़कते हुए उसने फटकारा, "जोसेफ़! डायलन की दवा के लिए रखे पैसे भी चुरा लिये!" रुकी रुलाई आवेग से फूट पड़ी।

जोसेफ़ आँखें खोलने की कोशिश करते हुए फिस्स से उन्मादी हँसी हँस दिया। वह सुनने-समझने की स्थिति में नहीं था। स्त्री गन्ध महसूस कर उसके हाथ शोभना की कमीज़ के भीतर टटोलने लगे।

जोसेफ़! हाथ हटाते हुए एक लाचार चीख़ बस। वह उसे उठाने का प्रयास कर रही थी। जोसेफ़ ने उसके होंठों को पी लेना चाहा। कच्ची शराब की गन्ध से शोभना को उबकाई आ रही थी। नहीं, इसकी तो आदी हो चली थी। यह जोसेफ़ के स्पर्श थे जिनसे उसके दिमाग़ की नसें चटक रही थीं।

"कोशिश करो खड़े होने की। बच्चे अकेले हैं घर पर।" उसने सायास आवाज़ में स्वामित्व भरा।

जोसेफ़ अभी स्वप्नलोक में ही विचर रहा था। उसकी स्कर्ट उठा पिंडलियों

को सहलाने का प्रयास करता वह शोभना को साथ लिये गिर पड़ा। उसके बदन के भार को धकेल शोभना तेज़ी से खड़ी हो गई। वह सिहर गई थी। अनचाहे ही जोसेफ़ पर उठ गए हाथ की अनुगूँजें उसे डरा रही थीं

मार्ग के दोनों ओर क्रमवार खड़ी गुलाबी-सफ़ेद शैतानी तुरही बज उठीं—दुआ करो कि होश में आने पर उसे यह तमाचा याद न रहे। नहीं तो तुम्हारी दुर्गति निश्चित है।

उसने यीशु से विनती की। जंगल से चुप रहने का आग्रह किया। जुगनुओं की लुपझुप कन्दीले झाड़ियों में जल चुकी थीं। जोसेफ़ को इसी हाल में छोड़कर पसीने से तर-बतर वह पूरी क्षमता से घर की ओर दौड़ चली। मन-ही-मन हाथियों के झुंड का आह्वान करती, उन्हें किसी कोर्ट में हाज़िरी नहीं देनी पड़ेगी।

आसमान और धरती का रंग एक हो चला था। कभी-कभी हल्की बिजली कौंध जाती और बेतरतीब मकानों के तीसरे नेत्र चमक उठते। इसी के साथ कुत्तों का रोना तेज़ हो जाता। वह पक्की सड़क न पकड़ पगडंडियों पर ही बेसुध दौड़ रही थी। पैर गीली मिट्टी में धँसते जाते थे। उसे लगता था कि किसी भी पल उसे दबोच लिया जाएगा। घर का मोड़ छूते हुए उसका दम निकलने को था पर हवा में तैरती बीड़ी की गन्ध महसूस कर निराय्स ही गति बढ़ गई। दरवाज़ा धकेल भीतर दाख़िल होते ही उसने कसकर चिटकनी लगा दी। घर अन्धकार का पुलिन्दा बना था। कोई हलचल नहीं। मोमबत्ती बुझ चुकी थी।

"डायलन!" पुकारते हुए बदहवासी में उसकी आवाज़ फट गई।

प्रत्युतर में एक मरियल-सी आह अँधेरे में कहीं छिटक गई।

"अम्बर! आरिया!" उसने रुआँसे स्वर में पुकारा।

डायलन के अगल-बगल पसरे भयाक्रान्त बच्चों ने उदास आँखों को खोल दिया। तेज़ हवा की ठेल दरवाज़ा खटका रही थी। "तुम सब ठीक हो?" उसने दरवाज़े से पीठ टिकाए हुए ही पूछा।

"हम्म।" बस इतना ही उनका उत्तर था। एकान्तिक प्रवृत्ति के अन्तर्मुखी बच्चों के साँचे में ही उन्हें ढाला गया था। उसे बच्चों पर बेहताशा प्यार आया। स्वयं पर क्रोध भी। अभी तक वह किसी उदासीन रौ नें हो इन्हें पालती आई

है। मातृत्व ने तो दो दिन पहले ही दस्तक दी। सीने पर रखा पत्थर और भारी हो गया।

अनियंत्रित साँसों को संयत करते हुए उसने दरवाज़े की साँकल को पुनः कसा। जोखिम इस ओर अधिक है या उस ओर? सन्देह का साँप करवट बदलने लगा। बेबस आँसू पोंछते हुए वह यीशु-मन्दिर के आले पर माचिस तलाशने लगी।

तुम्हारे दोनों हाथ ख़ून से लथ-पथ हैं। जलती तीली ने चेताया।

गिलगिला तीखा दर्द उसकी उँगलियों के बीच उछलने लगा। दर्द से नहीं, हालात से होंठ भींचे उसने मोमबत्ती जलाकर मेज़ पर रखे शीशे के सामने रख दी। प्रकाश के बड़े गोले ने उसे अपनी परिधि में शामिल कर लिया। उसकी दाईं आँख के पास लीच चिपकी थी। हाथों पर भी, गर्दन पर भी, बालों में भी। ख़ून के कई परनाले यहाँ-वहाँ बह रहे थे। मोमबत्ती उठा वह थके क़दमों से रसोई में आ गई। देह और कपड़ों पर चिपकी लीच चिमटी से बीन कटोरी में डालने लगी। उसे लगा एक लीच हटाने पर चार और निकल आ रही हैं। पुरानी स्कर्ट जगह-जगह से चिर गई थी। खीझते हुए उसने स्कर्ट खोल दी, कमीज़ भी, अन्तर्वस्त्र भी, लीच का विस्तृत जाल उसकी धमनियाँ बन गया था। अपनी इस देह का रेशा-रेशा विलगाकर भी मुक्ति सम्भव नहीं। नमक की बरनी सिर पर उड़ेलती वह घुटनों में सिर दिये फफक उठी। यह पहली बार था क्या? बोझिल नीरवता के बीच वह दे जा वू की इस अनुभूति को पकड़ने का प्रयास करने लगी।

भँवरों ने नहीं गिद्धों ने कलियों का रसपान किया था

अपंग स्मृतियों के घटाटोप ने याद दिलाया कि वह कमरा ऐसा श्रीहीन नहीं था। उत्सव का माहौल था। ढोल नगाड़ों की आवाज़ उसके इतने क़रीब बज रही थीं कि कानों के पर्दें फटने लगे थे। शोभना बनने का वह उसका पहला दिन था और वह यूँ ही निर्वस्त्र बैठी थी घुटनों में सिर दिये, फफकते हुए। तब भी उसकी आहें सुननेवाला कोई नहीं था। धुँधली स्मृतियों के स्याह सायों ने एक

चमकीली तसवीर फेंकी। वह दुल्हन-सी सजी थी। रेशमी साड़ी, फूलों और गहनों से लदी अपने रूप पर कुछ इठला भी रही थी।

यह अधूरी तसवीर है। उसने तसवीर की चिंदियाँ सायों की ओर उड़ाते हुए चिल्लाया।

मैं अकेली नहीं थी। मुझ जैसी कई लड़कियाँ थीं। कोई भी दस साल से बड़ी नहीं।

इतनी सारी दुल्हनें लेकिन दूल्हा कोई नहीं। सायों ने ठहाका लगाया।

पंडितों के अस्पष्ट उच्चारण संगीत के शोर में डूब जा रहे थे। इससे बेपरवाह वे जल्द-से-जल्द सारी धार्मिक प्रक्रिया पूरा करना चाहते थे। देशी-विदेशी पर्यटकों को अन्तिम चरण की प्रतीक्षा थी। तेज़ उद्घोष के साथ नववधुओं को विवस्त्र होने का निर्देश दिया गया। लताओं ने अपने हाथ बढ़ा उनके नन्हे उभारों और कन्दराओं को ढँका। उपस्थित भीड़ की अश्लील उत्तेजना चरम पर थी। कुछ और क़रीब से देख लेने की चाह में भगदड़ मच गई थी। देवघर के पट बन्द कर दिये गए।

अवाक दुल्हनें पाषाण निर्मित अपने दूल्हे को अपलक देखती रह गईं। दूल्हा दम्भी था। उसके इशारों पर दुनिया का कारोबार चलता था। हर काम के लिए उसने चाकर रखे थे। इन दुल्हनों के भोग के लिए भी लम्बी क़तार थी। अभी रजस्वला भी न हुई इन लड़कियों को दिन-रात कई घुड़सवार रौंदते रहे और देवता अर्धउन्मीलित नैनों संग मद्धिम मुस्कान देता इस नृशंसता से अछूता बना रहा।

कहीं कोई शोक सभा नहीं हुई न ही कोई निन्दा प्रस्ताव पारित किया गया। केवल भँवरों ने शिकायत की कि कलियों को छलने का उनका पहला हक़ था, गिद्धों का नहीं। गिद्ध अपनी क्षमता पर ख़ुद ही पीठ ठोंकते गर्वित अट्टहास करने लगे फिर कुछ मनुहार के बाद जल्द दोनों पक्षों में समझौता हो गया, देवता का प्रसाद मिल-बाँटकर खाने में कल्याण था।

सायों की ठिठौली ग़ायब हो गई, कमरे में मुर्दानगी गहरा गई। वे कोनों में विलीन हो गए। तूफ़ान लौट आया था। आसमान फट पड़ने पर आमदा हो गया था। अचानक खिड़की के बाहर चमकी बिजली में उसे एक तमतमाता

चेहरा याद आया। उस रात भी ऐसी ही मूसलाधार बारिश थी। जोसेफ़ के चेहरे पर पहली बार चिन्ता दिखती थी। उसके नाम का भेद खुल गया था। उसकी उजली-पीली रंगत, बादामी आँखें और सुनहरे बाल शोभना नाम के आवरण में असल पहचान छुपा लेने में असमर्थ थे। पूरे गाँव में विवाद तूल पकड़ गया था। प्रजापति की बेटी नन्दिनी देवसेवा से वंचित रह गई थी। उसे गहरा सन्ताप था। विजातीय, विधर्मी, विदेशी लड़की ने उसका हक छीना था, देवता को दूषित किया था। मन्दिर के मुखिया को गोरी देह के लोभ में अपना पद गँवाना पड़ा। हथियारों को तराशा जा रहा था, आरोपियों को तलाशा जा रहा था। रात का अँधेरा ओढ़े वे कई गाँवों की सरहद लाँघ आए थे। अब वह न शोभना थी न नैंसी। वह नैंसी का चेहरा लिये शोभना की देह हो गई थी।

लाल फूलों की उदास क़तारें

उस बरस पारे ने नीचे गिरने के सारे रिकॉर्ड तोड़ देने की ठानी थी। धमनियों में ख़ून जम उठा था। सर्द हवाओं संग बर्फ़ के क़तरे नश्तर से चुभते थे। चारों तरफ फैली सफ़ेद चादरों की तहों में रेंगता स्याह दुर्भाग्य दबे पाँव, निर्ममता से उनकी ओर बढ़ रहा था। घर की किचकिच में उसकी सरसराहट अनसुनी रह गई थी।

घुप्प अँधेरे में जोसेफ़ ने जब उसे सोते से जगाया, उसे अचरज, ग्लानि और गहरा भय हुआ कि ऐसी काली रात उसकी आँख भी लग सकती है। बोझिल, उनींदी देह अज्ञात यात्रा पर घसीट दी गई थी। रात के नाख़ून पैने थे। क्षण-भर में देह से आत्मा खरोंच वहीं दफना दी गई। मलिन क्षोभ निर्दोष बर्फ़ की देह पर उतर आया था। उनके रक्तरंजित जूतों ने लाल फूलों की कई क़तारें घर के पास खिला दी थीं। पकड़े जाओगे! फूलों ने तंज़ किया था लेकिन सुबह के सूरज ने आँख मारते हुए बचा लेने का आश्वासन दिया था और उसने अपना वादा निभाया भी।

कितने-कितने अस्फुट स्वर और विलाप वह चाहकर भी स्पष्ट याद नहीं कर पाती। शहर बदले, देश बदले, धर्म बदला, पहचान बदली, रिश्ते बदले,

और जब अतीत धुँधला होते-होते पूर्णतः ओझल हो, विस्मृत हो चुका, वर्तमान ही एकमात्र सत्य जान पड़ने लगा तब हेड नर्स ने अपने आत्मीय हाथ उसके कन्धों पर रख उसे यातना के असहनीय नर्क में धकेल दिया। अजीब विडम्बना थी। जब ग़लत घट रहा था, तब सही दिखता था अब सही राह तलाशते हुए उसके ग़लत सिद्ध होने का भय धुकधुक किये है।

देह को देह की दरकार बनी थी

जोसेफ़ ने सम्भवतः कभी कोई चाँद पूरे होश में नहीं देखा लेकिन अब दिन भी कठिन हो चले थे। मूर्च्छित होकर जब वह सिर के बल गिरा तब वह अपनी रात्रि ड्यूटी से लौटी ही थी। अस्पताल में हुई जाँचों ने बताया कि उसके दोनों गुर्दों ने काम बन्द कर दिया है। दवाइयों और डायलिसिस के लम्बे दौर के बाद गुर्दा प्रत्यारोपण अन्तिम विकल्प था। ख़र्चे की जोसेफ़ को कोई फ़िक्र नहीं थी। रूप-सौन्दर्य के क़द्रदान ढूँढ़ने में उसे महारत हासिल थी। जोसेफ़ ने कोई याचना नहीं की थी स्पष्ट निर्देश दिया था। उसने कोई आपत्ति नहीं की थी, उसका सहज दायित्व था। जोसेफ़ के जीवन की कामना करते हुए उसने काग़ज़ों पर हस्ताक्षर कर दिये थे।

यह तब की बात। आज जोसेफ़ की अपने निकृष्ट जीवन के प्रति गहन लालसा उसे चकित करती है। जाने वह कौन-सा क़र्ज़ है जिसे चुकाते उसकी युवा देह भी जर्जर हो उठी है। उसकी अन्तिम किश्त उसे अपना गुर्दा देकर चुकानी है। उसने गहरी साँस छोड़ते ख़ुद को दिलासा दिया। गले में लटके क्रॉस को उसने मुट्ठी में भर लिया।

किताब के सब क़िस्से छलावा थे

“तमाम बुरे में एक अच्छी ख़बर है।” हेड नर्स ने उसके सामने रिपोर्ट रखते हुए फीकी मुस्कान दी थी, “टिश्यू बायोप्सी की रिपोर्ट आ गई है। तुम सूटेबल डोनर हो।”

उसने हाँ में सिर हिलाया था। जाने पीड़ा को झटकने के प्रयास में या नियति से जीतने की हठ में।

हेड नर्स की अनुभवी आँखें अभी भी उस पर टिकी थीं।

"एक बात बोलूँ?" तेज़-तर्रार महिला का थरथराता, काँपता स्वर।

दुश्चिन्ता में घिरी वह साँस रोक उनकी ओर देखने लगी।

"एक बार और सोच लो। तुम्हारी और जोसेफ़ की उम्र में बड़ा अन्तर है। उसकी जीवन-रेखा बढ़ाकर भी क्या हासिल करोगी? तुम्हारे सामने पूरा जीवन है, तीन बच्चे हैं। एक माँ के नाते तुमसे कह रही हूँ। भावुकता में निर्णय मत लो।" उन्होंने उसके गाल थपथपाते हुए कहा और फ़ाइलें भरने लगीं। झाड़ू बुहारती कान्ता के हाथ रुक गए, कमर सीधी कर वह भी उन्हें देखने लगी। हेड नर्स ने कुछ झिड़कते हुए उसे गलियारा बुहारने बाहर भेज दिया।

"आपको लगता है जोसेफ़, बचेगा नहीं?" भय ने उसे जकड़ लिया था।

"ऐसा नहीं, तुम्हारी किडनी बढ़िया मैच हुई है। फिर डॉक्टर वेंकटेश की क़ाबिलियत तो तुम जानती ही हो। वह भी कह रहे थे कि रक्त-सम्बन्धों के बाहर इतना मैच करना बड़ा आश्चर्य है।"

उसके चेहरे का रंग उड़ गया था। हड़बड़ाहट में धड़कनें एक दूजे पर चढ़ बैठीं। घोड़ों की टापों संग दौड़ता सच डराने लगा—लो अब पकड़ा गया झूठ!

"चुप-चुप..." वह चिल्ला उठी। यह कोई आवृत्त सत्य न था। अपनी नग्न कुरूपता और निर्लज्जता संग उसके सम्मुख सदा बना रहा। उसके इतना क़रीब कि किसी संशय की गुंजाइश न बची। वह उसे अपने चेहरे की भाँति पहचानती रही। अपनी सम्पूर्ण वीभत्सता में इतना आत्मीय, इतना सहज कि उसके सौन्दर्य के पैमानों, नैतिकता, अभिजात्य की परिभाषाओं का भी मानक बन बैठा। जीवन ऐसा ऊसर था कि नमी की कनी तक न थी। कोटमसर गुफा की अन्धी मछलियों की तरह उसके लिए रोशनी का कोई अस्तित्व नहीं था। जीवन-पुस्तिका में सुख-दुख, अच्छा-बुरा जैसे कोई शब्द युग्म नहीं थे। स्याह पक्ष ही उसका सहोदर था। कोई और किताब खँगालने की न कभी आवश्यकता थी न सहूलियत।

हेड नर्स चौंककर उसके पास चली आई थीं।

उसकी गीली हथेलियों को थामते हुए बोलीं, "माफ़ करना। तुम्हारी परेशानी बढ़ाना नहीं चाहती थी। हमारे इधर भी कई तबकों में लड़कियाँ रक्त-सम्बन्धों में ब्याह दी जाती हैं। तुम मात्र 18 साल की हो। जोसेफ़ के सुधरने की उम्मीद नहीं दिखती। तुम्हारी जगह मैं होती तो ऐसे पति से छुटकारा पाने की सोचती।"

धुआँसा सच आकार लेने लगा। वह निढाल हो कुर्सी पर बैठ गई। हेड-नर्स राउंड के लिए फ़ाइलें बटोरने लगी और वह कुर्सी सहित स्मृतियों की अँधेरी कन्दराओं में भटकती छूट गई। जालेदार दीवारों से टकराती, लहूलुहान होती, एक निर्वात में गहरे धँसती वह आतंकित हो, चिल्ला उठी, "जोसेफ़ पिता है मेरा!" शब्द उसके कंठ में फँसते-फँसते अचानक झटके से निकल गए थे और अब अचानक सन्दिग्ध हो चली विश्वसनीयता का अनुमोदन मानो हेड नर्स से चाहती हो।

हेड नर्स के हाथ से फ़ाइलें छूट गईं। विस्मय उनकी देहभाषा में तैर गया। लम्बी ऊहापोह के पश्चात उनके गर्म हाथ उसके ठंडे कन्धों पर चले आए थे। लरजते होंठो से उन्होंने कहा, "हे ईश्वर! कैसे सहा तुमने यह सब मेरी बच्ची?"

स्मृतियों पर संघर्षों की गहरी नज़रबन्दी थी

आठ साल की उम्र से इस सच को जीते वह ऐसी अभ्यस्त हो चुकी थी कि आत्मा सदा निर्भार बनी रही। उपेक्षित ओझल विस्मृति की भारी चट्टान क्षीणकाय हेड नर्स ने पल-भर में खिसका दी। नीचे से असंख्य किलबिलाते कीड़े निकल आए।

उस उनींदी रात घर छोड़ने के बाद जोसेफ़ की धाँधलियों और झगड़ों के कारण मृत्यु अपने मज़बूत जूते पहने सदा उनके पीछे भागती रही। जहाँ जीवन हर दिन का संग्राम हो वहाँ सही-ग़लत विश्लेषण का कोई अस्तित्व नहीं बचता। पिता द्वारा माँ का सिर दीवार में मार हत्या का भी नहीं! माँ की लाश संग घर में अकेले छूट गए दुधमुँहे भाई का भी नहीं! बचपन के सपनों और पाठों का भी नहीं! अबोध बच्ची को अपनी ढाल बना उससे अपनी आर्थिक, दैहिक ज़रूरतें पूरी करने पिता की हैवानियत का भी नहीं!

महत्त्व बचा था तो तमाम अजनीबियत के बीच जाने-पहचाने शोषक का जो इस नितान्त अपरिचित दुनिया में उसका एकमात्र अवलम्बन था और शोषण दैनन्दिन जीवन की ऐसी सहज प्रक्रिया कि कोई चीत्कार, कोई अस्वीकार उसके भीतर न उठते थे। समय का प्रवाह ऐसा तेज़ था कि सब संग बहता गया था, किसी मोड़ पर कोई अवरोध नहीं। और अब कैसे सहा का उत्तर तलाशती वह ठहरी है तो दुर्गन्धमय कीच से उबकाई नहीं रुक रही।

हेड नर्स की फटी, विस्मित आँखों और सकुचाते हाथों ने ग्लानिहीन जीवन के पाप को प्रकट कर दिया था। क्यों? क्यों? उन्हें पदच्युत कर दिया जाना चाहिए। नहीं वह उनके मशवरों को यूँ अपना नहीं सकती। उसकी निस्संगता को भेद उसे बाज़ारू बना क्या पाया उन्होंने? शोभना ने क्षणिक हिक़ारत से सोचा। रुँधे गले की एक लम्बी हिचकी और सारा आक्रोश बह गया। हेड नर्स का अहित सोच उसे अब अपनी दुर्बलता पर पछतावा हुआ। वह अपना सिर दीवार में मारने लगी। अस्पताल में हुई कुछ मुलाक़ातों के बाद उन्होंने कहा था, "मुझे तुम्हारी मूर्खताओं पर क्रोध आता है और मासूमियत पर दया।" बार-बार के गर्भपातों पर उसे लताड़ते हुए उन्होंने ही कॉपर टी लगवाई थी। घर के कामों में बिंधी वह अकसर नियम से गोली खाना भूल जाती थी और उल्टियाँ शुरू होने पर जोसेफ़ द्वारा मार खाती थी। उनके ही अनुरोध पर उसे अस्पताल में नौकरी दी गई थी और बच्चों को स्कूल भेजने की सुध भी उनके सम्पर्क में आने के बाद ही उसे आई थी। उनके सान्निध्य ने उसे नई रोशनी दी है। इन दो दिनों में उसकी माफ़ियों की सूची निरन्तर लम्बी होती जा रही थी। अपनी सोच पर अफ़सोस करते उसने गहरी साँस भरी।

शैतानी ताक़तों का अन्तिम नृत्य

कितनी ही बार उसने शोभना को पुकारा था लेकिन वह आँख चुराए निकल गई। किसी पुकार को सुनने-जानने का उसे समय कब मिला। आज सुबह वह अनायास ही वहाँ जा पहुँची थी। घनी हरियाली के बीच छोटा-सा गिरजाघर अपने धवल अस्तित्व के सम्पूर्ण गौरव के साथ सिर उठाए खड़ा था। दुनिया

की तमाम हलचलों और विद्रूपताओं से बेख़बर। मार्ग के दोनों ओर बाग़ीचा बहुवर्णी फूलों से भरा था। उसे आश्चर्य हुआ कि अभी तक वे उसकी नज़रों से ओझल कैसे बने रहे थे। हवा का एक हल्का झोंका मोहक महक उसके पास छोड़ निकल गया। वह बालसुलभ उत्सुकता से हर ओर देखने लगी।

पवित्र शनिवार होने के कारण क्यारियों से निकल कितने ही फूल सरीखे लोग रंगीन पोशाकों में बोल-बतिया रहे थे। एक बच्ची मचलकर अपने पिता की गोद चढ़ गई। पिता ने लाड़ से उसका मुँह चूम लिया। उसके भीतर सन्नाटे सघन हो उठे। वह लौट ही रही थी जब टॉमस ने उसे पुकारा था। उसकी प्रतीक्षा में वह वायलिन हाथ में लिये अपने समूह से कुछ पीछे छूट गया था। "आया करो। अच्छा लगेगा।" वह भागता हुआ पास आकर फुसफुसाया। भारी, धीमे क़दमों से वह आख़िरी बेंच पर जा बैठी।

लोग पास्का मोमबत्ती जलाकर प्रभु यीशु को याद कर रहे थे। फ़ादर डेनियल जेम्स ने कहा कि सबका आदि और अन्त आल्फ़ा और ओमेगा ख्रीस्त के अधिकार में है। ख्रीस्त की ज्योति हमारे भीतरी अन्धकार दूर करती है। पवित्र जल के छिड़काव ने उसके दग्ध हृदय को कोई सान्त्वना न दी। हाँ, क्वॉयर के बीच उसकी ओर उठती थॉमस की नज़रों की मृदुल छुअन ने ज़रूर उसके अन्तस को गहरा भिगोया था। अबुझी अनुभूति से भयभीत वह सभा छोड़ बाहर चली आई थी।

अगले दिन प्रार्थना सभा के पश्चात गिरजाघर खाली होने पर उसने स्वयं को आत्म-स्वीकारोक्ति की खिड़की के पास खड़ा पाया। असह्य पीड़ा से उबरने के लिए बड़ी शक्ति से साझेदारी ज़रूरी थी। उसने क्षमा-याचना की थी—

मुझे आशीर्वाद दें यीशु! शान्ति दें, सम्बल दें! मैंने, नहीं, पिता ने, नहीं, दोनों ने? पाप किया है, पाप! आगे के शब्द सिसकियों में डूबते-उतराते रहे थे। पर्दे के उस पार न मालूम क्या ईश्वरीय क्षमा निर्धारित हुई, वह सुनने के लिए रुक नहीं सकी थी। जब सब ख्रीस्त के अधिकार में है, तो क्षमा ही उसके क़रीब अन्तिम विकल्प है अन्यथा पाप से मुक्ति का रास्ता भी क्या पाप से होकर गुज़रेगा और नये क्षमादान के लिए उसे पुनः प्रस्तुत होना होगा? यह प्रश्न उसके सामने गिरजाघर के घंटे-सा बजे जा रहा है। मौत के मुहाने पर

जोसेफ़ को छोड़ क्या वह मुँह फेर सकती है। यह हत्या न कहलाएगी क्या?

एक चिलकते दर्द से उसका हाथ बाएँ नितम्ब तक पहुँचा। गिलगिली लीच हाथ पर चिपकी चली आई। वह कुछ अनिश्चय, कुछ विस्मय से उसे देखने लगी। अन्धी, बहरी, निरीह लीच, कैसी शातिर! कैसी हिंसक, क्रूर! जब ख़ून चूसती है तब दर्द का एहसास तक नहीं होने देती। यही तो जोसेफ़ ने किया उसके साथ। ताउम्र उसकी देह से लिपटा उसे चूसता रहा, उसकी चेतना को सुन्न किये। फिर अब चेतन होकर क्या पा लिया उसने? आत्मघृणा, आक्रोश, बेचारगी की कीचड़ में प्रतिपल लिथड़ते हुए इस क्षुद्र, तिरस्कृत, अवमूल्यित जीवन से कम त्रासद, मृत्यु लगने लगी है।

वह एकटक हथेली पर नाचती-लहराती लीच को देखती रही जो अब उसकी उँगलियों के बीच दरार में धँसी ख़ून पी रही थी। उसने आहिस्ता से खींचकर लीच को ज़मीन पर रखा और पाँव तले मसल दिया। गाढ़े ताज़े ख़ून से उसका तलवा सन गया। डरो नहीं, लीच की मृत्यु का दोष नहीं लगता। ताज़ा खिले लाल फूलों ने उसे चूमते हुए कहा। उसका चेहरा आँसुओं में डबडबा गया।

बादलों की गड़गडाहट को भेद मुख्य द्वार की दस्तक बढ़ती जाती थी। चादर लपेटकर एक निश्चय के साथ उसने दरवाज़ा खोला। तेज़ पीली रोशनी से आँखें चौंधिया गईं।

"जयासुधा ने डायलन के लिए एम्बुलेंस भेजी है।"

जोसेफ़ की जगह टॉमस को पाकर वह निस्तब्ध खड़ी रह गई।

छाता और टॉर्च उसे पकड़ाते हुए टॉमस ने भीतर आकर डायलन को गोद में उठा लिया। अम्बर और आरिया को बाँहों में समेटते हुए वह फफक पड़ी। खुले दरवाज़े से भीतर दाख़िल होती एम्बुलेंस की पीली बत्ती ने कहा—आगे बढ़ो नैंसी। यीशु कई रूपों में मरते हैं, कई रूपों में पुनर्जीवित होते हैं।